KB262011

九劈 雷雲

구벽뇌운

구벽뇌운 4

미르영 新무협 판타지 소설

초판 1쇄 찍은 날 § 2007년 6월 27일
초판 1쇄 펴낸 날 § 2007년 7월 7일

지은이 § 미르영
펴낸이 § 서경석

편집장 § 문혜영
편집책임 § 이재권
편집 § 최하나 · 문정흠 · 김동화

펴낸곳 § 도서출판 청어람
등록번호 § 제1081-1-89호
등록일자 § 1999. 5. 31
어람번호 § 제2-1239호

주소 § 경기도 부천시 원미구 심곡1동 350-1 남성B/D 3F (우) 420-011
전화 § 032-656-4452 팩스 § 032-656-4453
http://www.chungeoram.com
E-mail § eoram99@chollian.net

ⓒ 미르영, 2007

ISBN 978-89-251-0775-2 04810
ISBN 978-89-251-0694-6 (세트)

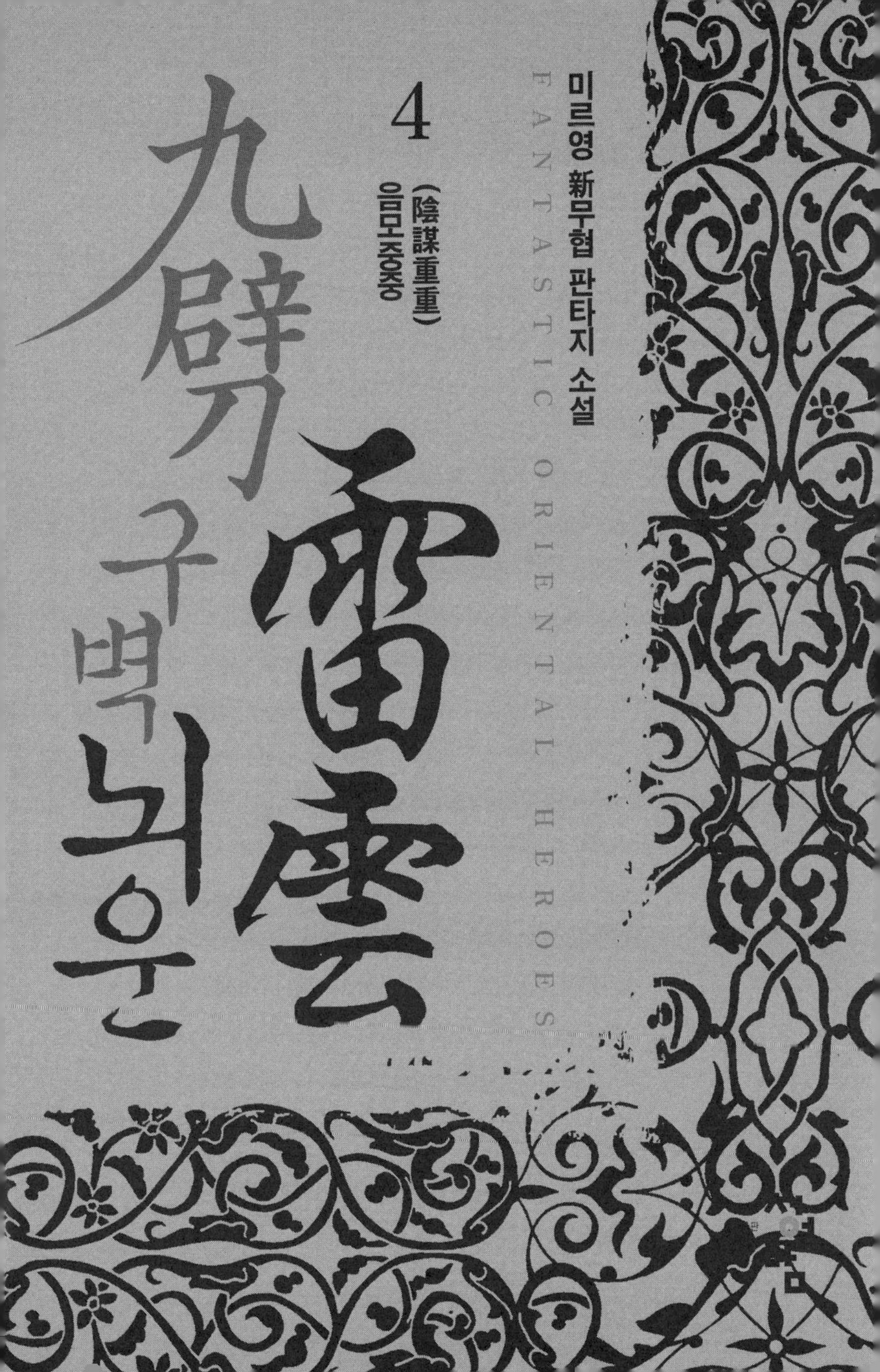

九劈子
구벽뇌우
雷雲
미르영 新무협 판타지 소설
FANTASTIC ORIENTAL HEROES
4
（陰謀重重）
음모중중

目次

비조천람(飛鳥天覽)의 서

아름드리 기둥이 줄지어 서 있는 대전 안!

일 장이 넘는 높이를 가진 일곱 개의 계단 위에 장엄해 보이는 태사의가 놓여져 있었다. 커다란 태사의 위에는 용포를 입은 중년인이 홀로 앉아 있었다. 그는 무엇인가를 생각하는 듯 고민에 빠져 있는 모습이었다.

"내가 황산으로 가는 동안 정파인들로 인해 발이 묶인 것이 무엇 때문이라고 생각하나?"

거대한 대전 안에 감돌던 침묵이 깨어졌다. 자신 이외에는 아무도 없건만 용포인이 누구를 향해 질문을 던진 것이다.

"아마도 창천비각 때문일 겁니다."

　허공에서 중년인의 질문에 답하는 목소리가 들려왔다. 그는 오래전부터 용포인을 호위해 온 암중의 수신 호위였다. 용포인을 향한 그의 목소리에는 존경의 염에 가득 찬 공손함이 가득했다. 용포인은 그의 주군이자 십만 마도를 대변되는 마교의 교주인 암천신마 혁련추였기 때문이다.

　"청천비각이라……. 후후! 맞아, 그들이 아니면 본 좌의 행로를 그리 잘 알 수 없었겠지. 그래서 말이야. 나도 창천비각 같은 조직을 가지고 싶은데, 어떻겠나?"

　"교주께서 원하시는 일입니다. 안 될 것이 없지요."

　마교의 하늘이 명하는 일이었다. 불가능한 일이라도 가능하게 만드는 것이 그의 사명이었다.

　"좋아! 하찮은 자들의 용의주도함에 발이 묶였던 것을 생각하면 기분이 나쁘기는 하지만, 창천비각 같은 조직의 유용함은 교에도 필요할 것 같은데 말이야."

　"교 내에도 정보를 관할하는 조직들이 각 전마다 있지 않습니까? 그들을 해체해 단일 조직으로 만든다면 빠른 시일 내에 가능할 겁니다."

　"후후후! 이번엔 너무 무기력했어. 내 발길을 그런 식으로 묶었다는 것은 교 내에도 놈들의 눈이 있다는 소리야. 이런 상태에서 각 전의 정보 조직을 해체해 만든다면 아무런 소용이 없을 것이다."

　혁련추는 고개를 흔들었다. 그런 식으로 창천비각과 같은

조직을 만든다는 것은 어불성설이었기 때문이다.

"이미 놈들에 대한 색출 작업에 들어갔습니다, 교주!"

암중의 호위가 염려하지 말라는 듯 자신의 의견을 말했다.

"나조차 놈들의 행사를 일이 다 끝난 후에나 알았네. 이런 상태로는 잡힐 놈들이 아니야. 이런 상태로는…… 기껏해야 피라미 정도나 잡으면 다행이지."

"그럼 어떤 식으로……?"

"놈들은 우리 패를 훤히 알고 있는데 난 아무것도 모르고 당하기만 했으니. 허허! 자존심이 상해 그러는데 나도 그런 조직을 하나 가지고 싶군. 완전히 새로운 조직으로 말이야. 새롭게 조직하려면 시간이 많이 걸리겠지만, 내 대가 아니라 훗날을 위해서라도 창천비각을 상대할 조직 하나쯤은 가지고 있을 필요가 있다고 생각하는데, 자네는 어떤가?"

"지당하신 말씀입니다."

"좋아. 그 방면은 자네가 전문가니 한번 만들어보게나. 대신 내 이미 말했듯이 기존의 조직들은 모두 제외시키도록 하고 말이야."

"명대로 하겠습니다, 교주!"

"조직이 만들어지면 창천비각에 대해 알아내게. 그리고 놈들이 석년에 진짜로 원했던 것이 무엇인지 알아내도록 하게. 철저히 말이야. 시간이 얼마가 걸려도 좋으니까."

"알겠습니다."

　잠시 후 수신호위의 기척이 사라진 것을 확인한 암천신마는 뭔가를 생각하더니 대전을 나섰다. 수신호위에게 지시한 것만으로는 마음이 놓이지 않았기 때문이다.

　"이 정도로는 놈들을 상대할 수 없을 것이다. 워낙 뿌리 깊은 조직이니. 어쩔 수 없이 그에게 한번 부탁을 해봐야겠군. 분명히 그라면 창천비각을 능가할 비밀스러운 조직을 만들어 낼 수 있을 것이다. 그라면……."

　창천비각은 그 실체를 알 수 없는 조직이었다. 새로이 조직될 정보 조직에 그들의 첩자가 스며든다면 하나마나한 일이었다. 그것을 해결해 줄 사람은 오직 하나뿐이었다. 견원지간이기는 하지만 자신의 오랜 지우이기도 한 그에게 첩자들을 색출해 줄 것을 부탁하러 대전을 나선 것이다.

　하지만 암천신마는 자신의 이러한 행동이 무서운 결과를 초래하게 될 줄은 몰랐다. 훗날 천하를 암중에서 통제하는 비밀 조직들 사이에서 벌어지게 되는 처절한 피의 전쟁의 서막이 이렇게 그에 의해 열렸던 것이다.

第一章 죽음이라 불리는 마물들!

九劈雷雲

금강불괴에 비견되는 몸을 가지고 있는 것은 물론이고, 적에 맞서 두려움을 모르고 공격하는 것이 생강시이다.

생강시가 가지고 있는 가장 무서운 능력은 이지를 가지고 무공을 사용할 줄 안다는 것이다. 금강불괴의 몸에 이지를 가졌다는 것도 무서운데 초절정고수에 버금가는 무위를 가지고 있다는 사실이 생강시를 죽음을 부르는 마물이라 불리게 만들었다.

생강시가 보유하고 있는 능력이 가공스러운 만큼 마교에서는 무수한 사람들이 지난 시간 동안 생강시를 만들기 위해 고군분투하며 노력해 왔지만 성공한 사례가 없었다.

인간의 정혈이 깃들어 있는 혈수(血髓), 황하를 단숨에 죽음의 강으로 만들어 버릴 만한 극독, 그리고 죽은 자도 다시 회생시킬 수 있는 영약. 이것이 백무의 눈앞에 있는 생강시를 만드는 데 필요한 것들이었다. 생강시를 만들 재료를 구하는 것 자체가 무척이나 어려웠다.

하지만 이런 것들이 있다고 해도 생강시를 제련한다는 것은 거의 불가능했다. 생강시를 만드는 데 무엇보다 중요한 것은 시술을 받을 자들이었기 때문이다.

시술을 받을 자는 죽은 자가 아닌, 스스로 시술을 받기 위해 가사 상태에 놓인 자여야 했다. 그리고 최소 일 갑자가 넘는 공력을 보유하고 있어야 했다.

아무리 충성심이 지극한 자라 하더라도 자신이 죽을지도 모르는 일을 스스로 행하려 하지는 않을 것이다. 또한 죽지 않는다 하더라도 오직 시술자의 통제를 받아야만 하는 존재가 되어버리는 것이 결코 달갑지 않을 것이다. 그렇기에 생강시는 무척이나 만들어지기 어려운 존재였다.

혹자는 말한다. 마교라면 일 갑자의 공력을 가진 자를 희생시키는 것이 어렵지 않을 텐데도 생강시가 한 번도 만들어진 적이 없는 것을 보면 그저 와전된 이야기일 것이라고 말이다.

하지만 그것은 생강시에 대해 모르는 자의 헛소리일 뿐이다. 아무 사람이나 의식을 잃게 한 후 생강시로 만들 수 있는 것이 아니었기 때문이다.

앞서 언급했다시피 생강시의 제련은 스스로 자원한 자에게만이 가능하다. 시술받을 자가 자발적으로 참여해야만 그나마 성공할 가능성이 일 할 정도밖에는 안 됐다.

생강시는 고통의 산물이다. 정신을 잃었다고 해도 잠재된 의식 속에 그대로 고통이 전해진다. 자신의 의지 없이는 절대로 견딜 수 없는 고통이 찾아오기에 스스로 선택한 자가 아니면 정신이 붕괴해 버린다.

그렇기에 마교에서도 제련을 꺼려했다. 일 갑자의 내력을 소유한 자라면 마교 내에서 거의 일류고수 수준이다. 그런 고수 열을 희생시켜 아홉에 하나를 얻을 수도 있지만, 자칫 전부를 잃을 수도 있기에 그동안 제련을 꺼려왔던 것이다.

당민은 자신의 예상과는 다른 생강시가 나타난 것을 보며 눈을 빛냈다.

'저 정도면 거의 성공한 것이나 다름없다. 조그만 가다듬으면 완전해질 텐데 이리 급하게 내보낸 것을 보면 놈들이 드디어 미끼를 문 것인가?

당민은 자신 앞에 나타난 생강시들을 살피다가 불완전한 부분을 발견했다. 어딘가 움직임이 부자연스러웠던 것이다. 자신을 막기 위해 마교에 드리운 그림자들이 서두른 것이 분명했다.

‘저 정도면 백무나 곤이 충분히 감당할 수 있겠다. 이 기회에 마음의 한계를 넘어보는 것도 좋을 것 같구나.’

지난 시간 동안 지켜본 바로는 백무와 곤의 무예는 몰라볼 정도로 일취월장했다. 넝강으로 오는 동안 수련이 효과가 있었던 것인지, 파황적도기를 상대했을 때와는 완전히 수준이 달랐다. 몇 가지 부족한 부분이 있었지만 그런 것은 수련을 통해 충분히 극복할 수 있는 것들이다. 그렇다고 그 몇 가지 부분이 쉽게 극복될 수 있다는 말은 아니다.

우선 당민이 보기에 두 사람에게는 치명적인 약점이 있었다. 바로 마음의 벽이다. 둘 다 자신만이 가지고 있는 약점으로 인해 한계에 다다르면 몸을 사린다는 것이다.

비무를 할 때면 그것은 명확히 나타났다. 비무를 하다가 어느 정도의 한계에 다다를 경우, 둘 다 자신이 가지고 있는 최후의 힘은 사용해 보지도 않은 채 쉽게 포기해 버리고 만다.

‘놈들의 이목이 있으니 어차피 나와 삼노는 저놈들을 상대하지 못한다. 위기이기는 하지만 아직은 여유가 있으니, 이번 기회에 저 녀석들을 속박하고 있는 마음의 벽을 허물게 만드는 것이 낫겠다.’

생강시를 이용해 자신의 한계를 깨려는 당민의 생각은 꿈에도 모른 채 백무는 앞에 있는 생강시를 노려보고 있었다.

하지만 생강시에 대해 전혀 아는 바가 없는 백무였다. 자신의 앞을 가로막은 자들의 정체가 정확히 무엇인지도 모르고 있었던 것이다.

다만 나타난 생강시들을 보는 순간 이상하게도 마음 깊은 곳에서부터 투기가 끓어오르고 있었다. 그것은 본능이었다. 마치 자기 자신의 파편을 보는 것 같은 느낌에 기분이 나빠진 백무는 서서히 살기를 흘리기 시작했다.

'침착해야 한다. 섣불리 상대해서는 안 된다.'

백무는 생강시를 향해 투기와 살기를 끓어올리면서도 마음만은 차분히 가라앉히는 것을 잊지 않았다. 비록 적이지만 섣불리 싸움을 시작할 수는 없었기 때문이다.

자신이 알고 있는 당민은 이미 경지를 넘어선 고수이다. 그런 그녀가 망설이고 있다는 것은 자신이 알지 못하는 이유가 있을 것이라는 생각에 끓어오르는 투기를 애써 눌러야 했던 것이다.

"무아야, 곤과 함께 저들을 상대할 수 있겠느냐?"

"저들이 누구이기에 이러시는 겁니까?"

당민의 목소리에는 긴장한 빛이 역력했다. 백무는 그런 당민의 모습이 의아했다. 독술은 물론 무공 또한 한규민에 버금갈 정노인 그녀에 비헤 보잔것없는 내력을 가지고 있는 듯한 자들에게 긴장하다니, 있을 수 없는 일이었다.

마교의 인물들이라는 것은 이미 짐작이 갔다. 전신에 끓어오르는 투기로 인해서인지 그리 어려운 상대가 아닌 것으로 보였다. 느껴지는 기세로 봐서는 가지고 있는 내력도 얼마 없어 충분히 대적할 수 있는 상대가 분명했다.

'저놈들이 누구이기에 누님께서 이리 긴장하는 것인지 다시 한 번 살펴봐야겠구나.'

백무는 생강시들을 바라보며 자신의 기감을 최대한 집중했다.

'으… 음!! 마치 죽은 자들 같다.'

파리한 안색에 무표정한 눈동자를 가진 그들의 몸에서는 강력한 힘이 용틀임하고 있었다. 무림인들이 가지고 있는 내력과는 질이 다른 기운이 맴돌고 있는 게 느껴졌다. 그것은 자신이 적혈신을 이룬 후 느껴본 힘 중에서 가장 강력한 것이었다.

하지만 그 기운에는 생기가 전혀 느껴지지 않았다.

'저자들의 몸속에서 맴돌고 있는 힘은 무엇이지? 이런 힘이 있을 수 있다니 놀라운 일이다. 마치 나와 비슷하지 않은가?'

나타난 자들의 힘의 정체를 정확히 느끼는 순간 전신에 찌릿한 전율이 감돌았다. 온몸 가득 퍼지며 전신으로 흐르기 시작한 힘이 뜨거운 가슴을 부채질했다.

암흑투기와 잠원의 힘이 깨어난 것이다. 끓어오르는 투기와 잠원의 힘으로 인해 붉어지던 백무의 전신이 피를 칠한 듯 완전히 붉게 변했다.

생강시가 품고 있는 힘의 정체 때문인지 백무의 기세가 완전히 달라졌다는 것을 확인한 당민이 입을 열었다.

"내 생각이 맞다면, 저들은 생강시이다. 살아 있는 강시이지."

당민은 자신들을 포위하고 있는 자들의 정체를 모두에게 말해주었다.

"생강시라면 마교에서도 제련이 불가능하다고 알려진 것이 아닙니까?"

당민의 말에 곤이 의문의 눈빛을 던졌다.

"곤도 알고 있나 보구나. 네 말대로 제련한다는 것이 불가능하다고 알려져 왔지. 하지만 눈앞에 보이는 것을 보면 그 불가능이 이제 가능으로 바뀐 모양이다."

"으음, 그렇다면 큰일이로군요. 저들을 상대한다는 것은 무척이나 어렵다고 들었는데……."

곤도 생강시에 대해 어느 정도 알고 있기에 무척이나 긴장한 목소리였다.

"무아야, 삼노와 나는 저들을 상대할 수가 없다. 저들은 독으로 어떻게 할 수 있는 존재들이 아니기 때문이다. 이거 참 곤란하게 됐구나."

백무에게 생강시를 상대할 수가 없다고는 했지만, 당민의 말은 사실이 아니었다. 자신과 삼노라면 충분히 생강시를 없앨 수 있었다. 사천을 제외한 세 사람의 무공은 이미 화경을 바라보는 경지였기에 전력을 기울인다면 충분히 상대할 수 있었던 것이다.

하지만 그렇게 할 수는 없었다. 삼묘호리가 사라진 것이 마음에 걸렸던 것이다. 생강시까지 데리고 올 정도라면 암중의 자들이 노리는 것일 수도 있었기에.

자신과 삼노들이 생강시를 없애는 순간, 놈들의 의도대로 마교의 권좌를 차지하기 위한 피의 쟁투가 시작될지도 모르기 때문이었다.

"후후후! 한번 해보지요, 누님. 어차피 그냥은 벗어날 수 없을 것 같으니 말입니다."

당민에게 피치 못할 사정이 있다는 것을 알 수 있었기에 백무는 호기롭게 앞으로 나섰다. 거기엔 곤과의 비무를 통해 얻은 자신감도 어느 정도 깃들어 있었다.

"무의 말이 맞습니다, 누님. 무와 저라면 어떻게든 될 겁니다. 저희들도 만만치 않을 테니 말입니다."

곤도 백무와 함께라면 한번 해볼 만하다는 생각이 들었는지 앞으로 나섰다. 생강시라면 자신의 성취를 시험해 볼 수 있는 좋은 상대이기도 했던 것이다.

"어차피 깨고 나가야 할 것 같으니 저놈들은 곤과 제게 맡기시고 누님은 뒤로 물러나세요."

전신에 흐르는 투기로 인해 백무는 호승심이 넘치고 있었다. 자신들을 포위하고 있는 생강시들의 능력이 심상치 않다는 것을 느꼈지만, 전과는 다른 자신이었다.

그도 그럴 것이 파황적도기와의 싸움 이후 이곳으로 오는 동안 곤과의 계속되는 비무로 어느 정도 자신의 실력이 초절정에 거의 근접했다는 것을 알 수 있었기에 한번 싸워보기로 한 것이다. 최악의 경우라도 일행의 능력이라면 빠져나가는 데 문제가 없을 것 같았기 때문이기도 했다.

"너희들이라면 충분히 상대할 수 있을 거다. 그리고 저놈들을 해치울 수 없다면, 놈들을 최대한 막으며 이 자리를 빨리 벗어나야 한다. 삼묘호리의 안배가 완전히 끝난 것은 아닌 모양이니 말이다. 놈의 안배가 끝나면 이곳을 벗어나는 것이 더욱 힘들어질 테니, 최대한 저놈들을 빨리 처리하고 빠져나가야 한다. 그리고 무척이나 위험한 놈들이니 둘 다 조심해라."

백무와 곤이 나서자 당민은 걱정스러운 목소리로 두 사람을 격려했다.

"알겠습니다, 누님!"

"걱정하지 마십시오."

당민의 당부를 들으며 백무는 업고 있는 아육을 암연에게 건넸다. 그리고 서서히 전면으로 나섰다. 곤도 일행의 후면으로 나서며 생강시와 마주 섰다.

　포위하고 있는 생강시의 수는 모두 다섯이었다. 전면에 둘, 후면에 셋이었다.

　'막상 정면으로 기세를 받으니 생각보다 만만치가 않구나.'

　지난날 곤은 자신의 스승으로부터 생강시에 대해서 들은 적이 있었다. 전해들은 바로는 그들은 사람이되 사람이 아닌 불가사의 한 존재였다. 죽음에 이르렀다가 다시 살아난 존재라고 했다. 또 죽음에 대한 공포심도 없다고 했다. 해서 상대하기 무척이나 까다로운 존재라는 것이 스승의 설명이었다.

　도검이 불침하고, 그 어떤 독도 소용없는 최강의 병기가 바로 자신들을 포위하고 있는 마물들이었던 것이다. 그야말로 죽이는 것이 거의 불가능한 불사의 강시가 바로 생강시였기에 곤은 긴장된 마음으로 내력을 끌어올렸다.

　"무! 이들을 완전히 없앤다는 것은 거의 불가능하다. 하지만 사지를 못 쓰게 만드는 것은 너와 나라면 어느 정도 가능할 것 같다. 뼈를 완전히 으스러뜨린다면 이놈들의 움직임을 막을 수 있을지도 모르니, 그때 이 자리를 벗어나도록 하자."

　곤은 없앨 수 없다면 생강시의 행동에 제약을 가하는 것이 장내를 벗어나는 길이라고 판단했다. 죽일 수 없는 이상 움직이지 못하게 만든다면 빠져나갈 시간을 충분히 벌 수 있다는 생각에서였다. 백무에게 생강시를 상대할 방법을 제시한 후 곤은 서서히 움직이기 시작했다.

"좋아, 그렇게 하자고! 저런 놈들한테 질 수야 없지."

백무 또한 곤의 뜻을 이해하고는 자세를 잡으며 서서히 움직이기 시작했다. 옆으로 조심스럽게 걸음을 옮기며 자신들을 포위하고 있는 생강시들의 움직임을 관찰하고 있었다.

휘이익!

먼저 행동을 보인 것은 생강시였다. 두 사람의 움직임이 시작되려는 찰나에 공격을 시작한 것이다. 상당히 빠른 움직임이었다. 발걸음을 내딛자마자 생강시 하나가 백무의 신형 앞으로 다가와 있었다. 곤과의 비무로 인해 실전에 대한 감각이 생기지 않았다면 막기 힘들었을 만큼 생강시의 움직임은 무척이나 빨랐다.

파파팟!

뻗어지는 손이 보이지 않았다. 인중을 향해 날아오기 시작한 생강시의 손은 연이어 백무의 얼굴을 가격하려 했다. 연이어지는 생강시의 공세는 마치 칼날을 뻗어내듯 날카로운 예기를 흘리고 있었다.

파파팍!

연달아 이어지는 공격이 백무의 손에 막히고 있었다. 생강시가 뻗어내는 공격을 쳐냈던 것이다.

타타탁!

양손이 번갈아가며 정신없이 뻗어오는 생강시의 공격을 막기 위해 백무는 양사분로(兩蛇分路)의 수법을 펼친 것이다. 두 마리 뱀이 유려한 몸짓으로 쾌속하게 뻗어오는 생강시의 공격을 하나도 놓치지 않고 모두 막아냈다.

쐐액!

퍽!

방향을 바꾸어가며 다르게 날아오는 생강시의 손을 막아내던 백무의 발이 생강시의 복부에 틀어박혔다. 상체와 하체가 따로 노는 듯 양사분로의 초식에 지장을 주지 않고 백무의 발이 번개처럼 날아가 박힌 것이다.

'정말 괴물들이로군!'

백무의 공격은 아무런 소용이 없었다. 두 치가 넘게 발이 틀어박혔음에도 생강시들은 별다른 타격을 받지 않은 듯 계속해서 백무를 공격했다.

고통 같은 것은 애당초 느끼지 않는 듯 무식하게 맞으며 자신의 얼굴만 공격해 대는 생강시를 보며 백무는 어째서 당민이 그토록 두려워했는지 알 수 있었다.

백무의 발길질은 웬만한 바위 하나는 박살 낼 정도로 강한 위력을 발휘하는 것이었다. 적어도 기의 수발이 자유로워 충격을 흘릴 줄 아는 자나, 호신강기를 자유자재로 운용할 줄 아는 자가 아니라면 절대로 맞받아낼 수 없다.

'독에도 끄떡없고, 이런 공격에도 충격을 받지 않는 이 자식들은 정말 무적이로군. 내가중수법을 사용할 수만 있다면 어떻게 해볼 수 있을 것도 같은데, 제기랄! 내공만 있다면…….'

퍼퍼퍼퍽!

자신의 공격을 일방적으로 허용하면서도 성큼성큼 내딛으며 공격을 하는 생강시의 모습에 질리지 않을 수 없었다. 백무는 내부를 으스러뜨릴 수 있는 내가중수법을 사용할 수 없는 자신의 한계를 느껴야 했다.

또한 자신의 강력한 타격을 아무렇지 않게 몸으로 받아내는 것을 보면 내가중수법이라도 생강시를 어떻게 하기에는 힘들어 보였다. 그야말로 괴물이었던 것이다.

휘이익!

공방을 벌이는 가운데 다시금 생강시 하나가 날아왔다. 백무의 머리를 타넘어 뒤로 날아간 생강시는 백무의 등 쪽을 노리며 양팔을 뻗어 공격을 하기 시작했다.

"이런!"

잘 짜여진 합격진을 운용하는 것처럼 생강시들의 움직임은 무척이나 영활했다. 둘은 서로를 보완하며 백무를 공격해댔다. 백무의 움직임이 부산해지기 시작했다. 절정의 무림 고수에 필적하는 생강시들에게 협공을 당하는지라 다른 생강시가 합세하자 백무의 공격도 원활하지 못했다. 하나를 상대할 때는 공격 위주로 나갔지만, 합공을 당하자 금방 수세로 돌아 선 것이다.

생강시들에게 애를 먹고 있는 것은 곤도 마찬가지였다. 일 방적으로 수세에 몰린 백무와는 다르게 북명신공을 실어 방 어와 공격을 동시에 하고는 있었지만, 그의 공격이 아무런 소 용이 없는 것은 마찬가지였다.

별다른 타격을 가하지 못하는 것에 자존심이 상해 있는 마 당에 다른 생강시까지 덤벼들자 그도 점차 수비에만 치중할 수밖에 없었다.

두 사람이 생강시들의 협공에 수세로 몰리는 사이, 남은 생강시 하나가 당민에게로 서서히 다가오고 있었다. 생강시 가 자신에게 다가오자 당민은 고민에 빠지지 않을 수 없었 다.

'이제는 직접 손을 써야 하는 것인가? 아직 놈들의 정체를 밝혀내지도 못한 상태에서 나나 삼노가 직접 손을 쓰기 시작 하면 골치 아파지는데…….'

충분히 상대할 수는 있지만 자신이 참여하는 것은 곤란했 다. 마교 내에 잠입한 자들을 끌어내지도 못하고 자칫 밀독천 이 마교에서 벌어지는 피의 쟁투에 참여하는 것이 될지도 모르기 때문이었다.

방계라고는 하지만 밀독천은 마교 내에서 교주의 직속으로 분류되고 있는 것이 작금의 현실이었다. 그러한 자신이 생강시와 싸운다면 교주가 삼전을 공격한 것으로 간주될 것이고, 그렇게 되면 교주 위를 놓고 벌이는 피의 쟁투가 시작될 수도 있는 일이었던 것이다.

암천신마는 마교 내에 드리워진 그림자를 거두어들이기 위해 자신을 던졌다. 그만큼 마교 내에 드리워진 그림자는 넓고도 깊었다. 지금 암천신마가 어떤 곤란한 지경에 빠져 있을지 모르는 상태에서 자신이 싸움을 시작한다면, 그로 인해 파국으로 치달을 수도 있기에 당민은 망설일 수밖에 없었던 것이다.

그 이외에 다른 문제도 있었다. 밀독천이 마교의 방계라는 것은 마교 내에서도 광천십마를 비롯한 극소수만이 알고 있는 것으로, 세상에는 거의 알려지지 않은 사실이었다.

그에 반해 당민이 사천당가의 마지막 후예라는 것은 어느 정도 알려져 있었다. 한동안 당민이 무림에서 활동했기 때문이다. 독술뿐만 아니라 의학에도 조예가 깊은 터라, 내상을 입었거나 주화입마에 빠진 몇몇 무림 명숙들을 치료한 적이 있었던 것이다.

그랬기에 만약 생강시들에게 당민이 손속을 가하면 정파에서 마교를 친 것이나 마찬가지였다. 파황적도기들과 같이 완전하게 증거를 없앤다면 모를까 만독이 소용없는 생강시이 기에 손을 쓸 수 없었던 것이다. 만약 마교 내에 드리운 그림 자나 광천십마들이 이를 이용한다면, 마교와 중원무림 간의 처절한 피의 싸움이 시작될지도 모르는 일이었기에 당민은 망설일 수밖에 없었다.

찰칵!

당민이 다가오는 생강시로 인해 고민하는 사이 뒤에서 무 엇인가 맞물리는 소리가 들려왔다. 소리를 낸 주인공은 다름 아닌 아칠이었다. 집을 떠나기 전에 자신이 가져온 짐을 풀고 는 안에 들어 있던 것들을 꺼내 맞추었던 것이다.

그가 꺼낸 것은 하나가 넉 자 가까이 되는 묵빛의 단봉들이 었다. 두 개의 단봉을 연결하자 순식간에 여덟 자는 넘어 보 이는 장봉이 만들어졌다.

"차앗!"

기합과 함께 아칠이 들고 있는 장봉이 섬광과 같이 뻗어졌 다. 생강시가 다가옴에도 망설이는 당민의 모습을 본 아칠이 앞으로 나서 생강시를 공격하기 시작했다.

퍽!

아칠이 뻗어낸 장봉은 생강시의 가슴을 일로직격(一路直 擊)의 기세로 파고들며 둔중한 격타음이 흘렀다. 봉을 회전시 킨 듯 생강시가 입고 있는 옷이 봉 끝을 중심으로 휘돌며 말려들어 가 있었다.

주르르르!

봉 끝이 한껏 구부러졌다가 펴지며 생강시를 뒤로 밀어냈다.

쿵! 쿵! 쿵!

바닥에 깊게 찍힌 발자국이 말해주듯 생강시의 몸이 큰 충격과 함께 다가오던 것보다 배는 빠르게 뒤로 물러났다.

부르르!

생강시가 뒤로 밀려나고, 그 자리에는 한 자루 묵빛 봉이 몸을 떨고 있었다. 떨고 있는 봉두(棒頭)와 같이 봉미(棒尾)를 잡고 있는 손도 충격 때문인지 연신 떨리고 있었다.

똑!

피 한 방울이 아칠의 손을 타고 흘러내렸다. 아칠이 내지른 봉이 생강시에 격중하긴 했지만, 그 충격의 여파로 인해 손아귀가 찢어져 피가 흘러내린 것이다.

"차아아앗!"

휘이익!

상처를 입었음에도 아칠은 다시 한 번 기합을 지르며 생강시를 공격해 나섰다. 봉의 중단을 잡은 아칠의 손이 휘둘러지며 손의 반경을 따라 봉이 회전하기 시작했다.

쐐애액!

묵빛의 봉은 사방으로 회전하며 생강시를 압박하기 시작

했다. 피가 흐르는 데도 아랑곳하지 않고 봉을 돌리는 아칠의
손을 따라 묵빛 봉이 먹이를 낚아채는 수리의 강하(降下)처럼
다시 한 번 생강시를 파고들었다.

퍼… 퍼퍽!

아칠의 공격은 한 번으로 끝나지 않았다. 후려치다가 찌
르고, 다시 후려치며 생강시의 몸에 연이어 봉두가 작렬했
다. 순식간에 연환하며 묵직한 타격을 입히는 공격에도 생강
시는 조금 밀려나기만 할 뿐 별다른 흔들림이 없어 보였다.
아칠의 공격을 허용하면서도 계속 앞으로 전진해 왔던 것이
다.

밀어붙이듯 전진하는 생강시에게 거리를 주지 않으려 아
칠은 자신의 봉으로 밀어내듯 공격을 했다. 묵빛 장봉을 따라
봉두까지 피가 흘렀으나 개의치 않는 듯 아칠의 공격은 처절
하면서도 집요했다.

내공도 일천한 상태에서 순전히 외공의 힘만으로 생강시
와 맞서 싸우는 아칠의 움직임은 진정 놀라운 것이었다. 휘도
는 봉은 엄밀한 방어막을 형성하고 있었다. 봉이 움직이는 반
경 안에서 힘을 이용한 강력한 타격으로 접근을 막아내고 있
던 것이다.

하지만 그런 아칠의 방어에도 불구하고 거리가 점점 좁혀
지고 있었다. 아칠의 공격으로 뒤로 밀려나는 것보다 앞으로
전진하는 길이가 점점 더 길었던 것이다.

'으음! 역시, 외공으로 생강시의 힘을 견디기가 쉽지는 않은데 상당한 실력이구나. 어떤 사연이 있는지 모르지만 뭔가 감추고 있는 것이 틀림없다. 상황이 변하면 어쩔 수 없겠지만, 일단 조금은 지켜보는 것도 괜찮을 것 같구나.'

당민은 아칠이 나서자 좀 더 상황을 지켜보기로 했다. 아칠이 생각보다 잘 막고 있었고, 백무와 곤이 아직 제 능력을 다 발휘하진 못했지만 점점 더 나아지고 있었기 때문이다.

곤은 자신의 불완전한 심공으로 인해 내력을 제대로 실지 못했고, 백무는 자신의 신체에 대한 신뢰가 아직 부족했다. 충분히 생강시와 맞설 수 있음에도 자신도 모르는 자신감의 결여로 인해 수세로 몰리고 있다는 것을 느끼고 있었던 것이다.

"밀 노와 암 노는 최후의 순간이 아니면 나설 생각들 말아요. 아직 저 아이들의 실력이 모두 나온 것이 아니니까요. 자칫 놈들에게 우리의 힘을 들킬 염려가 있어요."

백무와 곤이 수세에 몰리자 밀광과 암연이 앞으로 나서려 하자 당민은 두 사람에게 전음을 보냈다. 순간, 걸음을 멈춘 두 사람의 얼굴에는 안타까운 기색이 역력했다.

"하지만 천주!"

자신들을 말리는 당민이 야속한 밀광과 암연이었다. 하

지만 이어지는 당민의 전음에 발걸음을 멈출 수밖에 없었
다.

"두 분의 마음은 알지만 지금은 참으세요. 저 아이들은 지
금 자신에 대한 확신을 찾아야 해요. 놈들의 음모가 진행되고
있는 이상, 그렇지 않으면 앞으로 험난한 길을 헤쳐 나갈 수
없어요. 오늘 이 시련을 이겨내지 못하면 차라리 이대로 아무
것도 모른 채 초야에 묻혀 사는 게 백번 나을지도 몰라요. 그
리고 저 아이들이 위험하다 싶으면 내가 직접 나서는 것이 나
을 테니 두 분은 꼼짝 말고 있어요."

당민의 전음은 단호했다.

'천주께서 소천주를 생각하는 마음이 지극하구나. 이 와중
에 벽을 넘게 할 생각을 하다니……'

밀광은 전음을 들으며 당민의 의도를 짐작할 수 있었다. 자
신이 생각하기에도 생강시라면 백무와 곤의 한계를 이끌어낼
수 있을 것이기에 좋은 디딤돌이 될 것이 분명했다.

그리고 만약 두 사람이 위험에 처하면 당민이 먼저 나설 것
이 분명해 보였다. 백무를 위해서라면 자신이 목표로 하고 있
는 모든 것을 포기할 것이라는 것도 느낄 수 있었다.

당민이 밀광과 암 노를 제지하는 사이, 생강시와 전면으로
마주 선 곤은 착잡한 마음이었다.

'정말 무지막지한 놈들이다. 이렇게 여유가 없다니. 도와

주면 좋으련만……. 하지만 누님과 삼노가 움직이지 못하는 이유가 분명 있을 것이다.'

모든 것이 불리한 상황이었다. 파황적도기를 상대할 때 보여주었던 모습과는 달리 당민과 삼노는 아무런 움직임도 없었다. 비웃으며 나타났다가 사라져 버린 삼묘호리의 움직임을 의식하고 있는 것이 분명해 보였다.

지금 생강시를 막고 있는 것은 자신과 백무, 그리고 아칠이라 불리는 정체 모를 점소이였다. 자신과 백무라면 얼마간 더 버티겠으나 아칠은 당장이라도 쓰러질 듯 휘청거리고 있었다. 자신들도 마찬가지였다. 불사의 강시라는 생강시와는 달리 자신들은 내공과 체력의 한계가 있었다. 시간을 끌면 불리할 수밖에 없었다.

'으음, 정말 그걸 써야 되는 것인가?'

계속해서 수세에 몰리자 곤은 고민에 빠졌다. 완전한 북명신공이 아니면 사용해서는 안 되는 검법이 떠오른 탓에 고민에 빠진 것이다. 그가 떠올린 것은 점창파 최고의 검법으로, 개파조사 이래 지금까지 그 누구도 완벽하게 대성하지 못한 검법이었다.

퍼… 퍼퍽!

퍼퍽!

파… 팡!

잠시 생각하는 사이 생강시의 공격이 더욱 집요해졌다.

‘제길, 어쩔 수 없다!’

귀상문을 사용해 생강시를 공격하고 있지만, 뼈를 으스러뜨리기는커녕 피부에 상처조차 내지 못하고 완전히 수세에 몰린 곤으로서는 어쩔 수 없이 최후의 한 수를 꺼내야 했다.

차라랑!

맑은 음향을 내며 곤의 손에서 무엇인가가 풀려 나왔다. 그것은 낭창거리는 한 자루의 연검이었다. 연한 노란색을 띤 검신에 날카로운 예기를 흘리는 것이 보검임이 분명했다.

챙!

내력을 불어넣은 듯 곤이 꺼낸 연검은 날을 꼿꼿이 세우며 서늘하게 일어섰다.

획!

검이 세워짐과 동시에 점과 점을 이어가듯 검극이 일직선으로 뻗어졌다. 끝은 보이지만 처음은 보이지 않는, 보고도 믿지 못할 쾌검이 펼쳐진 것이다. 점창파 최고 검법의 일초인 일수초현(一手初現)이었다.

퍽!

검극이 정확하게 목표한 곳을 찔렀다. 그러나 생강시의 목을 파고드는 데는 성공했지만 뚫지는 못했다. 그저 살갗이 약간 밀려들어 갔을 뿐이었다.

“차앗!”

이미 이런 일을 예상한 듯 검극이 생강시의 피부에 막히는 것과 동시에 기합 소리가 들리며 곤의 검에 검푸른 기운이 맺혔다. 순간적으로 내력을 집중해 잠시나마 검극에 검강이 맺힌 것이다. 일반 장검과는 다른 연검이라 검강을 맺기 어려웠지만, 자신이 예상하고 있는 북명신공의 한계를 무너뜨렸기에 검강을 맺을 수 있었던 것이다. 북명신공의 기운을 검에 전부 실은 탓인지 곤의 안색이 창백해졌다.

"어디 해보자!! 이 자식들아! 차앗!"

곤은 목청이 터져라 외치며 생강시를 향해 힘껏 검을 밀어넣었다.

푸욱!

검강을 이룬 덕분인지 곤의 검이 생강시의 목으로 순식간에 밀려들어 갔다. 미약하게 검극에만 맺힌 검강이 도검불침의 몸을 가진 생강시의 목으로 파고든 것이다.

"에잇!"

검이 목을 뚫고 들어가자 곤은 검을 옆으로 그었다. 빨리 처리하고 뒤에 있는 생강시를 막아야 했기 때문이다.

서걱!

내부는 생각보다 약한 탓인지 곤의 검에 생강시의 목이 절반이나 잘려 나갔지만 생강시는 뻬딱해진 얼굴로 다가오고 있었다. 목이 반이나 잘려 나갔음에도 생강시의 움직임은 멈추지 않았다. 이미 고통은 물론 죽음마저 거부한 마물이었기 때문이다.

생강시의 목을 반쯤 자르며 검을 빼낸 곤의 신형이 활처럼 옆으로 휘며 땅을 향해 꺾어졌다.

쐐애애액!

서걱!

싸늘한 검풍과 함께 반대로 날린 검으로 인해 목이 반쯤 잘려진 생강시의 나머지 부분이 잘려 나갔다.

툭!

"크… 으! 정말 괴물들이로군."

생강시의 몸에서 여지없이 목이 떨어졌지만 머리가 없어졌음에도 움직임은 전혀 느려지지 않았다. 오히려 곤을 잡으려 앞으로 더욱 전진해 왔다. 생강시의 움직임에 잠시 질리는 사이, 다른 생강시가 곤을 향해 빠르게 쇄도해 왔다.

"쳇! 진짜 질긴 놈들이군. 차앗!"

곤의 신형이 날듯 사선으로 움직였다. 그리고는 뒤로 빠지며 허공에서 한 바퀴 돌았다.

쐐애액!

뒤에서 공격해 오는 생강시의 공격을 무위로 돌린 곤의 검이 일직선으로 생강시의 머리를 향해 내려쳐졌다. 무거운 중(重)의 묘리를 검세에 담은 일격파산(一擊破山)의 수법이었다.

중검(重劍)의 묘를 담아 중단전에 담기기 시작한 내력을 모두 끄집어내어 집중한 탓인지 짙푸른 검강의 기운이 검인을 따라 진하게 흐르고 있었다.

퍽!

생강시의 머리에 곤의 검이 내려쳐졌다. 그로 인해 검에 경력을 실어 태산 같은 무거움을 주는 데는 성공했으나 내력이 미치지 못하는 탓에 끝까지 검강을 형성할 수는 없었다. 덕분에 생강시의 머리는 갈리지 않고 둔중한 격타음만이 들려왔다. 검인에 격타당한 생강시의 머리 일부분이 움푹하니 함몰되었다.

"크… 으!!"

검신을 따라 전해져 오는 충격에 곤의 입에서 신음이 흘러나왔다. 내력을 끝까지 돌리지 못한 탓에 중단전까지 내상을 입은 것이다.

휘이익!

퍽!

머리를 정점으로 일직선으로 잘라내려던 곤은 검면에 이는 충격으로 잠깐 멈칫하는 사이에 어느새 옆으로 돌아온 생강시에게 일격을 허용했다. 방금 전 무리하게 내력을 운용해 목을 자른 검처럼 다른 생강시를 없애려고 하려다 내상을 입은 탓에 원활하게 움직이지 못했기 때문이다.

"큭!!"

일격이 실패한 대가는 컸다. 생강시의 공격으로 갈비뼈 세 대가 동시에 나가며 숨이 턱 막히는 것이, 조금이나마 남아 있던 내력이 일순 흩어지는 느낌이 들었다.

"크… 으! 이 개자식들! 내가 이대로 당할 줄 아느냐!"

곤은 고함과 함께 흩어지려는 내력을 간신히 모은 뒤 잡고 있는 검에 힘을 주고는 그대로 내리긋기 시작했다. 검인에 맺힌 검기가 순간적으로 더욱 짙어졌다. 좀 전과 같이 순간적이지만 검강이 형성된 것이다.

끼기기긱!

뼈가 갈라지는 것 같은 소음이 생강시의 머리 위에서 들려왔고, 곤은 사력을 다해 검을 아래로 내리그었다.

쫘아악!

수박이 갈라지듯 생강시의 머리가 좌우로 갈라지며 배꼽까지 그대로 이어졌다.

퍽!

"크… 윽!"

휘이익!

털썩.

자신의 몸이 갈라지는 와중에도 생강시의 손은 여지없이 백무의 가슴에 작렬했다. 몸이 갈라지는 탓에 힘을 잃은 공격이었지만 곤의 신형이 비명 소리와 함께 힘없이 이 장여를 날아 바닥에 떨어졌다.

"개… 자식… 들, 우… 웨엑!"

바닥에 떨어지자마자 황급히 일어서는 와중에 곤은 입으

로 많은 양의 피를 토해냈다. 한눈에 보기에도 중상을 입은 듯했다. 하지만 피를 토하면서도 곤의 눈은 생강시를 좇고 있었다.

털썩!

생강시에게 다시금 일격을 허용하면서도 곤은 검의 진로를 멈추지 않았기에 두 쪽으로 완전히 갈라진 생강시가 차가운 흙바닥에 몸을 뉘였다. 몸이 완전히 갈라졌음에도 생강시는 다시금 일어나려 버둥거리고 있었다. 정말 진절머리 나도록 무서운 놈들이 아닐 수 없었다.

"퉤!! 크… 으! 누가 죽나 해보자고!"

곤은 입 안에 고인 피를 뱉으며 일어섰다. 정확하게 자신을 향해 다가오는 머리 없는 생강시를 상대하기 위해서였다.

휘이익!

퍼퍼퍽!

곤이 바닥에 쓰러진 후 피를 토하며 일어서는 모습을 본 백무의 신형이 허공으로 떠오르며 생강시를 가격하기 시작했다.

'이대로 가다가는 모두 당한다. 제길!!'

곤이 심각한 내상을 입은 것 같아 보이자 마음이 급해질 대로 급해진 백무였다. 곤은 이미 쓰러지기 일보 직전이었다. 게다가 생강시를 간신히 막아내고 있는 아칠의 신형이 급격히 흔들리고 있었던 것이다.

몸을 아낄 때가 아니었다. 자칫하다가는 곤과 아칠의 생명이 위험했다.

휘이익!

퍼… 퍽!!

순식간에 몸을 날린 백무, 그의 양손이 생강시의 머리에 작렬했다. 학이 날개를 모으듯 생강시의 머리를 감싼 모습은 소림오권 중 학권의 백학량시(白鶴兩翅)였다.

퍼퍼퍽!

무리한 공격 탓에 뒤에서 달려드는 생강시의 손이 허점이 생긴 백무의 등을 강타했다. 하지만 타격에도 아랑곳하지 않고 백무는 신형을 허공으로 날려 머리를 감싼 생강시의 뒤로 넘어갔다.

착!

허공를 날던 백무의 신형이 회전하며 바닥에 착지했다.

"으… 음!"

백무의 입에서 신음이 흘러나오기는 했지만 별달리 큰 타격을 입지는 않은 것 같았다.

'크… 으! 조금 아프기는 하지만 예상보다는 충격이 별로다.'

힘이 센 자에게 조금 얻어맞는 것 같은 충격뿐이었다. 빠르게 몸을 살펴보았지만 뼈가 상하거나 내장이 다치지는 않았다. 당민에 의해 만들어진 적혈신이 자신의 생각과는 달리 의외로 튼튼했던 것이다.

"좋아!! 너희들, 이제 다 죽었어!"

생강시에게 타격을 당하고도 멀쩡하자 백무는 자신의 신체에 대한 자신감이 생겼다. 죽음을 무릅쓰고 받았던 당민의 시술이 효과가 있는 것을 알자 움직임이 더욱 빨라지기 시작했다. 타격을 허용하는 일이 있더라도 끝장을 보겠다는 생각이었다.

파파팡!

탄공신의 움직임에 귀상문의 투로를 섞은 백무의 움직임은 결코 내공이 없는 자로 보이지 않았다. 절정고수 뺨치는 생강시의 움직임을 훨씬 능가하며, 자신에게 향한 공격을 모두 피해내고 있었다. 불안감으로 움츠렸던 신체의 모든 감각이 깨어난 덕에 적혈신의 진정한 능력을 활용할 수 있었던 것이다.

그렇게 계속 공격해 정타를 먹이고 있었지만 생강시 또한 별다른 타격을 입는 것 같지는 않았다.

'제길! 권각으로만 이놈들을 물리친다는 것은 불가능하다. 그렇다면 이제부터는 전신을 사용한다. 아예 부숴 버리는 거다.'

타격력이 훨씬 큰 신체 부위를 사용하는 것이 났다는 판단을 내리자 백무의 동작이 커졌다.

타타탓!

휘이익!

퍼… 퍼퍼퍽!

진각을 밟으며 땅을 박차 생강시에게 다가간 백무는 탄공신으로 생강시의 몸을 발로 가격했다. 양 발로 번갈아가며 생강시를 타격하는 백무의 신형이 허공으로 떠올랐다. 타격과 동시에 생강시의 몸을 밟고 올라간 것이다.

쒜애액!

허공에 떠오른 백무의 허리가 크게 뒤로 젖혀졌다가 다시금 아래로 떨어져 내렸다.

빡!

백무의 머리가 생강시의 머리를 향해 내려쳐지며 무엇인가 갈라지는 소리가 들렸다.

"크… 으!"

머리가 빙빙 돌았지만 백무의 신형은 멈추지 않았다. 어느새 싸늘한 파공음과 함께 생각시의 공격이 뒤에서 느껴졌기 때문이다. 백무가 공격하는 순간 다른 생강시가 지척에 이른 것이다.

"차앗!"

휘이익!

신형이 튀어 오르며 뒤에서 다가드는 생강시의 몸을 타 넘는 백무의 몸짓은 절정의 회룡번신(廻龍飜身)이었다. 생강시가 손을 뻗어 백무를 잡으려 했지만 잡을 수가 없었다. 높이도 높이지만 백무의 움직임이 워낙 빠르고 기기묘묘했기 때문이다.

자신의 손길을 피하자 생강시는 급격하게 백무의 신형을 따라 몸을 뒤로 돌렸다. 전광석화와도 같았다. 놀라우리만치 빠른 반응이었다. 신형을 돌린 후 생강시의 양손이 수도(手刀)를 이룬 채 칼날처럼 백무를 향해 뻗어 나갔다.

하지만 그보다 빠른 것은 백무의 움직임이었다. 어느새 생강시의 뒷목을 잡은 것인지 거세게 양팔을 끌어당겼다.

휘이익!

퍽!

콰직!

팔이 끌어당겨져 고개가 숙여지는 생강시의 얼굴에 백무의 무릎이 작렬하며 얼굴의 대부분이 함몰돼 버렸다.

휘이익!

뻑!!

무릎으로 차올려진 생강시의 머리가 허공으로 향하자 다시금 백무의 머리가 생강시의 머리를 강타했다. 이번에도 머리뼈가 깨지는 소리와 함께 생강시의 뒷머리가 움푹 들어가 버렸다.

휘이익!

두 번째 공격도 성공한 후 주위를 둘러보았다. 처음 머리를 가격당했던 생강시가 자신을 향해 달려들고 있었다.

"차앗!"

백무는 허리를 낮추며 자신의 발로 바닥을 쓸었다.

퍽!

발의 옆 축을 맞은 생강시가 균형을 잃고 옆으로 쓰러지기 시작했다. 생강시의 균형을 빼앗음과 동시에 백무의 신형이 바닥을 박차고 허공으로 떠올랐다.

털썩!

휘이익!

콰… 직!

생강시의 머리가 바닥에 닿는 것과 동시에 오 장까지 치솟았던 백무의 신형이 빠르게 내려왔다. 떨어지는 힘에 진각을 밟듯 반쯤 부서진 생강시의 머리가 흙속에 박혀 버렸다.

"차앗!"

파파파팟!

속이 답답한 듯 울렁거렸지만 백무는 다시 한 번 기합을 지르며 몸을 움직였다. 아칠이 힘이 다했는지 균형을 잃고 쓰러지려 했기 때문이다.

"이 자식들!!"

생강시의 등 뒤에 도착한 백무는 아칠을 공격하려던 생강

시의 목덜미를 잡고는 세차게 뒤로 끌어당겼다. 진각과 함께
허리를 뒤틀어 끌어당겼기에 생강시는 균형을 잃고 뒤로 날
아올랐다. 백무는 끌어당기는 와중에도 발뒤축을 거는 것을
잊지 않았다. 그렇게 뒤로 넘어지는 생강시를 따라 백무의 신
형도 간발의 차이로 같이 넘어졌다.

퍽!

넘어지는 와중에도 백무의 팔꿈치가 생강시의 얼굴에 작
렬했다. 얼굴을 가격한 직후 백무는 생강시의 신형을 올라타
며 양 무릎으로 팔을 내리누르고는 허리를 한껏 뒤로 젖혔
다.

휘이익!

빠각!

우지직!

다시 한 번 백무의 머리가 생강시의 머리에 작렬했다. 적혈
신을 이루고 난 뒤 몸이 단단해진 것을 믿고 백무는 신체 부
위 중 제일 단단한 머리로 생강시를 연이어 공격한 것이었다.

신장 탓인지 백무의 머리가 생강시의 코 밑부분과 부딪쳤
다. 턱이 완전히 으깨져 버린 탓에 이빨이 산산이 흩어졌다.
생강시의 턱과 부딪친 것 때문인지 백무의 코에서도 피가 흐
르고 있었다.

똑!

자신도 어지러운지 비틀거리는 백무의 몸짓에 코에서 흘

러내린 피 한 방울이 생강시의 부서진 턱 부분에 떨어졌다.

치지지직!!

백무의 피에 연기가 피어오르며 생강시의 몸이 서서히 녹기 시작했다. 백무의 핏속에 남아 있는 혈수련의 독기 때문이었다. 녹아드는 생강시를 보며 백무가 힘겹게 신형을 일으켰다.

"무아야! 저놈들을 한 대씩 더 받아버려라! 어서!!"

백무의 피에 반응을 하는 생강시를 본 당민이 소리를 질렀다. 백무의 핏속에 아직 잠재해 있는 혈수련과 현천독지의 독기라면 분명 생강시를 녹여 버릴 수도 있다는 생각이 난 것이다.

"크… 으!"

어지러웠다. 단단해도 너무 단단했다. 생강시보다 자신의 몸이 더 단단했지만 전해지는 충격이 장난이 아니었던 것이다.

파파팟!

머리가 어지러운 가운데서도 백무의 신형이 다시금 움직였다. 자신의 코에서 흘러내린 피 때문에 녹아드는 생강시를 보았기에 당민의 말뜻을 알아들었던 것이다.

퍽!

파팟!

퍽!

백무는 최대한 신형을 움직여 버둥거리는 생강시들을 당민의 말대로 한 번씩 머리로 받았다. 머리 없이 곤을 향해 달려드는 놈을 비롯해 흙속에 머리를 박고 있는 놈, 반으로 갈라진 생강시까지 남김없이 머리로 받아버린 것이다.

그러는 와중에 백무의 코에서 흘러나온 피가 생강시들에게 튀었고, 괴물 같은 생강시들의 몸이 서서히 녹기 시작했다.

스윽!

휘이익!

틱!

백무는 코에서 흐르는 피를 손으로 닦아 떨쳐 냈다. 손에 묻은 피 한 방울이 생강시의 잘린 머리 위로 떨어졌다. 머리만 남은 채 두 눈을 멀뚱거리는 생강시를 차마 이마로 받을 수 없었기 때문이다.

핏방울이 떨어진 생강시의 머리가 서서히 녹기 시작했다. 비명 소리조차 없이 서서히 녹아들고 있는 생강시들의 모습은 정말이지 괴기롭기 짝이 없었다.

생강시에 대한 처리가 모두 끝나자 전신이 피를 칠한 듯 붉게 물든 백무가 비틀거리며 당민에게 다가왔다.

"무아야, 괜찮은 거냐?"

생강시들이 전부 바닥에 쓰러져 녹기 시작하자 이제는 어느 정도 안심이 된 것인지 당민이 백무의 안위를 물었다.

"크… 윽! 괜찮아요. 이제는 된 건가요, 누… 님?"

백무는 고통스러운 신음을 흘리며 당민을 쳐다보았다.

"그래, 고생했다. 어서 이 자리를 피해야 한다. 삼묘호리도 우리가 이렇게 생강시를 빨리 처리한 줄은 모를 것이다. 놈이 이 자리를 뜬 것은 아직 준비가 부족했기 때문이다. 놈이 마저 준비를 하기 전에 어서 떠나야 한다."

당민은 삼묘호리가 무슨 일을 꾸밀지 몰라 일행을 재촉했다.

"크… 으, 알겠습니다."

"밀 노와 암 노는 빨리 곤과 이 사람을 도와줘요."

"네!"

"알겠습니다, 천주!"

곤은 입에서 피를 흘리고 있기는 했지만 어느 정도 몸을 움직일 만한 듯했다. 안색이 창백한 것이 내상이 심한 듯했지만 밀광이 부축하자 애써 미소를 지어 보이고 있었다.

아칠은 묵빛 봉을 땅에 꽂고는 거칠게 숨을 몰아쉬고 있었다. 봉을 잡은 손에서는 붉은 피가 쉴 새 없이 흐르고 있었다. 암연은 다급히 아칠을 부축했다.

"사 노는 아이들에게 이 근처의 독기를 모두 없애도록 해주세요."

사천은 당민의 지시에 사밀소를 이용해 녹린천아사를 움

직였다. 녹린천아사들은 장내를 날아다니며 생강시가 녹아
든 곳에 남아 있을지도 모르는 독기들을 흡수하기 시작했
다.

"이제는 빨리 이곳을 벗어나야 해요. 어디로 가면 되지
요?"

당민은 삼노에게 지시를 마친 후 아칠을 쳐다보며 물었다.

"이… 리로 오… 십시오."

고통스러운 표정이 역력했지만 아칠은 아픔을 참으며 일
행을 인도했다. 당민은 백무와 함께 후미에서 흔적을 지우며
이동하기 시작했다.

일각 정도 시간이 지나자 일행은 한수 가에 다다를 수 있었
다. 유유히 흐르는 한수의 모래톱 위로 희미하게 배가 보였
다. 아육이 고기잡이를 위해 사용하는 배였다. 제법 큰 것이
열댓 사람은 넉넉히 탈 만했다.

"얼른 배에 오르도록 해요. 나와 백무는 밧줄을 풀고 뒤를
따를 게요."

삼노를 비롯해 부상자들이 먼저 배에 올랐다. 당민은 백무
와 함께 나무에 매어져 있는 밧줄을 풀고는 모래 위에 나 있
는 흔적을 지우며 한수 쪽으로 향했다.

"됐다. 무아는 어서 배를 밀어라!"

빠르게 배로 올라탄 당민은 서둘러 배를 강심으로 띄우도
록 했다. 삼묘호리가 다른 준비를 하고 있다면 이곳에 있어

보았자 좋은 일은 없을 것이기에 그녀의 행동에는 다급함이 서려 있었다.

"이야야!"

백무는 전력을 다해 강물 쪽으로 배를 밀었다.

스으으윽!

상당한 무게였지만 모래톱이 스치는 소리와 함께 배가 강물로 밀려들어 가기 시작했다.

"어서 타라!"

"예, 누님!"

휘이익!

탁!

백무는 미는 힘 그대로 신형을 띄워 배 위로 올라탔다. 그리고는 이내 삿대를 집어 수면 아래로 박아 넣고는 힘을 주어 배를 강심으로 밀기 시작했다.

스으윽!

삿대를 밀 때마다 배가 빠르게 앞으로 전진했다. 그렇게 일행을 태우고 강심에 다다른 배는 강물의 유속을 따라 아래로 흘러가기 시작했다.

어두운 강심으로 배가 밀려가 점점 시야에서 사라질 무렵, 강가로 누군가 천천히 걸어 내려오고 있었다. 파황적도기가 죽어가던 현장에 있던 자 중 하나였다.

아무것도 느낄 수 없는 허허로운 기운을 가지고 있는 그는 조심스럽게 강의 흐름을 타고 떠내려가는 배를 바라보고 있었다. 배를 바라보는 그의 눈빛에는 허허로운 분위기와는 달리 놀란 듯한 빛이 가득했다.

"놀라운 일이로군. 아직 완전하지 않지만 생강시를 박살 낼 정도의 무력이라니. 역시 교주님의 말씀이 맞는 것 같군. 독선고가 반은 성공한 것인가?"

삼묘호리의 등장과 생강시와의 격전 등 그는 백무가 격전을 벌이는 동안 하나도 빠짐없이 모든 것을 지켜보았다. 호신 강기를 둘러도 강기를 뚫고 사정없이 파고드는 것이 생강시의 공격이었다. 그런 공격을 아무렇지 않게 몸으로 막아내는 모습은 경이로울 정도였다.

거기다 백무가 보여준 전신을 이용한 체술도 놀라운 바가 컸다. 몸의 균형이 어디로 이동하든 언제나 적절한 시점에 사각을 노리며 파고들었다.

비록 완성되지 않은 생강시였으나 웬만한 공격을 피할 수 있음에도 백무의 공격을 하나도 피하지 못하는 것을 보며 고개를 젓지 않을 수 없었다. 자신이라면 어떻게 할까 생각해 보았지만 그것을 피할 자신이 없었기 때문이다.

사실 내공을 이용하지 않고 그런 움직임을 보인다는 것은 불가능에 가까운 일이었기에 그는 자신이 본 것을 통해 어느 정도 확신을 가질 수 있었다.

"밀독천에서 어느 정도 연구에 성공하지 않았다면 그런 움직임을 보일 수는 없었겠지. 하지만 체내에 독이 있다는 것은 아직 약력이 남아 있다는 건데……."

생강시를 물리친 것은 전적으로 신체적 능력을 이용한 체술이 아니었다. 분명 백무의 몸에서 흘러나온 피가 생강시를 녹여 버리는 것을 그도 똑똑히 보았던 것이다.

"하긴 완전하게 성공하기는 불가능한 일이니 그나마 다행이로군. 저 정도면 훌륭하게 미끼 역할을 할 수 있을 것이니 교주님의 의도대로 된 셈이다. 후후후! 그나저나 당민보다 먼저 지옥도를 떠나는 바람에 일이 틀어지는 줄 알았건만, 이제 어느 정도 틀어진 계획을 바로 잡았으니 예정대로 진행하는 일만 남았다. 이미 모든 안배는 끝났으니 이번에는 계획이 틀어지는 일이 없도록 잘 조절만 하면 될 것이다. 그리고 미끼의 상태도 잘 지켜봐야 할 것 같다. 우리가 예상한 것보다 미끼의 성취가 높아 그것이 변수로 작용할지도 모르니 말이야. 교주님께서 아직은 지켜보라고 했으니 일단 상황을 지켜보는 수밖에 없겠지만, 만약 우리의 계획을 망가뜨린다면 어쩔 수 없이 손을 쓰는 수밖에. 후후후!"

찜찜한 마음이 한구석에 남아 있지만 아직은 지켜보아야 하는 그였다. 마교의 하늘이 명한 이상 그렇게 해야 했다. 완전하지 않으면 그냥 지켜보고, 만약 자신들의 예상과 달리 완전하다 판단이 들면 곧바로 조치를 취하라는 것이 마교의 하늘이 그에게 전한 명이었던 것이다.

"후후! 이런, 흔적이 남았군. 그곳에 도착할 때까지는 저들의 행적이 놈들에게 알려져서는 곤란하니 어서 지워야겠군."

떠나가는 배가 있을 강심을 바라보다 모래톱 위로 배가 스친 흔적이 남아 있는 것이 그의 눈에 들어왔다. 또 배로 뛰어오르기 마지막에 온 힘을 다한 듯 깊숙하게 패인 백무의 발자국 또한 선명하게 남아 있었던 것이다.

휘이이익!

그의 신형이 유령처럼 강가로 날아올랐다.

팟!

수면 위에 발끝을 찍은 그의 신형이 돌려졌다. 무형의 진기가 휘도는 것인지, 그의 신형을 따라 회오리치듯 강물이 강가로 밀려갔다.

쏴아아!

그 강물들이 모래톱 위에 남아 있던 흔적들을 쓸어내렸다. 자신의 내력으로 강물을 강가로 밀어낸 그는 강물을 찍은 반탄력을 이용해 다시 강가로 날아 내려왔다.

"혹시 다른 흔적이 남아 있을지도 모르니 찾아서 없애야겠다. 삼묘호리라면 머지않아 저들의 행적을 발견헤 낼 테니, 이곳을 벗어나는 동안만이라도 시간을 벌어야 한다. 그자도 아직은 경계를 넘는 것을 두려워할 테니 그 정도면 여유가 있겠지."

스으윽!

그의 신형이 백무가 생강시와 싸우던 곳으로 향했다. 답설무흔의 경공을 펼쳐 날아가는 것인지, 그가 향하는 길에는 아무런 흔적이 남지 않았다.

자신들이 남긴 흔적을 암천신마와 연관이 있는 누군가 지우고 있다는 것을 알지 못하는 당민은 배가 강심으로 이르자 일행들을 살폈다.

다급하게 배를 탄 탓에 일행을 살필 여유가 없었던 탓에 그는 이제야 여유가 생겨 일행을 돌아본 것이다. 다행히 치명적인 큰 부상은 없는 것 같아 보이자 일단은 안심이 되었다.

"모두 무사해서 다행이다. 곤은 괜찮은 것이냐?"

"크… 으! 갈비뼈가 몇 대 나가기는 했지만 이 정도는 아무것도 아닙니다. 괜찮습니다."

그나마 북명신공을 이용해 호신지기를 일으켜 심각한 상처는 아니었지만 그대로 두면 위험한 상처였다.

"밀 노는 곤의 상처를 돌보세요. 자령천화액도 먹이고요."

"알겠습니다."

밀광이 곤을 치료하기 시작했다. 당민만큼이나 의술에도 일가견이 있는지라 진기를 이용해 부러진 곤의 갈비뼈를 맞추고는 품에 있는 자령천화액을 꺼내 곤에게 먹였다. 자령천화액을 복용한 탓인지 얼마 지나지 않아 곤의 안색이 편안해졌다.

"당신은 괜찮은가요?"

"괘… 괜찮… 습니다."

당민의 물음에 억지로 대답을 했지만 아칠의 얼굴에는 고통을 참는 빛이 역력했다.

"괜찮긴, 뭐가 괜찮아요? 손을 이리 내봐요."

당민의 성화에 아칠은 손을 내밀었다. 양손이 온통 피투성이었다. 상당한 외공을 익히기는 했지만 내공이 일천한 탓에 생강시를 쳐내는 충격을 감당하지 못하고 손바닥이 터져 나간 것이다. 손바닥 전체가 굳은살로 굳어져 있었는 데도 불구하고 갈라져 터져 나간 듯 걸레처럼 변해 있었다.

"우선 치료를 해야겠군요. 이대로 놔두면 앞으로 정상적으로 손을 쓰지 못할지도 몰라요. 상당히 고통스러울 거예요. 하지만 잘 참아내기만 한다면, 당신에게 더할 나위 없이 좋은 결과를 가져다 줄 테니 참아야 해요. 무아야, 내가 준 검흔비 좀 빌려주겠니?"

'후후! 그것을 쓰시려 하는 것을 보니 누님이 저 사람이 마음에 든 모양이로군.'

"여기 있습니다, 누님!"

백무는 허리춤에서 검흔비를 꺼내 당민에게 주었다. 당민이 아칠에게 하려는 치료가 무엇인지 알기에 백무의 입에는 미소가 걸렸다. 차분한 성격의 아칠이 어쩐지 정감이 가는 까닭이기도 하지만, 자신이 생강시를 상대하는 동안 목숨을 걸고 당민을 보호해 준 이가 바로 그였기 때문이다.

하지만 백무의 생각과는 달리 당민의 내심은 달랐다. 당민은 치료를 핑계로 아칠의 내력을 살피려는 것이었다.

"자칫하면 신경을 건드릴 수 있으니 움직이지 말아요."

당민은 검흔비를 이용해 너덜너덜해진 손바닥의 살점을 하나하나 도려냈다. 그러면서 은밀히 아칠의 기운을 살폈다.

"으… 음!"

아칠은 상당히 고통스러울 텐데도 미약한 신음만을 흘렸다. 당민은 치료를 하면서 한동안 아칠의 기운을 살폈지만 별다른 점은 찾아볼 수 없었다.

'의심스러운 점은 없군. 그저 약간의 내공이 있지만 외공을 익히는 자에게 자연스럽게 쌓이는 것이고. 하지만 아직 마음을 놓아서는 안 되겠지. 그나저나 참을성이 대단한 자다. 이런 상처를 입었으면 고통이 상당할 터인데……'

아칠에 대한 의심이 어느 정도 가시자 그가 대단하다는 생각이 들었다. 뼈가 드러날 정도로 손바닥이 터져 나갔는 데도 고통을 참는 모습을 보며 당민은 아칠의 참을성에 놀란 것이다. 이 정도의 상처라면 아무리 단련을 한 무인이라 할지라도 무척이나 참기 힘든 것이기 때문이었다.

'일단 자연스럽게 치료를 하는 거다. 혹여 내가 잘못 판단한 것일지도 모르고, 만약 이자들이 그들의 끄나풀이라면 지금 하는 안배가 훗날 도움이 될 수도 있을 테니까.'

흔들리는 뱃전임에도 불구하고 정교하게 불필요한 살점만을 잘라낸 당민은 검흔비를 백무에게 건넸다.

"무아야! 자, 받아라."

"예, 누님!"

백무가 검흔비를 받아 들자 당민은 서둘러 자신의 품에서 작은 약병 하나를 꺼냈다.

퐁!

자기병의 마개가 열리자 은은한 향기가 뱃전에 퍼졌다. 심신을 상쾌하게 하는 청아한 향기였다. 당민은 자기병 속에 든 약을 아칠의 손에 부었다

주르르륵!

츠으으!

"크… 윽!!"

자기병에서 흘러내린 약이 손에 떨어지자 끓는 소리와 함께 이제까지와는 달리 아칠이 고통스러운 듯 비명을 질렀나. 손바닥의 가죽이 거의 벗겨진 자리에 떨어진 약인지라 고통이 상당한 듯했다.

'으… 으으!'

아칠은 짧은 비명을 끝으로 이내 입을 다물었다. 하지만 입술 사이로 여린 신음이 흘러나왔고, 어깨가 심하게 떨리는 것이 상당히 고통스러운 것 같았다.

'후후! 역시 누님께서 저 사람이 진짜 마음에 드신 게로군. 저것을 진짜 발라주다니. 만약 저 사람이 저것이 어떤 것인 줄 알게 된다면 아마 놀라 자빠질 것이다.'

당민이 아칠에게 발라준 것이 무엇인지 백무도 잘 알고 있었다. 지금은 모르겠지만 무공을 익혀 갈수록 아칠은 자신에게 베풀어진 당민의 치료가 무엇인지 깨달아갈 것이 분명했다.

그것은 혈오의 껍질과 어느 정도 독을 제거한 혈수련의 진액이 섞인 것이었다. 얼마간 남아 있는 여독을 해독해야 하지만 당민이라면 달리 쉽게 해독할 수 있는 양이었다.

그것이 아칠에게 어떤 효과를 낼지는 정확히 알 수 없지만, 상처가 다 낫게 된다면 강철보다 더욱 단단한 손을 가지게 될 것임이 분명했다. 외공을 익힌 자로서 도검이 불침하는 손을 얻게 되는 것이 어떤 의미인지 백무도 잘 알고 있었다. 그것은 잘 벼려진 보검은 얻은 것이나 진배없었던 것이다.

'으… 으!'

배가 강심을 따라 흘러가는 동안 자신에게 베풀어진 시술이 어떤 것인지 모르는 아칠은 그렇게 한동안 이를 악물며 고통을 참고 있었다.

아칠의 치료가 끝나고 얼마쯤 흘러가자 멀리서 불빛이 보이기 시작했다. 한수에서 녕강으로 들어서는 포구의 불빛이었다.

"크… 으! 어서 닻을 던지십시오!"

아직 고통이 가시지 않은 듯 아칠은 신음을 흘리며 급하게 백무를 재촉했다.

"왜 닻을 던지라는 말입니까?"

"급합니다. 어서요!"

휘이익!

퐁!

아칠의 다급한 말에 백무가 닻을 던졌다. 강물을 따라 흘러가던 배는 강바닥에 닻이 걸리자 빠르게 멈추어 섰다.

"왜 그러신 겁니까?"

배가 멈추자 백무가 물었다. 추적을 피해 빠르게 빠져나가야 하는 상황에서 강심에 멈추어 서게 한 까닭을 모르기 때문이었다.

"으으! 정말로 그들이 돌아온다면 마주칠 수가 있습니다. 이곳에 있으면 아까 그들이 탔던 배가 돌아오는 것을 알 수 있을 겁니다. 그들이 도착하고 배에서 내리면 그때 하류로 내려가야 합니다."

'으… 음! 거기까지는 생각지 못했는데, 보면 볼수록 심계

가 깊은 사람이다.'

아칠은 자신의 속임수로 한수를 따라 내려갔던 자들을 염려한 것이다. 백무는 고통스러운 와중에도 그런 것까지 살필 수 있는 아칠을 보며 참으로 대단한 사람이라는 생각이 들었다. 좋은 인연이 된다면 가까이하고 싶은 마음이 절로 들었다.

"크… 으! 저기, 오는 것 같군요."

하류로부터 배가 올라오고 있었다. 밤늦은 시간에 한수를 역류해 올라올 정도라면 급한 배가 틀림없었다. 먼 거리였지만 아칠은 뱃전에 매달린 횃불과 불빛에 비친 돛을 보고는 마교도들이 타고 떠났던 배임을 알 수 있었다.

"놈들이 내리기 시작하면 닻을 끌어올려야 합니다. 그냥 닻을 끌어올리기만 하면 강물이 알아서 저들을 피해가게 해 줄 겁니다."

얼마 안 있어 배가 도착하고 사람들이 다급하게 내리기 시작했다. 백무는 아칠의 말대로 천천히 닻을 끌어올렸다. 그리고 강물의 흐름에 배를 맡겼다.

'역시 예사 인물이 아니다. 무림에서도 이 정도의 침착성을 보유하고 있는 인물은 무척 드물다. 마치 노강호를 보는 것 같지 않은가.'

정체를 도무지 알 수 없는 자였다. 약간의 내공을 가지고 있기는 하지만 신경 쓸 만한 것은 아니었다. 오히려 생강시와 맞선 그의 외공이 더 놀라웠다.

어느 정도 의심이 풀린 당민은 보면 볼수록 보통 사람이 보일 수 없는 행동을 하는 아칠을 다시 생각하지 않을 수 없었다. 분명 무엇인가 감추고 있는 것이 틀림없었다.

'곁에 두고 지켜보는 것도 괜찮겠지. 내 생각이 맞거나 틀리거나, 어쨌든 둘 다 나쁘지는 않으니.'

치료를 하면서 이미 필요한 안배를 모두 끝낸 상태였다. 세상에 다시없을 독이 이미 아칠의 손을 통해 침투했다. 세상에서 오직 자신만이 해독시킬 수 있는 독이었다. 놈들의 끄나풀이라면 쥐도 새도 모르게 처리할 준비가 끝난 것이다. 만약 아니라면 자신이 느낄 사이도 없이 여독을 해독시켜 주면 되기에 당민은 조용히 아칠을 살필 뿐이었다.

고심에 쌓인 당민과는 달리 백무 일행이 탄 배는 강심을 벗어나지 않고 미끄러지듯 하류로 내려가기 시작했다. 아칠의 말대로 강물이 알아서 마교도들의 시야를 자연스럽게 피해주고 있었다.

어두운 강심을 따라 포구 근처에 이르자 정박한 배에서 사람들이 내리고 있는 것이 일행의 눈에 보였다. 그들은 내리자마자 아칠이 일하던 객잔이 있는 방향으로 달리기 시작했다.

'자칫했으면 낭패를 당할 뻔했구나. 저기에 있는 저자는 누님 못지않은 고수다.'

포구에서 분주히 움직이던 자들을 살피던 백무는 배에서

내린 마교도들을 이끌고 있는 자에게 눈길이 미쳤다. 간결하고 무서운 기운을 가진 자였다. 거의 당민에 필적할 만한 무위를 소유하고 있는 듯했다.

거기다 수하들로 보이는 자들도 전에 상대했던 파황적도기들보다 무위가 뛰어나 보였다. 무턱대고 내려가다 강상에서 마주쳤다면 낭패를 당했을 것이 분명했다.

'이 정도면 마교도들이 우리가 이곳에 있다는 것을 알아차리지 못할 것이다.'

백무는 뱃전에서 마교도들의 움직임을 지켜보다 이내 시선을 강심으로 돌렸다. 빠른 유속으로 인해 어느새 배가 포구에서 멀어졌기에 배의 안전을 위해 강 속을 살폈던 것이다.

"돛을 올리십시오. 이 정도면 저들은 우리를 발견하지 못할 겁니다."

배가 점점 하류로 내려가 포구가 보이지 않게 되자 아칠은 돛을 펼치도록 했다. 속도를 내려는 것이다. 백무가 키를 잡고 있기에 사천과 암연이 서둘러 돛을 올렸다.

"어두운 밤이라 뱃길을 모르면 자칫 좌초할 수 있습니다. 지금부터는 제가 배를 몰겠습니다."

"괜찮겠습니까?"

"걱정하지 마십시오. 이제는 많이 좋아졌습니다."

아칠은 천으로 감싼 손으로 백무가 잡고 있는 키를 쥐었다. 통증이 조금은 가신 것인지 아칠이 조심스럽게 배를 몰기 시작했다. 배는 한수를 따라 유연하게 미끄러져 내려갔다. 때마침 불어오는 밤바람을 타고 하류로 쾌속하게 질주했다.

"뒤져라! 그 점소이 새끼부터 찾아라!"

배에서 내려 한수루에 다다른 자륜비호(紫輪飛虎)는 화난 목소리로 수하들로 하여금 아칠을 찾도록 다그쳤다. 생각을 하면 할수록 화가 솟는 자륜비호였다.

한수를 타고 내려가다 이상한 생각이 들어 배를 강제로 멈추게 하고는 뱃길을 돌린 것이다. 아무리 담이 큰 자라 하더라도 자신에게서 흘러나오는 기세에 주눅이 들기 마련이었다. 그러나 당민 일행이 배를 타고 떠났다고 말한 점소이는 한결같이 침착했다.

배를 타고 내려가는 동안 내내 찜찜했던 그는 자신에게 당민의 행방을 일러주었던 점소이가 보통 사람이 아니라는 것을 깨닫고는 이내 뱃길을 되돌린 것이다.

"그 새끼는 분명 그 계집의 행방을 알고 있었던 것이 분명하다. 감히 날 속일 생각을 하다니, 아주 간이 큰 놈이야. 크크! 잡히면 혀부터 뽑아주마. 그나저나 그놈이 먼저 알아챈 것이 분명한데, 어디 있는 것인지……."

삼묘호리가 남아 있었다면 뭔가 알아낸 것이 있을지도 모른다는 생각이 들었다. 어쩌면 당민과 대치하고 있을지도 모르는 일이었다.

"가철문, 그 새끼는 분명 뭔가를 눈치 채고 남으려 했던 것이 분명하다. 하지만 그년이 그리 쉬운 계집은 아니니, 빨리 찾아내면 내가 잡을 수 있을 것이다."

아무리 생강시라고 해도 밀독천에서 함께 온 자들이 같이 있다면 아직 잡히지 않을 가능성이 있기에 빠른 시간 안에 찾아야 했다. 가철문이 잡아 공을 세우는 일만큼 기분 나쁜 일도 없었다.

자륜비호는 이마를 쓸어 머리카락을 뒤로 넘겼다. 그러자 불에 지진 듯 선명히 남아 있는 상처가 드러났다. 지렁이가 꿈틀거리듯 이마를 가로지른 상처로 자륜비호의 인상이 더없이 날카롭게 보였다.

얼마 지나지 않아 한수루로 들어갔던 수하들이 나왔다.

"부기주께서는 이미 그놈의 집으로 향한 모양입니다. 그리고 그놈의 집이 어딘지 알아냈습니다."

"입단속은 철저히 시켰겠지?"

"이곳에 있는 자들이 감히 입을 열지는 못할 것이니 염려하실 것이 없습니다."

"좋다. 부기주가 그 계집을 막고 있을 것이다. 혹시 모르니 최대한 빨리 가야 한다. 가자!"

"알겠습니다."

자륜비호는 수하들을 이끌고 아육의 집으로 향했다. 아직 완전한 것은 아니지만 삼묘호리가 이끄는 다섯 구의 생강시라면 잡지는 못해도 당민을 저지하고는 있을 것이라 생각했기에 수하들을 재촉했다.

"으… 음!"

한바탕 한수루를 뒤집어엎은 사람들이 떠나고, 얼마 지나지 않아 누군가 장내에 나타났다. 흔히 볼 수 있는 문사 차림의 사나이였다. 그는 아육의 집을 향해 떠나가는 자륜비호 일행을 지켜보며 신음을 흘렸다.

"저놈들이 이곳에 왔다는 것은 뭔가 심상치 않은 일이 벌어지고 있다는 뜻인데……. 일단 무슨 일인지 알아봐야겠군."

문사 차림의 사나이는 빠르게 자륜비호 일행을 뒤쫓기 시작했다. 지난 몇 년간 잠잠했던 마교의 본산에서 무슨 일이 벌어진 것 같다는 판단 때문이었다.

자륜비호가 빠르게 아육의 집으로 향하고 있을 때, 삼묘호리는 망연자실한 표정으로 백무와 곤이 생강시들과 접전을 벌렸던 장소에 서 있었다.

"이럴 수가!!"

당민의 모습은커녕 자신이 끌고 온 생강시의 모습도 보이지 않았다. 생강시는 산산이 부서지지 않는 한 몸이 잘려도

적을 공격하게 되어 있는 마물이었다.

그리고 분명 당가의 비전지독(秘傳之毒)은 생강시에게는 모두 무용지물었다. 그런데 자신이 데리고 온 다섯 구의 생강시가 모두 보이지 않자 설마 하는 생각이 들었다.

"으음! 분명 단서가 있을 것이다. 찾아야 한다."

가철문은 다급한 기색으로 장내를 살피기 시작했다. 곳곳에 뭔가 녹아든 흔적이 보였는데, 모두 여섯 군데였다.

"잔독시마님께서 분명 장담했는데, 아직은 아니라는 말인가? 밀독천이 나섰다고 해도 이렇게 깨끗이 처리할 수는 없을 터인데……."

광천십마 중 하나인 잔독시마(殘毒屍魔) 파라소(爬羅宵)가 심혈을 기울여 비밀리에 제련한 것이 바로 자신이 이끌고 온 생강시였다.

아직 완전한 것은 아니지만 수천 가지 독물로 제련된 탓에 생강시에게 있어서 독은 그야말로 무용지물이었다. 특히나 잔독시마는 밀독천과 원한이 깊은 사람이라 생강시를 제조하면서 밀독천의 독을 생각하지 않을 리가 없었다.

"으… 음! 도대체 알 수가 없구나. 한 줌 독기조차 보이지 않는다. 생강시가 녹아버렸다면 독 기운의 흔적이라도 남아야 하거늘. 어째서 독 기운은 손톱만큼도 없고, 저런 흔적만 남은 것인지 모르겠구나."

자신이 데려온 생강시는 다섯 구인데 싸움이 벌어진 장소에서 무엇인가 녹아든 흔적은 일곱 곳이었다. 생강시가 독에 녹아 내렸다면 분명 다섯 곳에 흔적이 있어야 하는데, 사실은 그렇지 않았던 것이다.

삼묘호리라 불리는 그도 확실한 판단을 내리기 어려웠다. 강기로도 자르기 힘든 생강시들의 몸이 곤의 검에 의해 잘렸다는 것은 전혀 생각지 못했기 때문이다.

"그나저나 생강시가 행방불명됐으니 자륜비호가 펄쩍 뛸 텐데, 걱정이로군."

어느 면으로 보나 자신보다는 못하지만 필요에 의해 모시고 있는 상관이었다. 거기다가 자륜비호 또한 어느 정도 머리가 있는 자였다. 이번 일의 책임을 자신에게 돌리려 할 것이 분명했다. 얼마 안 있으면 자륜비호가 올 것이 틀림없지만, 가철문으로서는 지금의 상황을 확실하게 모르는 상태라 이번 일을 어떻게 설명해야 할지 답답할 뿐이었다.

"괜한 오해만 생길 수 있으니 사실대로 알려줄 수밖에 없겠군. 그는 나를 시기하고 있으니 어떻게든지 죄를 덮어씌우려 할 것이다. 자륜비호가 올 동안 다른 단서가 있는지 다시 한 번 살펴야겠다. 내가 보지 못하고 놓친 것이 있을 수도 있으니까."

자륜비호가 자신을 시기하고 있음을 알기에 꼬투리를 잡히지 않고자 주변을 다시금 샅샅이 살피기 시작했다.

자신이나 자륜비호조차 승패를 장담하지 못하는 생강시를

상대했다면 누군가 다친 사람이 있을 것이고, 어딘가에는 분명 흔적이 남았을 터였다. 그렇지 않더라도 다급하게 피해 달아났다면 무엇인가 흔적이 남아 있을 것이라는 생각이 들었기 때문이다.

가철문은 생강시의 주변을 돌며 흔적을 살폈다. 그러나 근처에서 사람의 흔적이라고 남아 있는 게 하나도 없었다. 마치 누군가가 싹 지워 버린 것 같이 너무도 깨끗했다.

"으… 음! 분명 이렇게 흔적을 지우면서 도망갈 여유가 없었을 것이다. 교주 측의 움직임은 확인되지 않았건만, 그럼 또 다른 조력자가 있다는 뜻인가?"

이미 천라지망은 완성되었다. 자신이 직접 친 것이기에 도울 수 있는 세력이 없다는 것은 거의 확실했다. 녕강 인근에서 암약하고 있는 정파의 간자들이 있을 터였지만, 그들은 이미 감시를 받고 있기에 만약 움직였다면 자신에게 바로 소식이 왔을 것이다.

그렇다면 당민 일행을 도울 만한 이들은 현재로선 전무했다. 그런데도 삼묘호리는 누군가가 당민 일행을 돕고 있다는 느낌을 지울 수가 없었다. 모든 것이 의문이었다.

"어찌하면 좋다는 말인가? 이곳에서 도대체 무슨 일이 벌어진 것인지 알아야만 확실히 의문이 풀릴 터인데……."

생강시가 녹아내린 듯 보이는 것 이외에는 아무런 흔적이 없자 가철문은 난감한 상황에 빠져 버렸다.

“분명 관련이 있을 것이니, 일단 저것이라도 가지고 가야 겠다. 분명 잔독시마님이라면 뭔가 알아낼 수 있으실 테니 까.”

가철문은 품에서 녹수피를 꺼내 손에 끼었다. 그리고 작은 주머니 하나를 꺼내 생강시가 녹아든 곳의 흙을 한 줌 집어 담았다. 생강시를 만든 잔독시마에게 가져다주려는 것이다. 마교 제일의 독술과 의술을 보유하고 있는 그였기에 뭔가 단 서라도 찾아내지 않을까 하는 생각에서였다.

第二章

인연인가? 음모인가?

九劈乃雷電云

밤을 달려 강물을 따라 내려온 당민은 동이 터오는 것을 볼 수 있었다. 이글거리며 태양이 떠올라 세상을 밝혀주었지만 한수의 강 위를 달리고 있는 배는 오직 한 척뿐이었다.

벌써 따라오고도 남았을 마교의 움직임이 보이지 않는 것을 보면 어느 정도 추적을 따돌린 것이 분명했다. 한숨 돌린 당민은 키를 잡고 있는 백무를 바라보았다.

백무는 동이 터오자 밤새 배를 모느라 지친 아칠과 교대해 배를 몰고 있었다. 흑산에 살 무렵 요하에서 몇 번 배를 몰아본 경험이 있었기 때문이다.

'정말 다행이다. 이제 무아가 자신의 몸에 대해 어느 정도 자신감을 찾은 것 같구나. 저 정도면 아무리 놈들이 음모를 꾸미더라도 잘 헤쳐 나갈 수 있을 것 같구나.'

표정이 편안한 것을 보면 지난밤의 격전으로 자신의 몸에 대해 자신감을 가진 것이 분명했다. 어딘가 불안했던 모습이 가시고 여유로워 보였던 것이다. 무심히 강변을 살피며 키를 잡고 있는 백무를 향해 당민이 입을 열었다.

"무아야, 다행히 무사히 벗어난 것 같구나. 일단은 뱃길로 가다가 한중을 지나면 배를 버리고 육로로 들어서야 한다. 생강시를 없앤 이상, 놈들은 어떻게 해서든지 우리의 뒤를 추적할 것이 분명하니 말이다."

"누님의 말씀대로 그렇게 하는 것이 좋을 것 같습니다. 어제는 무사히 빠져나올 수 있었지만, 두 번 그렇게 되리라는 법은 없을 테니까요. 특히 그 생강시라는 놈들은 두 번 다시 상대하기 싫습니다. 그리고 나중에 우리를 추적하던 놈들도 만만치 않아 보였으니 말입니다."

백무도 빨리 피하는 것이 좋겠다는 생각이 들었다. 다시 싸우라고 해도 피하지 않을 자신이었지만 일행에는 부상자가 있었다. 그리고 생강시와의 격전에서 무사했던 것도 그렇고, 자륜비호의 추적을 피할 수 있었던 것은 그야말로 천운이라 생각하고 있었던 것이다.

"천주! 이제 어느 정도 놈들의 의도가 밝혀졌으니 그냥 한

판 붙어보지요. 죽지 못한 마물 놈들이라 봐야 한주먹거리도
안 될 텐데 말입니다."

밀광이 입을 실룩거리며 전음으로 불만을 토로했다. 세상
에 무서울 것이 없는 자신이었기에 이렇게 쫓기듯 도망가는
것이 마음에 들지 않았던 것이다.

다들 말은 안 하고 있었지만 삼노들은 직접 손을 쓰지 못한
것에 어느 정도 불만을 가지고 있었다. 백무와 곤이 싸움에
나섰는데 자신들은 당민의 제지로 아무것도 할 수 없었기 때
문이다.

"밀 노! 우리를 막는 자들이 두려운 것이 아니에요. 그 뒤
가 문제지요. 놈들의 배후를 생각 안 한다고 해도 문제가 있
는 것은 마찬가지예요. 삼노나 내가 우리 앞길을 막는 자들을
없애면 그들에게 두 가지 명분을 주게 돼요. 하나는 삼노가
나설 경우 밀독천이 피의 쟁투에 참여했다는 명분이에요. 그
것이 무엇을 뜻하는지 밀 노도 잘 알 거예요. 그리고 두 번째
는 내가 나설 경우 마교에게 중원으로 진출할 수 있는 명분을
주게 될지도 모른다는 거예요. 내 출신이 당문인 이상 말이
죠. 놈들이 노리는 것이 어느 것인지는 모르겠지만, 아마도
그들이 우리 뒤를 쫓을 수 있는 것은 녕강이 마지막일 거예
요. 그러니 괜한 분란을 만들 생각은 하지 말아요. 그랬다가
는 내가 가만히 있지 않을 거예요."

당민은 핀잔을 주듯 전음으로 밀광을 나무랐다.

"쳇!"

불만이 많았지만 참아야 했다. 한다면 하는 당민의 성격을 잘 알기에 밀광은 흐르는 강물로 눈길을 돌렸다.

'제길! 한판 붙으면 어때서 그러는지……. 그동안 쌓아놓은 힘이라면 놈들이 어떤 것을 노리는지 몰라도 한번 해볼 만할 텐데 아직은 때가 아니라는 것인가?'

당민의 말이 무슨 뜻인지 너무도 잘 알고 있었다. 하지만 밀광은 자신있었다. 그동안 준비해 온 밀독천의 힘이 결코 마교의 삼전에 뒤지지 않는다 생각하고 있었기 때문이다.

그러나 당민은 암중에서 움직이는 자들로 인해 아직은 때가 아니라고 판단하는 것 같았다. 함부로 움직이기에는 마교에서 암약하고 있는 존재들의 그림자가 크다는 것은 자신도 알고 있었다. 그렇다면 불만을 잠재울 수밖에 없다. 밀독천의 진정한 힘을 움직이려면 반드시 천주의 명이 있어야 했기 때문이다.

"아직은 아니에요, 밀 노. 지금 저기에 누워 있는 자도 그렇고, 여기 있는 아칠 또한 아직 놈들의 정체가 완전히 밝혀지지 않은 이상 우리는 손을 쓸 수가 없어요. 나와 밀 노의 전력은 최후에나 쓸 수 있을 거예요. 일단은 저 두 형제를 시험해 봐야겠어요."

당민은 전음을 보내 밀광을 위로했다. 밀광의 마음을 모르지 않는 당민이었다.

하지만 아닌 건 아니었다. 암천신마와의 약속은 이것으로 끝난 것이 아니었다. 당민은 지금 정신을 차리고도 안 그런 척하고 있는 아칠의 형이나 아칠이 적인지 아닌지조차 확신하지 못하고 있었다. 그만큼 마교에 드리워진 그림자의 힘은 상상을 불허하는 것이었다.

"모두들 내 말 잘 들어요. 우리는 일단 한중을 지난 후 배에서 내릴 거예요. 배에서 내린 후에는 곧바로 서안으로 갈 것이니 그렇게 알도록 하세요. 만약 가는 도중에 헤어지게 된다면, 모두 서안으로 와 비림을 찾은 후에 나머지 일행을 기다려야 할 거예요."

당민은 배 안의 사람들에게 앞으로의 여정을 미리 이야기해 주었다. 아직까지 안심할 수 없기 때문이었다. 말해주지 않아도 되지만 표가 형제에게 의심이 가는 점이 있기에 일부러 여정을 말해준 것이다.

앞으로의 여정을 알려 자신의 의심에 대해 확인해 볼 생각이었던 것이다. 당민이 우려하는 자들의 끄나풀이라면 반드시 누군가에게 연락을 취힐 것이다.

"아칠은 잠시 나 좀 봐요. 그리고 당신도 깨어났으면 어서 일어나도록 하고요."

당민은 아칠을 부른 후 누워 있는 아육에게 말을 건넸다. 아육이 포구를 지날 때부터 깨어 있다는 것은 당민뿐만 아니라 모두가 알고 있었다. 계속 정신을 잃은 척하고 있었기에 모두가 모른 척했을 뿐이다.

당민의 말에 눈을 감고 있던 아육이 자리에서 천천히 일어났다. 자신이 의식을 차렸다는 것을 당민 일행이 눈치 채고 있었다는 사실에 놀랄 만도 하건만, 그의 눈은 아칠만큼이나 침착했다.

아육은 자리에서 일어나 백무를 비롯해 삼노 등을 바라본 후 당민에게로 시선을 돌렸다. 아칠도 자신의 형이 일어나자 당민에게로 가까이 다가왔다.

"도대체 당신들은 어떤 사람들입니까?"

당민이 말을 꺼내기 전에 먼저 입을 연 것은 아육이었다. 아육 또한 아칠과 마찬가지로 음색이 무척이나 차분했다. 선수를 치고 나오는 아육의 질문에 일순 당황했지만 당민은 침착하게 말을 이어갔다.

"우리는 마교의 추적을 받고 있어요."

"마교라니……."

아율과 아칠은 놀란 듯 당민을 바라보았다.

"맞아요. 당신들이 생각하는 마교가 우리 뒤를 추적하고 있지요. 이제 당신들은 녕강에서 살 수 없을 거예요. 그곳은 마교의 힘이 어느 정도 미치는 곳이니까요."

"일이 꼬이는군."

아육의 입에서 허탈한 음성이 흘러나왔다.

'사연이 있는 자들이로군.'

인상을 찡그리며 무엇인가를 생각하는 모습에서 평범한 자들이 아니라는 생각이 든 당민은 빠르게 말을 이었다.

"그런데 나도 물어보고 싶군요. 당신들은 누구죠? 평범한 어부나 점소이라고는 말하지 말아요. 지금까지 내가 본 두 사람이라면 누구라도 어부나 점소이라고는 믿을 수 없을 테니까요. 이쯤에서 정체를 밝히는 것이 좋을 거예요."

당민은 단도직입적으로 물었다. 빙 돌려 말하는 것보다 그 편이 두 사람의 반응을 알아보기에 좋았기 때문이다.

"으… 음!"

의심이 가득한 당민의 눈초리에 아육이 신음을 흘렸다.

"말하기 싫다는 건가요?"

"으음……."

아육이 신음을 흐리며 입을 다물자 당민이 대답을 재촉했다. 그래도 두 형제는 여전히 신음만 흘릴 뿐이었다.

"좋아요. 그렇다면 우선 우리의 정체부터 말해주도록 하지요. 난 이미 멸문해 버린 당문의 후예예요. 제가 당신이 중독된 독을 해독할 수 있었던 것도 당문 사람이기에 가능한 거였어요. 그리고 저기 저 사람은 점창파 사람이에요. 그러니 우리가 마교에 쫓기는 이유를 어느 정도는 알 수 있을 거예요. 정파나 마교나 자신의 영역에 들어온 자들은 지금까지 절대 살려두는 법이 없었으니까요."

당민은 자신들에 대해 전반적인 사항을 말해주었다. 아육의 반응으로 봐선 자신이 염려하던 놈들의 끄나풀은 아닌 것 같아 보였기 때문이다.

"정말이냐?"

당민의 말에 아육은 자신의 동생인 아칠을 바라보며 물었다.

"당문은 모르겠지만 형님의 독을 해독시킨 것은 이분들이 맞습니다. 형님이 잡으신 물고기를 먹고 중독된 사람들 또한 이 사람들이 나서서 모두 해독시켰습니다. 비록 자신들로 인해 벌어진 일이지만 수습하는 것을 보면 심성이 그리 나쁘지 않은 사람들인 것 같습니다. 그리고 마교와의 싸움이나 지금까지 하는 행동을 보면 저 여자의 말대로 당문 사람일 가능성도 큽니다."

당민은 차분하게 이어지는 아칠의 말을 들으며 놀라워했다. 아칠은 녕강에서의 소동이 모두 자신들로 인해 일어난 일임을 이미 알고 있었던 것이다.

자신이 두 사람의 정체에 의구심을 가지고 살폈던 것과 마찬가지로 아칠 또한 자신과 일행을 살피고 있었던 것이다.

"좋아요. 그 일은 미안하게 됐어요. 우리가 일부러 독을 풀어서 일어난 일은 아니에요."

일부러 그런 것은 아니지만 당민은 정중히 두 사람에게 사과했다.

"알고 있습니다. 너무 괘념치 마십시오."

아칠은 아무렇지도 않은 듯 말했다. 당민 일행의 행동으로 보아 고의는 아니었다는 것을 그도 어느 정도 느끼고 있었기 때문이다.

"이해해 주니 고마워요. 하지만 우리는 당신들의 정체를 알아야겠어요. 우리가 가는 곳은 절대 마교에 알려져서는 안 되는 곳이니까요."

"그냥 이대로 헤어지는 것이 어떻소? 우리는 마교에 당신들의 정체를 말할 마음이 조금도 없소만!"

'마교를 언급했는 데도 헤어지자는 말인가? 놈들에게 우리의 행적을 알려주기 위해서인지 아닌지는 모르겠지만, 일단 확인을 해봐야겠다.'

이미 마교의 일에 끼어든 상태였다. 별다른 무공을 가지고 있지 않으면서 헤어지겠다는 소리가 더욱 의심스러웠다. 보통 사람 같으면 분명 자신들을 따르겠다고 할 터인데 말이다.

그리고 일단은 같이 기야 할 필요성이 있기에 당민은 일행이 처한 상황에 대해 다시 한 번 설명하기로 했다. 만약 그래도 헤어지겠다고 한다면 어쩔 수 없이 손을 쓸 생각이었다.

"호호! 마교의 힘을 우습게보고 있군요."

"마교의 힘이라니, 그게 무슨 말이오?"

아육은 의문을 표시했다. 자신들의 사정으로 인해 강호의 정세에 상당한 관심을 기울이고 있던 그는 자신을 비웃는 듯한 당민의 말에 촉각을 곤두세울 수밖에 없었다.

"마교에는 신비스러운 조직이 하나 있어요. 한 번도 세상에 정체를 드러내지 않은 조직이지요. 따지고 든다면 무림맹의 창천비각(蒼天秘閣)과 같은 일을 하는 곳이라고 할 수 있죠. 아니, 그보다 몇 배는 더 무섭다고 할 수 있어요. 당신들이 누구인지는 모르지만, 분명 한 달이 지나지 않아 그들은 당신들을 찾아낼 거예요. 그렇게 되면 그 이후는 마교의 뜻대로 되는 것이죠. 당신들이 아무리 심지가 굳다고 해도 그들이 나서면 어쩔 수 없이 우리에 대해 말해야 할 거예요. 사람의 의지를 꺾는 것은 그들에게 있어서 어린아이 손을 비트는 것만큼 쉬운 일이니까요."

어떤 조직을 말하는지 잘 모르겠지만 창천비각에 대해서는 아육도 어느 정도 알고 있었다. 무림맹 산하의 정보 단체로, 세상에 모르는 것이 없다는 곳이었다. 마교에도 창천비각과 같은 곳이 있다면 훨씬 무서운 집단임이 틀림없을 것이다.

당민의 말에 고민하던 아육은 시간이 조금 지나자 무엇인가 결심한 듯 입을 열었다.

"으음, 좋소! 다른 사람이라면 우리의 정체를 말하지 않겠지만, 당신이 당문의 후예라니 말하겠소. 당신도 우리와 같은 아픔을 지니고 있을 테니 말이오."

"내가 당문의 후예라서 말하겠다는 건가요?"

"그렇소. 나와 내 동생도 당문과 같이 멸문의 아픔을 겪었소. 사실 우리의 고향은 녕강이 아니오."

"녕강이 아니라면 어디죠?"

"우리의 고향은 요동이오."

"요동!!"

"요동이라니?"

아육의 말에 백무와 곤이 동시에 탄성을 내뱉었다. 그리고는 서로의 얼굴을 바라보았다.

"요동이라니? 좀 의외군요."

당민은 백무의 고향이 요동이며, 가문이 멸문당했다는 것은 이미 들어 알고 있었다. 그런데 우연히 만난 아육 형제가 백무와 같이 멸문을 당해다는 것과 같은 요동 출신인 것에 그녀 또한 놀라지 않을 수 없었다.

"아마도 요동에서 주기적으로 흑혈의 접풍이라 이름 붙여진 혈겁이 일어난다는 것을 알 것이오. 우리 두 형제는 팔 년 전에 철령(鐵嶺)에서 살았소."

"아! 북풍표가(北風驃家)!"

백무가 탄성을 지르며 말하자 아육과 아칠의 눈이 백무에게로 향했다. 이곳에 북풍표가를 알고 있는 인물을 만날 줄은 그들로서도 몰랐기 때문이다.

자신들의 가문인 북풍표가가 요동 쪽에서는 조금 이름이 알려져 있는 중소 문파였지만 중원에는 거의 알려지지 않은 곳이었다. 팔 년 전에 멸문한 이후로는 중원에는 아는 사람이 거의 없다고 해도 과언이 아니었다.

"호오! 당신들이 북풍표가 사람이었군요. 북풍표가는 창술과 기마술이 무척 뛰어나다고 하던데, 당신들이 북풍표가 사람들이라면 아육이나 아칠이라는 이름은 본명이 아니겠군요?"

"본 가를 아시오?"

당민이 자신의 가문에 대해 자세히 아는 것 같아 보이자 아육과 아칠은 경계의 눈빛을 보였다. 자신들의 가문을 아는 사람을 둘씩이나 만나자 의아하지 않을 수 없었던 것이다.

"칠 년 전인가? 전에 약재를 구하러 철령 쪽으로 간 적이 있었어요. 그곳은 밀거래되는 조선의 인삼을 구할 수 있는 곳이니까요. 그때 북풍표가에 관해 얻어들을 수가 있었지요. 흑혈의 겁풍으로 인해 철령에 터를 잡고 있던 북풍표가 멸문했다는 이야기를요. 개미 새끼 한 마리 살아남지 못하고 모두 죽었다고 소문이 돌던데 두 분은 용케 화를 피하셨나 보군요."

"으음, 그랬군요."

당민의 말에 아육은 어느 정도 의심을 거두었다. 차분히 이야기하는 당민의 말이 사실 같았기 때문이다.

"우리는 북풍표가의 사람들이오. 말씀대로 지금 쓰고 있는 이름도 본명이 아니오. 난 중호(中護)라 하고, 내 아우는 인호(仁護)라 하오. 우리는 가문을 멸문시킨 놈들을 피해 어쩌다가 넝강까지 흘러들었소."

"요동과 섬서라면 상당히 먼 거리인데 멀리까지 피해왔군요. 두 분의 모습을 보니 편안한 여정은 아니었을 것 같군요."

"크크! 나와 인호는 형제들의 목숨을 담보로 복수를 하기 위해 놈들의 손길을 피해 이곳까지 왔소. 형제들이 아니었다면 벌써 죽었을 목숨이오. 놈들의 추적은 무척이나 집요했소. 우리가 어디에 있던 한 달이 되지 않아 놈들에게 발각이 되었소. 항상 주의를 경계하지 않으면 안 되었소. 세 명의 형제가 죽음으로 놈들을 막아준 덕에 나와 인호는 천라지망을 뚫고 이곳까지 도망을 칠 수 있었소. 표가의 식솔들은 모두 뼈를 묻었고, 간신히 도망칠 수 있었던 표가의 오호는 이제 나와 인호밖에 남지 않았소."

자조하듯 말하는 중호의 눈은 싸늘히 죽은 것이었다. 저 밑바닥까지 암울하게 죽어 있는 눈빛이었다. 하지만 한 가지만은 살아 있었다. 그것은 복수에 대한 염원이었다. 당민은 표중호의 눈빛에서 그것을 읽을 수 있었다. 표인호도 마찬가지였다. 그의 눈은 형보다 더욱 침잠되어 있었다.

'요동 출신이라니, 이들의 말이 사실인가? 눈빛을 보면 진짜인 것도 같고……'

갈수록 가관이었다. 창천비각의 끄나풀이라 생각되더니, 이제는 백무와 같이 흑혈의 겁풍으로 인한 피해자란 이야기였다. 당민은 도무지 옳은 판단을 내리기 어려웠다.

"호호호!"

당민은 내심을 감추고 웃음을 터뜨렸다.

"왜 웃는 것이오?"

당민이 난데없이 웃음을 터뜨리자 표가 형제의 눈빛이 변했다. 자신들의 사연을 듣고 기쁜 듯 웃는 당민의 웃음소리에 분노한 것이다.

"호호호! 당신들과 우리, 참으로 인연은 인연이로군요."

"인연이라니 무슨 말이오?"

노기를 풀지는 않았지만 인연이라는 당민의 말에 표인호가 의문의 빛을 보였다. 당민의 웃음 속에 자신들이 생각하는 것과는 다른 이유가 있는 것 같았기 때문이다.

하지만 당민은 표인호의 질문에 대답하지 않고 시선을 백무에게 던졌다. 백무가 직접 표가 형제에게 이야기해 주라는 뜻이었다.

당민의 시선이 자신에게 쏟아지자 백무가 입을 열었다.

"나 또한 흑혈의 겁풍으로 인해 가족을 잃은 사람이오."

자신과 같은 처지의 사람을 만났다는 사실에 백무 또한 놀라고 있던 중이었다.

"그것이 사실이오?"

자신도 흑혈의 겁풍으로 인한 피해자라는 백무의 말에 표가 형제는 물론 곤까지 백무를 쳐다보았다.

"그게 무슨 말이냐?"

곤은 다급히 백무에게 물었다. 그에게 있어서도 흑혈의 겁풍은 매우 중요한 일이었기 때문이다. 백무는 곤의 표정을 보며 의아했지만 자신에 대해 이야기하기 시작했다.

"사실이다. 우리 집은 흑산에서 도법으로 제법 이름이 있는 가문이었다."

"그렇다면, 혹시 네 가문이 이 년 전 흑혈의 겁풍이 불 때 멸문당한 백가장?"

곤이 확인하듯 물었다.

"맞다. 그런데 왜 그러는 거냐?"

"이… 이런 우연이 있다니……."

백무의 말에 곤의 표정에 놀라움이 가득했다. 당민의 말대로 이번의 만남이 결코 우연이 아님을 알 수 있었던 것이다.

표가 형제 또한 비록 시기는 달랐지만 백가장의 혈겁에 대해 알고 있었다. 비록 멀리 떨어진 거리라 할지라도 요동 쪽의 소식에는 언제나 귀를 기울이고 있었던 때문이다. 백무가 자신들과 같이 피의 혈풍 속에서 살아남은 자라는 것이 믿기지 않을 정도였다.

'저 사람! 필요 이상으로 흥분하고 있다.'

표인호는 놀람의 와중에도 곤의 모습에서 시선을 떼지 않고 있었다. 점창의 문인이라고 들었다. 거기다 생강시가 어떤 것인지는 모르지만 마교에서조차 마물이라고 하는 것을 상대하는 모습을 보면 상당한 고수인 듯한 곤이었다.

명문 정파라면 자신에 대한 수양이 철저한 곳이다. 그런데 필요 이상으로 흥분한 모습을 보이고 있는 곤의 모습이 그로서는 이상했던 것이다.

"크하하하!"

갑자기 곤이 웃음을 터뜨렸다. 입으로는 웃고 있지만 웃음소리에는 비감이 섞여 있었다.

"왜 웃는 거냐?"

백무는 곤이 갑자기 왜 웃는지 묻지 않을 수 없었다.

"크크크! 내 고향은 봉성(鳳城)이다, 봉성!"

"봉성이라면 단동에서 북쪽으로 위치한 그곳 말이냐?"

"크크! 맞다. 나 또한 표가 형제 분들과 마찬가지로 팔 년 전 흑혈의 겁풍으로 인해 가문을 잃었지."

곤의 입에서 놀라운 말이 터져 나왔다. 그 또한 흑혈의 겁풍에서 피해를 입은 당사자였던 것이다.

"그럴 수가! 그 말이 정말이냐?"

곤의 말에 모든 이들이 다시 한 번 놀랐다. 시기는 달랐지만 같은 대상에게 가문이 멸문당한 사람들이 우연치 않은 인연으로 한자리에 있다는 것이 놀라울 뿐이었다.

'곤도 흑혈의 겁풍의 피해자란 말인가?'

당민은 곤의 말을 들으며 놀라고 있었다. 점창의 문인이라면 들어갈 때 신분에 대한 철저한 검증을 거쳤을 것이 분명했다. 신분을 검증하는 과정에서 은원이 큰 자들은 받아들이지 않는 것이 대문파의 상례였다.

특히나 곤과 같은 지위라면 검증의 절차는 더욱 특별했을 것이 분명하다. 그런데 백무와 같이 흑혈의 겁풍에 당한 피해자라니 놀라지 않을 수 없었던 것이다.

'으음! 오늘의 만남이 인연인 것인가? 아니야. 이렇듯 찜찜한 기분이라니…… . 누군가 흑혈의 겁풍으로 피해를 입은 이들을 한곳으로 모으고 있는 것 같다. 하지만 표가 형제도 그렇고, 곤도 그렇고, 정말 우연으로 만난 일행들인데…… .'

광활하기기 하늘과 버금간나는 넓디넓은 중원 땅이었다. 사람이 태어나서 평생을 돌아다닌다고 해도 다 돌아보지 못하는 곳이 바로 중원의 너른 대지였다.

그런데 한수 자락에 떠 있는 조그마한 배 안에 같은 집단으로부터 멸문을 당한 가문의 생존자들이 한자리에 있다. 이것은 하늘의 별을 따는 것만큼이나 불가능한 일이었다.

당민은 인연으로 이어졌다는 생각보다는 진한 음모의 냄새를 맡을 수 있었으나 함부로 내색하지 않았다. 자신이 쫓고 있는 자들에 대한 단서를 확보하지 못한 이상 조금 더 지켜봐야 할 일이었다. 당민은 네 사람을 천천히 살펴보았다.

'무아나 곤은 말할 것도 없고, 저기 두 사람도 무공만 조금 떨어질 뿐 예사 인물이 아니다.'

백무와 곤의 능력은 나이에 비해 불가사의할 정도였다. 곤의 천재성은 이미 짐작이 가지만, 따지고 보면 백무 또한 마찬가지였다. 자신의 예상을 뛰어넘는 성취를 보이고 있기에 그 끝을 알 수가 없었다.

거기다 표가 형제는 나이답지 않은 노련함을 가지고 있었다. 비록 외공만을 익히고 있는 것 같지만 표인호의 봉술은 생강시와의 대결에서도 거의 밀리지 않았다.

거기다 자신이 본 투로는 어쩐지 봉술로는 보이지 않았다. 창으로 유명한 양가나 악가의 창법과 같은 모습을 보이고 있었다. 만약 창두가 달려 있었다면 생강시와 좋은 접전을 보였을지도 모르는 명가의 무공이 분명했다.

만약 인연을 얻어 걸맞는 내공까지 익힌다면 그가 어디까지 성장할지 그녀로서도 짐작이 가지 않았다. 당민은 네 사람을 지켜보면서 오늘의 만남이 진정 인연이라면, 훗날 강호에 커다란 바람을 일으킬지도 모른다는 생각이 들었다.

‘분명 우연은 아닐 것이다. 어쩌면 놈들의 음모일 수도 있으니 한동안은 살펴봐야 할 것이다. 하지만 음모라 해도 진짜 흑혈의 겁풍으로 인한 피해자들이 맞다면, 어찌 됐든 좋은 일임이 분명하다.’

당민은 우연치 않은 만남에 의혹을 가지기는 했지만 좋은 일이 될 수도 있다는 생각이 들었다.

“크크크!”

곤의 말을 잠자코 듣고 있던 백무가 싸늘한 웃음을 흘렸다.

“크크크!”

가슴 밑바닥에서 흘러나오는 처절한 웃음이었다. 같은 상대를 원수로 두고 있는 이들을 만나자 그날의 처절했던 광경이 떠오른 것이다.

“크… 하하하하!”

싸늘한 웃음도 잠시, 백무의 입에서 이제는 가슴을 쓸어내리는 것 같은 웃음이 쏟아져 나오기 시작했다. 혼자가 아니라는 생각이 들자 가슴이 뚫리는 것 같은 기분에 내는 시원스러운 웃음이었다.

“후… 후후! 하하하하!”

백무의 웃음을 보며 곤 또한 따라 웃기 시작했다. 그의 웃음 또한 무척이나 시원했다.

"하하하!"

"하하하하!"

표가 형제도 따라 웃기 시작했다. 그들도 백무와 곤의 웃음이 무엇을 의미하는지 잘 알기에. 백무처럼 따라 웃는 웃음과는 달리 그들의 눈에는 짙은 원한의 그림자가 드리워져 있었다.

"곤! 함께하지 않겠나?"

웃음을 멈춘 백무는 곤과 표가 형제를 바라보았다. 흑혈의 겁풍이라는 공통의 적이 존재하는 이상 이제는 같이 길을 걸어야 할 사람이었다.

"물론!"

곤의 눈빛이 빛났다. 그 또한 백무의 마음을 알았던 것이다.

"우리도 같이하겠소."

표가 형제 또한 자신들뿐만 아니라 흑혈의 겁풍에 원한을 가진 사람들을 만나 반가웠다.

특히 표인호는 생강시를 상대하던 곤과 백무라면 원수를 갚는데 큰 힘이 될 것 같다는 생각이 들었다. 자신들과는 차원이 다른 고수들이었던 것이다.

"좋습니다. 한 손보다는 여러 손이 낫지요."

"그렇습니다."

백무와 곤은 쾌히 승낙을 했다. 네 사람의 눈빛이 빛났다.

기막힌 우연으로 만난 네 사람이 공통의 적을 가지고 있다는 것이 그들을 하나로 만든 것이다. 서로의 눈빛이 얽혀들며 그들의 눈에서는 거대한 적에 맞서 그동안 혼자라는 생각이 가시고 있었다.

'괜찮은 인연이다. 곤 또한 이제는 소천주에게 진정으로 마음을 연 것 같고, 정체가 미심쩍기는 하지만 표가 형제도 잘만 다듬으면 훌륭히 한 몫을 할 사람들이다. 앞으로 소천주가 행보하는 데 적지 않은 도움이 될 것이다.'

네 사람의 마음이 통하는 모습에 밀광은 자신도 모르게 미소를 보이고 있었다. 특이한 인연에 특이한 만남이었다. 아니, 필연이라고 해도 좋을 것 같았다.

당민은 네 사람이 의기투합하는 것을 보고 일단은 우려를 접기로 했다. 백무에게 섣불리 알리는 것도 좋지 않을 것 같았기 때문이다.

"좋아! 좋은 인연이구나. 너희들이 상대해야 할 자들은 오랜 세월 동안 악명을 떨쳐 온 자들인만큼 네 사람이 뭉치면 혼자일 때보다 더욱 나을 것이다."

"네 사람이 아닙니다, 누님!"

당민의 말에 곤이 부정하고 나섰다. 곤의 말에 백무와 표가 형제 또한 궁금한 듯 곤을 바라보았다.

"또 있다는 말이냐?"

"그렇습니다. 운현에 제 의제들이 있는데, 그들도 흑혈의 겁풍의 피해자들입니다."

'또 있다는 말인가? 이거 정말!'

다른 이들이 더 있다는 말에 당민은 누군가 의도적으로 이들의 만남을 조장하고 있다는 것에 확신이 섰다. 그것이 누구인지 반드시 밝혀낼 필요가 있어 보였다.

"호오, 그렇다는 말이지? 정말 잘된 일이로구나. 흑혈의 겁풍이라면 상당한 세력을 보유하고 있는 자들이 분명할 테니 사람이 많으면 많을수록 좋지."

당민은 곤의 말에 기꺼워하는 척했다.

"의제들이라면? 전에……."

백무는 곤의 의제를 알 것도 같았다. 자신이 무참하게 박살 낸 사람이 떠오른 것이다.

"후후, 자네가 박살 낸 삼이도 흑혈의 겁풍으로 가문이 멸문을 당했다네. 원래 이름이 노삼운(魯三暈)이지. 그리고 장이룡(張二龍)이라는 의제가 하나 더 있는데, 그 아이도 우리와 같은 피해자라네."

"이거, 미안하게 됐군."

운현에서 만나 손을 과하게 쓴지라 백무는 곤에게 미안한 마음이 들었다.

"괜찮네. 막내는 괜찮을 테니 염려 말게. 어차피 그놈은 한 번쯤 혼이 나야 했으니까. 자네에게 당하고 이제는 정신을 좀 차렸겠지. 그보다는 다들 같은 마음이겠지만 놈들을 상대하기 위해 모두가 힘을 합치고 놈들을 상대할 계획을 세워야 하네. 이렇게 우리와 같이 흑혈의 겁풍에서 살아남은 생존자들이 있는 이상 다른 이들도 있을 것이니, 그들을 찾아 힘을 합하는 것이 어떤가?"

"당연히 그래야겠지. 두 분은 어떻습니까?"

이렇게 생존자들이 있는 이상 다른 가문의 피해자가 살아 있을 가능성이 많았다. 백무 또한 요동 전역에서 피를 뿌리는 흑혈의 겁풍을 상대하기 위해서는 조직적인 세력이 필요하다는 것을 전부터 인식하고 있었기에 표가 형제의 의향을 물었다.

"어떻게 우리의 행방을 알았는지, 놈들에게 쫓기는 동안 미치는 줄 알았습니다. 그야말로 우리 형제는 하루하루 죽지 못해 살아가고 있었습니다. 놈들에게 원한을 갚자면 당연히 그래야 한다고 봅니다. 우리와 같이 죽음보다 더 힘들게 사는 사람들이 분명히 있을 테니 말입니다."

"그럼 일단은 무엇부터 해야 할지 지금부터 의논해 보도록 합시다."

백무는 앞으로의 일을 의논하려 했다. 잠깐 들은 이야기지만 그토록 오랜 세월 표가 형제를 추적해 왔다면 결코 만만한 상대가 아니라는 것을 짐작했기 때문이다.

'아직은 아니다. 아무것도 확인이 안 된 이상 섣불리 뭔가

를 계획하고 그럴 때가 아니다.'

확실하지 않은 이상 아직은 뭔가 계획을 세울 때가 아님을 알기에 당민은 네 사람을 말리기로 했다. 백무가 나서면 자신도 나서야 하고, 그렇게 되면 그녀가 계획하고 있는 일에 차질을 줄 우려가 있었다.

"좋아! 이제 그만. 그 이야기는 나중에 천천히 하도록 해라. 앞으로도 시간은 많을 터이니."

네 사람이 앞으로의 일을 의논하려 할 때 뜻밖에도 당민이 제지하고 나섰다.

"왜 그러십니까, 누님?"

찬물을 끼얹는 말에 백무는 의아하지 않을 수 없었다. 자신의 처지를 누구보다 잘 알고 있는 당민이었기 때문이다.

"무아야, 흥분하지 말고 들어라. 다른 사람들도 마찬가지고. 너에게 들은 이야기나 표가 형제의 이야기를 들어보면 그들은 분명 예사 놈들이 아니다. 무력뿐만 아니라 어느 정도의 세력도 갖춘 세력이라 볼 수 있지. 그런데 지금 너희들이 아무리 의논한다고 해서 지금 가지고 있는 힘으로 그들을 상대할 수 있다고 보느냐?"

"그… 건!!"

백무도 무슨 뜻으로 하는 말인지 알 수 있었다. 자신의 몸은 불완전한 상태고, 곤 또한 그러하다는 것을 당민에게 들어 알고 있었다.

그리고 자신이 느끼기에 표가 형제 또한 무공이 그리 높은 편이 아니었다. 한규민에게 들었던 이야기를 토대로 살펴보면 석년에 백가장을 멸문시킨 자들은 예사 고수들이 아니었기에, 사실 지금 의논한다고 해서 특별히 나아질 것이 없었다.

"호호호! 서운해도 할 수 없다. 지금의 힘으로 놈들을 상대한다는 것은 어려운 일이다. 너희들이 생각하는 일은 일단 힘이 생기고 난 후에 하더라도 늦지 않다는 이야기다. 놈들에 대해 조사를 하려고 해도 그런 세력이 너희들의 움직임을 모를 것 같으냐? 분명 금방 들키게 되고, 너희들은 표가 형제와 같이 쫓기게 될 것이다. 그러니 지금부터는 실력을 키우는 일에 전적으로 매달려야 할 것이다. 놈들을 상대하자면 말이야."

턱!

"무! 그건 누님의 말씀이 맞다. 계획도 계획이지만, 우선 우리들의 실력을 키우는 것이 급선무다. 놈들을 상대할 사람들을 모으고 우리의 실력을 키우지 않으면, 누님 말대로 지금 계획을 세워보았자 공염불에 지나지 않을 테니 말이다."

곤 또한 당민의 의견이 타당하기에 백무의 등을 두드리며 위로했다.

"으… 음! 무슨 말인지 알아들었다."

백무는 흥분을 가라앉혔다. 한규민이 떠나기 전에 군자의 복수는 십 년이 지나도 늦지 않는다는 말은 그들이 그만큼 까다로운 자들일 수도 있다는 것을 지금에서야 알 수 있었던 것이다.

"무아야, 앞으로 시간은 많으니 걱정하지 마라. 너희들이라면 흑혈의 겹풍에 대해 모든 것을 벗겨내고 복수 또한 할 수 있을 테니 말이다. 너희들은 지금 흑혈의 겹풍은 물론 마교와도 악연을 맺었다. 힘이 있지 않으면 복수는커녕 어디서 불귀의 객이 될지도 모르는 상태다. 지금 너희들이 가진 힘으로 그들과 대적한다는 것은 그야말로 계란으로 바위를 치는 격이라는 말이다. 힘이 있어야 다들 복수라도 할 수 있을 것 아니냐? 이렇게 의논만 한다고 해서 나아질 것도 없고, 지금 너희들이 그들을 상대한다는 것은 무리다. 결코 정상이라고 할 수 없는 불완전한 내공을 가진 곤, 언제 부서져 버릴지 모르는 몸을 가진 무아! 그리고 빈약한 내공에 외공만 익힌 두 사람! 이런 전력을 가지고 그들을 상대할 수 있다고 생각이 드느냐? 어림도 없는 일이지. 마교와도 얽혀 있는 마당에 흑혈의 겹풍까지 해결해야 한다. 너희들이 상대할 자들은 결코 만만한 자들이 아니다. 그만큼 너희들이 힘을 키워야 하는 것이지."

누군가의 음모일지도 모르기도 했지만 진짜 인연이라면 네 사람의 현 상태를 상기시키는 것도 나쁘지 않았다. 자신 외에 살아 있는 생존자를 만나서 그런지 너무 들떠 있는 듯했기에 백무를 안정시킬 필요가 있었다.

“그… 렇군요.”

“으… 음!”

네 사람은 당민의 말을 들으며 자신들의 처지를 알 수 있었다. 그것이 지금의 현실이었다. 흑백쌍마와의 대결로 마교에 대한 자신감이 어느 정도 사라진 것과 아직은 완벽한 북명신공을 수련하지 못한 곤은 당민이 말하는 뜻을 바로 알아들었다.

표가 형제 또한 당민의 말에 고개를 끄덕였다. 자신들도 지금 너무 흥분해 있다는 것을 인지한 것이다.

‘일단 이들을 시험해 보는 것이 좋겠다.’

모두가 자신의 뜻에 동의하자 당민은 백무를 제외한 세 사람을 시험해 보기로 했다. 만사를 주의해서 나쁠 것이 없기 때문이었다.

“호호! 그렇다고 의기소침하기는, 염려할 것 없다. 너희들은 원하는 힘을 어느 정도 갖추게 될 것이니 말이다. 내가 그렇게 해줄 것이다.”

“힘을 갖추게 해주신다니, 그게 무슨 말씀이십니까?”

자신들에게 힘을 주겠다는 당민의 말에 백무가 의아한 듯 물었다. 다른 이들도 당민에게로 시선을 집중시켰다.

“호호! 우리는 지금 빨리 서안으로 가야 한다. 그리고 서안에서 한 가지 일을 끝마치고, 곧바로 여산으로 떠나야 한다.”

"여산으로요?"

서안이 목적지인 줄 알았는데 다시 여산으로 간다고 하자 백무는 의아했다. 힘을 주는 것과 여산으로 가는 것이 무슨 상관인지 알 수 없었던 것이다. 백무는 여산에 가면 자신들에게 힘을 줄 수 있다는 당민의 말에 진정이냐는 듯 반문했다.

"그래, 그곳에는 누구도 모르는 당문의 비전이 잠들어 있다. 당가를 일으켜 세운 힘이 잠들어 있는 곳이지. 그것이라면 너희들이 강호를 행보하는 데 어느 정도 힘이 되어줄 것이다. 계획은 그 이후에나 세우도록 해라."

"누님, 당문의 비전이 무엇이기에 그런 힘을 저희에게 준다는 겁니까?"

백무 또한 당문의 비전에 대해 궁금하지 않을 수 없었다.

"호호! 가보면 안다, 가보면……."

당민은 지금은 알려줄 수 없다는 듯 말끝을 흐렸다.

'내가 힘을 준다고 했으니, 놈들의 끄나풀이라면 분명 어떠한 행동을 보일 것이다. 암 노가 감시하고 있으니 곧 움직임을 잡아낼 것이다. 설사 놓친다 해도 놈들은 분명 서안에서 행동을 할 것이다. 그럼 무아만 빼내서 다음을 기약하면 되는 것이다.'

표가 형제를 시험할 목적으로 당가의 비전을 주겠다고 한 당민을 바라보며 백무는 답답함을 느꼈다. 당민에게서 뭔가 이상한 것을 느꼈다. 어쩐지 인위적인 냄새가 났던 것이다.

'으음, 누님은 허언을 하시는 분이 아니지만……'

당민은 비밀이 많은 사람이다. 처음 만났을 때부터 느끼는 것이다. 밀독천의 전부라고 할 수 있는 적혈잠원대법을 아무런 조건 없이 자신에게 베풀었다. 여기까지 오는 동안 삼노의 눈치를 보면 그건 무척이나 오랜 세월 동안 준비된 것임이 분명했다.

그리고 오늘, 갑자기 당문의 비전을 언급했다. 혈천독지에 있으면서 한 번도 한 적이 없는 이야기였다. 여산에 가면 자신들을 강하게 해줄 것이 분명히 있기는 할 터였다. 당문의 비전이 무엇인지 모르지만, 이렇게 자신하는 것을 보면 그 또한 오래전부터 준비된 것이 분명했다.

'언젠가는 알게 되겠지……'

누님으로 삼은 당민이 어째서 자신에게 이러한 은혜를 베푸는 것인지 모르지만, 그녀의 진심만은 확실히 알고 있었다. 그녀가 결코 자신의 목적만을 이루기 위해서 은혜를 베푸는 것이 아님을 느끼고 있었던 것이다.

백무 일행이 한수를 따라 한중으로 향하고 있을 무렵, 생강시가 녹아든 곳에는 백무 일행을 추적해 온 자륜비호를 비롯한 자륜마검기(紫輪魔劍旗)가 도착해 있었다.

자륜비호는 가철문의 설명을 듣고는 무척이나 화가 난 상태였다. 도저히 믿을 수 없는 일이 벌어져 있었던 것이다. 당민을 잡지 못했을뿐더러 자성마전의 숨겨진 전력이라고 할 수 있는 생강시까지 잃어버렸다는 가철문의 말에 열이 받은 것이다.

"이이!!"

퍽!

"크… 윽!"

화를 참지 못한 자륜비호의 주먹이 가철문의 복부에 사정없이 꽂혔다. 비록 내력을 싣지는 않았지만 충격이 상당한 듯 가철문의 허리가 앞으로 꺾였다.

"그래! 그년을 잡지도 못하고, 거기다 이번에 다른 전의 이목을 무릅쓰고 꺼내온 생강시까지 잃어버려! 그게 말이 된다고 생각하나!!"

"크… 으, 죄송합니다. 혹시나 하는 생각에 천라지망을 펼치기 위해 잠시 자리를 비웠습니다. 겨우 일각도 되지 않은 사이에 그 계집이 빠져나갈 줄은 미처 생각지 못했습니다."

어쩔 수 없었다는 가철문의 대답에 자륜비호의 얼굴이 있는 대로 일그러졌다.

"그럼 생강시는? 설마 그년이 생강시를 모두 처리하고 자리를 떴다는 말이냐? 그게 말이 된다고 생각하나?"

생강시의 능력을 누구보다 잘 알기에 자륜비호는 가철문

을 추궁했다. 한두 구도 아닌 다섯 구의 생강시를 물리치고 흔적도 없이 포위를 벗어난다는 것은 자신이 주군으로 모시고 있는 자성마전의 전주도 불가능한 일이었다.

"정황으로 봐서는 그것밖에……."

의아하지만 그것으로밖에는 설명할 수 없기에 가철문은 말끝을 흐렸다.

"어디 그렇게 생각하는 이유나 말해봐라. 넌 머리가 좋은 놈이니 어디 나를 설득해 보란 말이다."

자륜비호는 비웃는 듯한 표정으로 가철문을 노려보았다. 자신의 자리를 언제 치고 올라올지 몰라 평소 눈엣가시처럼 여겼기에 이유가 가당치 않는다면 이번 일을 기회로 제거할 생각이었던 것이다.

"일단 일곱 군데에 특이한 흔적이 남아 있습니다. 다섯 구의 생강시를 데려왔는데, 일곱 군데에서 독으로 무엇인가 녹아내린 흔적이 있었습니다. 당문이나 밀독천의 독으로는 그럴 수 없을 텐데 말입니다. 생강시가 그들에게 당한 것으로밖에는 생각할 수 없습니다. 그래서 시료를 챙겨 가져왔으니 곧 잔독시마님께시 확인해 주실 겁니다. 예상입니다만, 일곱 군데에 흔적이 남은 것은 그들에 의해 생강시의 육체가 잘렸기 때문이라는 것이 제 소견입니다."

"후후후! 그렇다는 말이지? 검강이 실린 내 자륜비검으로도 겨우 상처만 조금 난 생강시들이 잘렸다는 말이지?"

자륜비호의 눈이 노기를 띠며 점점 더 커졌다. 가철문의 설명이 자신을 비호하기 위해 변명하는 것으로밖에 여겨지지 않았기 때문이다.

그는 절정의 검수들로 구성되어 있는 자륜마검기의 기주인 만큼 자신 또한 검강을 구사할 수 있는 사람이었다. 잔독시마의 실험에 참여하여 검강이 실린 자신의 검으로 생강시를 베어본 그였다.

처음 시도에서 일반적인 검기로는 흔적 하나 남길 수 없기에 나중에는 전력을 기울여 검강까지 사용했다. 걸리는 것은 무엇이든지 베어버리는 검강으로도 생강시에게는 아무런 소용이 없었던 것이다.

생강시의 몸은 그야말로 금강불괴지신에 버금가는 마물이었다. 그런데 가철문은 생강시가 잘렸다고 판단하고 있으니 그것이 그저 그런 변명으로 여겨지는 건 당연했다.

"그렇습니다. 전 그렇게 판단하고 있습니다."

'후후후! 이제는 제 무덤을 파는구나. 어딘가에 생강시를 빼돌린 모양이다만, 교로 돌아가는 순간 너는 끝이다. 전주님이나 잔독시마님께서 널 가만두지 않을 것이니.'

자륜비호는 가철문이 무덤을 팠다고 생각했다. 더 이상 건드리면 머리가 좋은 가철문이 어디로 튈지 모르기에 교로 돌아가는 순간 처리하기로 했다.

자신이 계획한 일이 실패하는 것을 누구보다 싫어하는 사람이 바로 자성마전(紫星魔殿)의 주인이었다. 자신의 주군인 자성검마(紫星劍魔) 사준명(司準暝)이 그냥 두고 보지는 않을 것임이 분명했다.

또한 생강시를 자신의 자식보다 애지중지하는 잔독시마이기에 교로 돌아가는 순간 가철문의 죽음은 불을 보듯 뻔했다.

"좋다. 아직까지는 함부로 경계를 넘을 수 없는 일이니 일단 교로 돌아간다. 교에 가면 너의 말이 사실인지 아닌지 밝혀질 테니 말이다."

"알겠습니다."

"그건 그렇고, 천라지망을 펼쳤다고 했는데 그것은 어떻게 됐나?"

천라지망이 완성되기 전에 백무 일행이 자리를 피했으니 있으나 마나한 일이 되어버린 상황이었다. 하지만 교에 들어가 가철문의 처리를 확실히 하기 위해 일의 처리 상황을 물었다.

"다른 전의 이목도 있고, 정파 놈들을 자극할 우려가 있어 일단 철수를 시켰습니다."

"그건 잘했군."

'아쉽게 됐군. 저놈을 제거할 명분을 좀 더 확실히 쌓을 수 있었는데……'

정파와의 충돌이라도 있었으면 좀 더 확실히 가철문을 처리할 수 있었다. 이미 철수를 시켰다는 말에 자륜비호는 아쉬움이 들었지만, 이제는 돌아가야 함을 그 또한 알고 있었다.

"이만 교로 돌아간다."

자륜비호의 지시에 자륜마검기들이 길을 열기 시작했다. 십만대산으로 돌아가기 위해서였다. 자륜비호와 가철문은 그들의 뒤를 따랐다.

'후후후! 이번에 날 없앨 수 있는 기회를 잡았다고 생각하는 모양인데, 아직 멀었다. 이 수모는 반드시 갚아줄 것이다.'

자륜비호의 뒤를 따라 마교로 향하는 가철문의 입가에 비릿한 조소가 어렸다.

이번 사안에 대해 일부분 자신의 실수도 있었다. 하지만 만약 자신이 가지고 있는 생강시가 당민 일행에게 당해 생긴 것이 틀림없다면, 자신보다 곤란해지는 건 자륜비호였다. 당민이 아직 녕강에 있다는 자신의 의견을 무시한 채 한수에 배를 띄운 것이 바로 자륜비호였기 때문이다.

자륜비호를 비롯한 일행은 경공을 펼쳐 빠르게 십만대산으로 향했다. 당민을 처리하지 못한 탓인지 돌아가는 자들의 안색이 모두 굳어 있었다.

스으윽!

모두가 사라지자 한수루에서 자륜비호를 추적했던 자가

장내에 나타났다. 그는 심각한 안색으로 자륜비호가 사라진 방향을 바라보았다.

"으… 음, 생강시라니……. 설마 그 마물이 이곳에 있었다는 말인가? 자륜비호까지 저리 추궁하는 것을 보면 사실일 것이다. 생강시가 나타나고, 생강시를 처리한 자들까지… 뭔가 바람이 불고 있음이 분명하다. 무슨 일인지 확실히 알아본 후에 보고하는 것이 좋을 것 같다."

모든 것이 의문이었다. 녕강에서 무슨 일이 일어났는지 다시 살펴야 한다는 생각이 들었다. 낮 동안 일어났던 괴이한 중독 사건도 그렇고, 한밤에 나타난 마교의 등장까지 의문스러운 일이 한둘이 아니었다.

한동안 잠잠했던 마교의 움직임은 자신이 속한 조직에서 특급으로 다룰 상황이기에 문사 차림의 사나이는 녕강에서 일어났던 일들을 자세히 알아보기로 했다.

파팟!

무슨 일이 벌어지고 있는 것인지 알아봐야 한다고 생각한 문사 차림의 사나이는 한수루 쪽으로 경공을 시전했다. 자륜비호가 챘던 이가 분명 한수루에서 일하넌 섬소이였기 때문이다.

스으윽!

자륜비호 일행이 장내에서 철수하고, 문사 차림의 사나이도 사라지자 다시 누군가 나타났다. 강가에서부터 백무 일행의 혼적을 지운 자였다.

"창천비각도 슬슬 움직인다는 것인가? 후후! 일이 재미있게 되었군. 교주께서 분명 움직임이 있을 거라더니, 역시 무척이나 빠른 자들이다. 그럼 이제부터 본 람(覽)과 창천비각의 본격적인 대결이 시작되는 것인가? 어찌 되었든 숨어 있는 쥐새끼들은 이번 계획이 진행되는 동안 하나하나 정체를 드러낼 것이다."

이미 예상하고 있었다는 듯한 표정이다. 사나이는 문사 차림의 사나이가 사라진 방향을 흥미로운 눈빛으로 바라보다가 이내 자륜비호가 사라진 곳으로 시선을 돌렸다.

"그나저나 다행히 자륜비호나 삼묘호리는 아직까지 생강시가 그들에 의해 세상에서 사라졌다는 확신이 없나 보군. 그런데 삼묘호리가 어째서 흙을 퍼간 것인지 모르겠군. 그것 가지고 생강시의 혼적을 찾기는 힘들 텐데……."

독기를 모두 지우는 것을 목격한 그였다. 거기다 혹시나 몰라 남아 있는 독기를 없애기 위해 생강시가 녹아내린 곳에 자신 또한 손을 썼다.

아무리 광천십마에 드는 잔독시마이지만 무엇인가를 알아내다는 것은 불가능했다. 그랬기에 가철문의 행동이 그저 헛일일 거라고만 생각했다.

"후후후! 뭔가를 알아낸다고 해도 시간은 꽤 걸릴 것이다.

어차피 그들의 행적을 완벽하게 지우는 것이 아니라 시간을 버는 것이 목적이었으니. 이제 창천비각에서도 알게 된 이상 경계를 넘으면 놈들의 추적이 시작될 것이다. 나도 더 이상은 저 일행을 쫓기 힘드니 이번 일에 대해서 보고만 하면 되겠군.”

자신의 할 일이 끝났음을 확인한 사나이는 품에서 무엇인가 꺼내 들었다. 작은 세필과 종이였다. 그는 말린 종이를 펴 무엇인가 빠르게 써 내려갔다. 꽤나 많은 내용을 담는 듯 반 각 동안 그는 꼼짝도 하지 않고 편지를 작성했다.

삐이익!

편지 쓰는 것을 마친 그는 자신의 손가락을 입에 물고는 휘파람을 불었다.

휘이이익!

휘파람 소리를 알아들은 것인지 창공에서 무엇인가 날아 들었다. 그것은 비둘기보다 두 배 정도 커 보이는, 영활한 눈 빛을 가진 매였다. 그는 자신이 쓴 편지를 매의 발에 달린 가 늘고 자그마한 통에 담았다.

“가라! 가서 주군께 전해드리라.”

매는 영물인 듯 그의 말을 알아듣고는 이내 창공을 향해 비 상했다. 창공을 향해 날아가는 매를 확인하고는 그 또한 이내 자리를 떴다. 여기까지가 그의 임무였기 때문이다.

연락이 간 이상 자신의 동료들이 정파의 영역에서 백무 일

행을 추적할 것이다. 그는 다른 일을 준비해야 하기에 서둘러
자리를 떠났다.

넝강에서 심상치 않은 일들이 벌어지고 있다는 사실을
모르는 백무 일행은 한수를 따라 내려가다가 한중을 지난
후 바로 배를 버렸다. 육로를 따라 서안으로 가기 위해서였
다.
서안으로 가는 동안 여러 현을 거쳐야 했지만 당민 일행은
표가 형제의 도움으로 사람들에게 행적을 들키지 않고 손쉽
게 이동할 수 있었다.
표가 형제는 가문의 멸문 이후 자신들을 추적하는 자들을
피해 도망치다 섬서성의 여러 곳에서 추적을 피해 잠시 머물
렀던 적이 있어 지리에 익숙했다.
그렇게 배를 버리고 육로를 택한 지 십여 일 만에 일행은
어렵지 않게 서안에 도착할 수 있었다. 십여 일의 여행 동안
당민은 표가 형제나 곤에 대한 의심을 접을 수 있었다.
자신이 생각하는 자들이라면 분명 연락을 하고도 남을 시
간이었지만, 암호를 남기거나 비밀스러운 연락 같은 것도 하
지 않았다. 그것은 암연이 암중에 감시를 하며 확인한 것이었
다. 그렇다고 완전히 의심을 거둔 것은 아니었다.
당민은 앞장서서 비림으로 향하기 시작했다. 일행들은 조
심스럽게 그의 뒤를 따랐다. 젊은 나이의 네 사람과 늙은 세

노인이 함께 서안으로 들어서자 사람들이 낯선 눈빛으로 그들을 쳐다보았다. 화산 비무 대회로 무림인들이 많이 몰리기는 했지만, 백무 일행의 복색이 무척이나 특이했기 때문이다.

비림은 송나라의 여대충(呂大忠)이 당나라의 개성석경(開城石經)이 황폐화하는 것을 애석히 여겨 서안의 문묘 뒤에 옮기고 여러 문인들이 쓴 돌비석을 그 주위에 세워 보존한 데서 비롯되었다.

백여 년 전 성화(成化) 연간에 수리하여 여러 가지 비석을 보관해 오고 있는 곳으로 서안에 온 문인들에게는 꼭 들려야 하는 명소였다.

"누님, 비림에 무엇이 있는 것입니까?"

서안에 도착하자 백무는 비림에 대해 당민에게 그 이유를 물었다.

"앞으로의 일 때문이다. 너희들에게 힘을 주려면 누구를 만나야 한다. 그들을 만나려면 비림에서 뭔가를 해야 하지. 바로 비림에 들려서 그곳에 있는 비석 중 한 개를 탁본을 떠가야 한다."

"탁본도 떠야 한다니, 정말 모를 일이로군요."

"호호! 그래야 우리가 만나야 할 사람들을 만날 수 있단다. 도둑인 주제에 군자인 척하는 자들이지."

"예?"

백무는 당민의 말이 뜻밖이었는지 의문을 표했다.

"만나보면 안다. 그러니 이만 가자."

당민은 더 이상 이야기해 줄 생각이 없는지 발걸음을 재촉했다. 백무를 비롯한 일행들도 당민을 따라 서안으로 발걸음을 옮겼다.

당민이 누군가를 만나기 위해 서안까지 온 것은 알고 있었지만, 백무와의 대화를 들으면서도 누구를 만나러 온 것인지는 모두가 알 수 없었다. 다만 비림에서 탁본을 뜨는 것이 그 만남과 관련이 있다는 생각이 들었다. 어차피 시간이 지나면 알 수 있으니 그저 뒤를 따를 뿐이었다.

"이곳이 비림인 모양이로군요?"

비림에 당도하자 백무는 상당수의 문인들을 볼 수 있었다. 검은 오석에 새겨진 자체를 보며 서법을 익히는 자, 그 안에 들어 있는 문맥을 익히며 선인들의 정신을 향유하는 자 등 많은 문인들이 비림을 구경하고 있었다.

"그래, 일단 저리로 가자!"

당민은 익히 알고 있는 듯 각종 비석이 세워져 있는 사이를 지나 거대한 비석이 있는 곳으로 다가갔다.

"누님, 이 비석은 다른 것과는 다르군요."

비림에 있는 비석의 좌석들 대부분이 거북이나 연화대 등이 대부분인 데 비해 당민이 서 있는 비석의 좌석에는 새의 모양을 하고 있었다.

"시간이 늦었으니 빨리 탁본을 떠야겠다. 밀 노는 어서 비석에 물을 묻혀요."

"쳇! 알았습니다."

불평 가득한 얼굴로 밀광이 비석의 앞으로 나섰다. 미적거리는 모습이 어째서 자신이 이런 것을 해야 하느냐는 뜻을 담고 있는 듯했다.

"빨리해요. 어서!"

'애구! 내 꼴이 이게 뭐냐?'

당민의 재촉에 불평하면 다시 묘강으로 돌아가라고 할까 봐서인지 밀광은 물을 담아온 대나무 통의 마개를 땄다. 그리고는 품에서 붓을 꺼내 비석에 칠하기 시작했다.

"먼저 칠한 곳이 마르잖아요. 한 번에 다 칠해요."

하기 싫은 것을 미적거리며 하는 탓에 먼저 칠한 곳이 마르고 있었다.

"알았습니다."

주르륵!

말을 마친 밀광이 대나무 통을 거꾸로 들어 물을 쏟았다.

"어!!"

백무는 바닥에 물을 쏟는 밀광의 행동에 깜짝 놀랐으나 그것은 기우였다. 물은 바닥으로 쏟아지지 않고 허공중에 머물고 있었던 것이다.

"다른 사람들이 보기 전에 빨리하지 못해요?!"

촤아악!

물이 허공중에 퍼지며 비석에 골고루 발라졌다. 그러자 암연은 잽싸게 들고 있던 한지를 펴서 비석에 발랐다. 한지에 물이 스며들며 비석에 달라붙었다.

"어서 두드려요."

암연과 밀광은 품에서 솜이 들어 있는 천주머니를 꺼내더니 비석을 두드리기 시작했다.

토토톡!

투툭!

"자꾸 그렇게만 해요, 밀 노! 만약 찢어지면 알아서 해요."

덩치에 어울리지 않게 조심해서 두드리는 암연과는 달리 아무렇게나 두드리는 밀광을 보고 당민이 경고를 했다.

'이크! 진짜 화난 것 같네.'

밀광은 자신을 보고 있는 당민의 눈초리가 사나워진 것을 보고는 조심스럽게 두드리기 시작했다.

"됐어요."

한지가 글자의 홈으로 모두 파고들자 당민이 두드리는 것을 멈추게 했다. 그리고 먹이 묻은 천 뭉치를 꺼내더니 조심스럽게 두드리기 시작했다.

두드려지는 부분이 먹이 묻어 까맣게 변하며 글자의 홈으로 들어간 한지를 따라 하얀색의 글자들이 나타나기 시작했다. 비석에 있는 글자가 다 나타나자 당민은 한지가 마르기를 기다렸다. 그냥 떼어내면 한지가 찢어지거나 먹이 번지기 때문이었다.

"이제는 됐어요. 잘 떼어내서 말아놔요."

어느 정도 마르자 당민은 한지를 떼어내게 했다. 암연이 한지를 조심스럽게 떼어내더니 등에서 대나무 통을 꺼내 탁본 뜬 종이를 말아 넣었다.

"자, 가자! 응?"

곤이 보이지 않았다. 분명 방금 전까지 같이 있었는데 없어진 것이다.

"곤은 어디 간 것이냐?"

"곤이요?"

백무도 곤의 행방을 알 수 없었다. 탁본 뜨는 것을 보고 있느라 곤이 사라지는 것을 모르고 있었던 것이다.

"저, 우리가 지나온 길로 되돌아간 것을 제가 봤습니다."

표인호가 곤이 되돌아가는 것을 본 모양이었다.

"되돌아가?"

"그렇습니다. 이곳으로 오며 반쯤 부서진 비석에 관심을 보이는 것 같았습니다. 아마도 그 비석을 보러 간 것 같습니다."

"그래? 호호! 무림에 몸담고 있는 사람이 비문에 관심을 가지다니 뜻밖이군. 가보도록 하자."

당민은 자신의 볼일이 끝났기에 곤이 있는 곳으로 발걸음을 옮겼다. 곤이 관심을 가진 비석은 자신도 이곳으로 오면서 언뜻 본 적이 있는 것이었기 때문이다.

길을 되돌아간 일행은 사각형을 이루고 있는 비석에 탁본을 뜨고 있는 곤의 모습을 볼 수 있었다. 탁본을 뜨는 사람들이 많아 비림 근처에서 그런 것들을 파는 곳이 많았다. 아마도 탁본 뜰 준비물을 사 온 듯 이제 막 먹으로 비석에 달라붙은 종이를 두드리고 있었다.

"서법에도 관심이 있는 줄은 몰랐는데……."

조심스럽게 탁본을 뜨고 있는 곤에게 백무가 다가갔다.

"내가 무슨 서법에 관심이 있겠냐?"

"그런데 이 비석의 탁본은 왜 뜨는 거냐?"

"다 뜬 다음에 알려줄 테니 기다려라. 아직은 확실하지 않으니 말이야."

제법 진지한 표정으로 탁본을 뜨고 있는 곤이 의아할 뿐이었다. 자신보다 다섯 살이나 위지만 서안으로 오는 동안 서먹한 것이 사라져 이제는 제법 트고 지내는 사이였다. 하지만 이런 진지한 모습은 처음 보는 것이었다.

그리 크지 않은 크기지만 비석 사방을 둘러 탁본을 뜨는 것이라 시간이 꽤 걸렸다. 아주 오래된 비석인 듯 글씨 자체가 희미했지만 알아보지 못할 정도는 아니었다.

"이제 됐군."

먹을 묻히는 것이 끝나자 곤은 자신을 보고 있는 일행에게로 다가왔다.

"저 비석의 탁본은 왜 뜨는 것이냐?"

"글쎄요. 처음 보는 순간 뭔가 끌리는 것이 있다고나 할까요? 그리고 탁본을 뜨면서 알게 된 것은 틀림없이 저 비석이 저와 어떤 관련이 있다는 것입니다."

"호오, 그래?"

"아직은 잘 모르겠지만, 틀림없을 겁니다."

"좋다. 마르려면 아직 시간이 더 있어야 할 테니 우리는 먼저 객잔에서 기다리겠다. 끝나면 그리로 오너라!"

"알겠습니다."

당민은 곤을 남겨두고는 일행을 이끌고 비림을 나섰다. 어둠이 내리고 있어 비림으로 오기 전에 미리 잡아놓은 객잔으로 가려는 것이다.

당민이 떠나고 일각이 소금 시나 한지가 다 마르자 곤은 조심스럽게 한지를 떼어내 잘 접어 품에 집어넣었다.

"하하하! 개도비(開道碑)의 탁본을 뜨는 사람이 있다니 오래 살고 볼 일입니다."

탁본 뜨는 것이 끝나기를 기다렸다는 듯이 곤의 곁으로 누

군가 나타났다. 산수화가 그려진 부채를 천천히 부치며 나타
난 이는 문사 차림의 사나이였다. 그의 눈에는 흥미롭다는 빛
이 가득했다.

"이 비석에 대해 알고 있는 것이 있습니까?"

"알다마다요. 이건 얼마 전 천정평(天頂坪)에서 농부가 발
견한 것입니다."

"천정평이요?"

"서쪽 외곽에 있는 평야인데, 밭 가운데 커다란 구릉이 있
는 곳입니다. 그 구릉 밑에서 발견된 것이지요. 부서진 탓에
무엇을 쓴 것인지는 확실히 모르지만, 자체가 오래된 것이라
이곳에 옮겨진 것입니다."

인상이 좋아 보이는 사람이었다. 누구나 친근감을 가질 수
있는 얼굴에 친절한 음색을 가지고 있지만, 곤에게는 아니었
다. 알지도 못하는 사람이 괜히 친절을 베풀 때에는 그만한
이유가 있는 법이란 걸 곤은 잘 알고 있었다.

"으음, 그렇군요. 그런데 당신은 누구십니까?"

"하하! 제 소개를 안 드렸군요. 전 유창원(柳昌圓)이라고
합니다. 이곳 서안에서 꽤 오랜 세월을 살아온 유 씨 문중 사
람이지요. 부족하나마 제가 이곳 비림을 관리하고 있습니
다."

"아, 그러셨군요. 설명은 잘 들었습니다. 좀 더 이야기를
나누고 싶지만 급한 일이 있어서 말입니다. 나중에 시간이 되

면 한번 찾아뵙겠습니다.”

“하하, 그렇게 하십시오. 하지만 보통 인연은 아닌 것 같습니다. 저처럼 개도비에 관심을 가지시는 분을 뵐 수 있었으니 말입니다. 어쩌면 조만간 다시 뵐 날이 있을 것 같군요.”

“그럼 이만!”

곤은 서둘러 비림을 빠져나왔다.

‘뭔가 목적이 있다면 조만간 나타나겠지.’

곤도 유창원의 말처럼 조만간 그를 다시 볼 것 같다는 생각이 들었다. 유창원의 눈빛에서 뭔가 목적이 있다는 것을 느꼈기 때문이다.

촤르르륵!

곤이 비림을 떠나자 유창원은 부채를 접고는 곤이 떠난 자리를 유심히 살폈다.

“개도비의 내용은 아직 해독이 불가능한 것인데 거기서 뭔가를 느꼈다면, 인연자가 나타난 것일 수도 있겠군. 잘된 일이야. 그나마 정기가 있어 보이는 것이 세상에 해를 끼칠 자로는 안 보였으니…….”

곤이 탁본을 뜬 개도비는 발견된 지 얼마 안 되는 탓에 해석을 할 시간적 여유도 없었지만, 반쯤 부서지고 내용이 워낙 난해한 탓에 아직까지 아무도 완전하게 해석하지 못한 석비였다.

유창원은 개도비에 관심을 보이는 곤을 보면서 어쩌면 인연자가 나타난 것인지도 모른다는 생각이 들었다. 그도 해석을 하면서 어쩌면 개도비의 내용이 무공에 대해 기록해 놓은 것일 수도 있다는 생각을 했기 때문이다.

"그나저나 봉황천비(鳳凰天碑)의 탁본을 뜨러 왔다면 우리에 대해 알고 있다는 뜻인가? 아니면 그냥 서체에 관심이 있는 자들인가? 모를 일이로군. 그 여인을 비롯해 같이 있던 자들은 분명 무림인들 같았는데……. 으… 음! 지난 십여 년간 우리를 찾는 자들이 없었건만, 이번 일이 본문에 해가 될 것인지 복이 될 것인지 모르겠구나."

유창원은 당민이 비석에 탁본을 뜬 것과 관련이 있는 듯해 보였다. 그의 말속에는 걱정스러운 빛이 가득했다. 자신이 본 당민 일행은 세상에 보기 드문 고수들이었기 때문이다.

스스스!

유창원의 신형이 바람에 사라지는 먼지처럼 순식간에 비림에서 사라졌다. 그 또한 예상치 못한 고수였던 것이다.

곤은 서둘러 객잔으로 향했다. 객잔 안에는 저녁 시간이라 그런지 많은 사람들이 식사를 하고 있었다.

곤은 객잔으로 들어서자마자 일행을 볼 수 있었다. 당민을 비롯한 일행이 커다란 식탁에 앉아 음식을 먹고 있었다.

"다 끝난 것이냐?"

곤이 돌아오자 당민이 먼저 알아보았다.

"예, 다 끝났습니다."

"얼른 식사나 하도록 해라. 갈 곳이 있으니."

"알겠습니다."

얼마 안 있으면 식탁 위에 있는 요리들이 남아나지 않을 것 같았기에 곤도 재빨리 식사를 시작했다.

한 점 한 점 조신하게 먹는 당민과는 달리 일곱 사람이 밥을 먹는 속도는 무척이나 빨랐다. 언제나 참착하게 행동하는 표가 형제도 식사할 때만큼은 무척이나 빠른 속도로 먹는 편이었다.

"끄윽! 잘 먹었다."

탁!

밀광이 식사를 끝낸 듯 젓가락을 내려놓았다. 다른 이들도 모두 젓가락을 내려놓았다. 탁자 위에는 더 이상 먹을 음식이 없었기 때문이다.

"식사가 끝났으면 차나 한 잔씩 하노톡 해요. 그 차를 다 마시면 곤과 백무는 나를 따라 어디 좀 가자."

"누님, 도대체 어디를 가시기에 그러시는 겁니까?"

"만나볼 사람들이 있다. 나도 스승님 덕분에 우연히 알게 된 자들인데, 만나기가 좀 까다로운 자들이지. 아까 비림에서

탁본을 뜬 것도 그 사람들에게 만나자는 신호를 보내는 것이
었다."

"그러셨군요."

"그나저나 이제는 정한 거냐?"

당민은 궁금한 듯한 표정으로 백무 등을 쳐다보았다. 서안
까지 오는 동안 백무는 물론 곤과 표가 형제 등 네 사람이 결
론을 못 내고 있는 일이 있었기 때문이다.

"글쎄요. 아직까지 결론이 나지 않는군요. 곤의 의제들도
같이해야 결정이 날 것 같습니다, 누님."

"호호! 형제 간에 순서를 정하는 것이 어렵기는 하지. 정해
지면 나한테 제일 먼저 이야기를 해주어야 한다. 어찌 되었든
내가 제일 누나가 될 터이니 말이야."

"그렇게 하겠습니다."

사실 서안으로 오는 동안 네 사람은 의형제를 맺기로 했다.
보통의 경우라면 나이대로 하면 되겠지만, 표가 형제가 강력
히 반대를 했기 때문에 아직도 누가 대형이 될 것인지 결론을
내리지 못하고 있었던 것이다.

백무가 열여덟, 곤이 스물셋, 그리고 표가 형제가 스물하
나, 스물여섯이었지만 표중호가 스스로 형이 될 수 없다는 의
견을 내놨기 때문이다.

흑혈의 겁풍이라는 가공할 적을 상대해야 하는 마당에 무
조건 나이만으로 형제의 순서를 정할 수 없다는 것이 이유 아

닌 이유였다.

훗날 흑혈의 겁풍을 상대하려면 자신들도 세력을 구성해야 할 것이 분명한데, 나이만으로 정한다면 적들을 상대하는 데 문제가 될 수 있다는 것이 표중호의 말이었다.

'참! 그냥 나이대로 하면 되지 굳이 실력이 있는 자가 대형이 되어야 한다니… 저런 똥고집도 없을 거야.'

백무는 표가 형제를 바라보았다. 몇 번을 설득해 보았지만 누가 뭐래도 실력대로 하자는 그들의 고집은 누구도 말릴 수가 없었다. 곤과 친구하기로 했던 백무도 곤을 기꺼이 형으로 모시겠다고 했음에도 요지부동이었다.

하지만 표가 형제가 그러는 것은 나름대로 이유가 있었다. 표중호의 경우 능력이 없는 자의 결정으로 인해 어떤 결과가 일어나는지 누구보다 잘 알고 있었기 때문이다. 그는 자신의 잘못된 판단으로 흑혈의 겁풍을 피해 도망치면서 아끼던 형제들을 잃어야 했던 것이다.

복수만 할 수 있다면 기꺼이 곤과 백무의 동생을 자처할 수도 있는 그였다. 그것은 표인호도 마찬가지였다. 그 자신도 누군가의 참모는 될 수 있을지언정 사람들을 이끌 새목은 못된 다는 것을 잘 알고 있었다.

'곤이 이 년 후에 의제들을 북경에서 만나기로 했다니, 그때나 결정이 나겠군.'

어차피 자신들도 수련을 해야 하고, 곤의 의제들도 모처에서 수련을 마친 후 북경에서 곤과 합류하기로 했기에 이 년 후 모두가 모인 자리에서 결정을 내리기로 잠정적인 합의를 본 상태였다. 그때까지는 곤도 백무와 말을 트고 지내기로 결정을 하였다.

차를 마신 후 삼노와 표가 형제는 객잔에 남아 쉬기로 하고, 나머지 세 사람은 객잔을 나섰다. 당민을 따라나서는 두 사람의 눈에는 흥미로운 빛이 가득했다. 당민에게 들은 바에 의하면 가려는 곳이 특이한 곳이었기 때문이다. 당민이 향한 곳은 서안에 있는 서천대서림(西天大書林)이었던 것이다.

서천대서림은 서안 북쪽 외곽에 있는 큰 서원이다. 사방 오 리에 걸쳐 청죽림이 조성되어 있고, 그 안에 큰 서원이 있어 달리 청죽 서림이라 불리는 곳이었다.

당금 서림의 림주는 높은 학식과 덕망으로, 학계뿐만 아니라 관계에서도 유명한 인물이었다.

백무와 곤은 서천대서림으로 가는 동안 내내 궁금했다. 당민이 서안행을 하는 이유가 강호와는 별반 상관없는 일개 서원이라는 사실이 의아했기 때문이다.

일행은 한 시진 정도 걸어 서천대서림에 도착했다. 바람을 따라 이리저리 흔들리는 청죽들이 달빛을 받아 연녹색 아지랑이를 피우는 모습은 장관이 아닐 수 없었다.

사방 오 리가 넘는 청죽림 가운데에는 마차 한 대가 지나갈 정도의 길이 안쪽으로 나 있었다.

"누님, 예사롭지 않은 대나무 숲인데요?"

청죽림 사이로 나 있는 길을 걸으며 백무는 대나무 숲에서 일고 있는 심상치 않은 기운을 느낄 수 있었다. 마치 거대한 그물이 덮쳐오는 것 같은 느낌을 주는 기운이었다.

묘강을 지나오며 사천이 펼쳤던 사진에 걸렸을 때와 같은 비슷하면서도 다른 느낌이었다. 기운의 엄밀함은 지금 걷고 있는 대나무 숲이 더했다. 거기다 알 수 없는 현기까지 있어 보였다.

백무가 청죽림에서 일고 있는 기운에 흥미를 느낀 것은 마치 자신을 부르는 듯한 느낌 때문이었다.

"맞다. 이 길을 제외하고 저 청죽림으로 들어간다면, 자칫 비명횡사할 수도 있지. 낮이라면 모를까 밤이 되면 무서운 절진이 운용되니 말이다."

"무서운 절진이요?"

"그래, 문사들이라 이곳을 지킬 무력이 없으니 자신을 보호하기 위헤 진법을 설치해 놓은 것 같다."

"하긴 그렇겠군요. 험난한 강호에서 무슨 일이 발생할지 모르니까 말입니다."

'누님께서 그리 말하셨지만 청죽림에 펼쳐져 있는 것은 결코 적을 막기 위한 것만은 아닌 것 같다. 뭔가가 있어……. 이

곳은 결코 평범한 곳이 아니다.'

당민의 말에 동의를 표하기는 했지만 백무의 머릿속에는 다른 생각이 있었다. 진을 설치한 목적이 적을 막는 것도 있기는 하지만, 자신에게 다가오는 느낌으로 봐서는 그것만이 다가 아니라는 생각이 들었던 것이다.

"무아야, 문사들을 얕보지 마라. 그들이 가진 힘은 우리 같은 일개 무부보다도 무서운 것이다. 보통 강호의 무인들은 문사들을 힘이 없는 사람들이라 생각하는 경향이 있는데, 그것은 명백히 잘못된 것이다. 칼밥을 먹는 인생들은 기껏 해야 몇 십에서 몇 백의 생명을 앗아가지만, 문사들은 머리 하나로 수만의 생명을 순식간에 앗아가는 사람들이다."

"명심하겠습니다, 누님!"

잠시 다른 생각에 잠겨 있던 백무는 당민의 말에 고개를 끄덕였다. 당민이 무슨 뜻으로 하는 말인지 알 수 있었기 때문이다.

자신을 지킬 만한 무력이 없어 진을 설치했지만, 문사들은 강한 사람들이었다. 전쟁이 일어나면 책략을 세우는 자들이 바로 그들이었다. 당민의 말대로 그들은 머리 하나만으로 수만의 생명을 좌지우지할 수 있는 존재들인 것이다.

"자, 가자!"

당민은 청죽림 사이로 발걸음을 옮겼다. 백무와 곤 또한 주변을 경계하며 뒤를 따랐다. 안으로 들어실수록 청죽림에서 이는 기운은 더욱 짙어졌다.

세 사람은 서천대서림으로 가는 동안 진운에 의해 발휘되는 묘한 기운에 대해 여러 가지 의견을 나누었다. 대나무 숲에서 느껴지는 기운은 무인으로서의 감각을 묘하게 자극하는 것이었기 때문이다.

"이곳이다."

대나무 숲에 설치되어 있는 진법에 대해 대화를 하는 동안 일행은 어느새 한 서원 앞에 다다랐다. 밤이 늦은 탓인지 커다란 대문은 이미 굳게 잠겨 있었다.

"누님, 너무 늦게 온 것이 아닙니까?"

문이 잠겨 있자 백무는 자신들이 방문한 시각이 상당히 늦었음을 상기했다.

"호호! 그들을 만나는 것은 밤이 아니면 안 된다. 우리가 만나려는 자들은 한낱 문사들이 아니니 잠시만 기다려 보거라."

당민은 자신의 허리춤에 매어져 있는 대나무 통에서 비림에서 득본을 뜬 한지를 꺼냈다. 그리고는 큰 대문 옆에 나 있는 작은 쪽문으로 걸어갔다.

탕! 탕!

당민은 쪽문을 두드렸다.

탁!

얼마 지나지 않아 사람을 확인하려고 만든 듯 얼굴 높이에 있는 자그마한 미닫이 창문이 열렸다.

"누구시오?"

서글서글한 눈동자가 창문 쪽에 나타나더니 문을 두드린 사람의 정체를 물었다.

"비림에서 탁본을 떠왔습니다만!"

"이리 줘보시오."

당민은 탁본 뜬 한지를 창문 틈으로 밀어 넣었다.

"잠시만 기다리시오."

탁!

창문이 닫히자 당민은 백와 곤이 있는 곳으로 되돌아왔다.

"조금 있으면 사람이 나올 것이다. 그 사람이 안내하는 대로만 가면 되니 다른 곳에 기웃거릴 생각을 하지 마라. 괜히 시비만 불러일으킬 터이니."

"알겠습니다."

"그러지요."

얼마 있지 않아 쪽문이 열렸다. 문사 차림의 노인이 나오더니 세 사람을 서림 안으로 안내했다. 서림 안은 상당히 컸다. 여러 채의 전각이 세워져 있었고, 곳곳에는 불들이 켜져 있었다. 아마도 문사들이 공부에 여념이 없는 모양이었다.

문사는 전각 사이를 지나 서림의 뒤편으로 일행을 안내했다. 그곳에는 자그마한 전각이 연못 가운데 있었는데, 수려한 필체로 봉황각(鳳凰閣)이란 현판이 걸려 있었다.

봉황각까지는 연못을 가로질러 홍교(虹橋)로 연결되어 있었는데, 문사는 봉황각 앞까지 안내를 하고는 자신의 일은 끝났다는 듯 말없이 돌아가 버렸다.

"들어가자! 다시 한 번 이야기한다만, 이곳에 들어서면 쓸데없는 호기심은 갖지 말아라."

당민은 당부를 끝내고는 봉황각 문을 열고 안으로 들어갔다. 백무와 곤 또한 그 뒤를 따랐다.

第三章 봉황도문(鳳凰盜門)!

九劈雷雲

봉황각은 그리 화려하지 않았다. 문사가
머무는 곳이라는 것을 표방하듯 한쪽 벽에는 잘 쓴 글씨로 몇
개의 족자가 걸려 있었고, 다른 한쪽에 비치된 서가에는 여러
권의 책들이 꽂혀 있었다.

'그리 화려하지 않은 치장도 그렇고, 족자에 걸린 글씨의
뜻을 보아하니 주인의 성품이 담백한 것 같구나.'

족자에 쓰인 글귀들은 대부분 산수의 풍경을 노래한 것으
로, 무위자연의 도가 사상이 담겨 있는 것들이었다.

'이곳의 주인도 중원 사람이 아닌가 보군.'

서가가 비치된 안쪽에는 자그마한 서탁이 하나 마련되어

있었는데, 중원 것과는 달리 다리가 짧아 바닥에 앉아서 책을
보도록 되어 있는 것이었다. 백무는 이런 서탁을 쓰고 있는
곳을 이미 알고 있었다. 한 대인의 처소에도 비슷한 서탁이
있었기 때문이다. 서탁을 마주하고 누군가가 앉아 있었는데,
그는 방금 전 당민이 들여보낸 탁본을 보고 있었다.

"앉으시오."

서탁의 주인은 세 사람을 자리에 앉도록 했다. 서탁 앞에는
세 개의 포단이 마련되어 있었는데 당민은 주저없이 가운데
포단에 가서 앉았다. 백무와 곤 또한 좌우의 포단에 가서 앉
았다.

"이 탁본을 보내오셨다고 들었소. 본 문에 무슨 요청이 있
기에 봉황천비의 탁본을 보내오신 것이오?"

"두말할 것 없이 여산을 열었으면 하는데, 가능한가요?"

"여산을 말이오?"

그 말을 들은 그는 놀라는 빛이 가득했다. 자신들이 하는
일에 정통하지 않았다면 감히 여산을 열어달라는 부탁을 하
지 않았을 것이기에 문사는 당민이 한 말을 되물어야 했다.

"그래요."

"대가는 무엇으로 할 생각이오?"

"이걸 드리지요."

탁!

당민은 품을 뒤져 자그마한 금낭 하나를 꺼내 서탁 위에 올

려놓았다. 문사는 제법 묵직해 보이는 금낭을 열어 안에 있는 물건을 꺼냈다.

금낭 안에서 나온 물건은 비취색이 감도는 옥으로 만들어진 자그마한 옥갑이었다. 한눈에 보기에 옥갑 자체만 해도 예사 물건이 아니었다. 문사는 조심스럽게 집어 들더니 옥갑을 열었다. 비취색의 옥갑 안에는 범상치 않은 기운이 흐르는 자그마한 자색의 자기병이 담겨 있었다.

"이것이 무엇이오?"

"만화단이에요."

"만화단?"

"당신들이 얻으려고 하는 소림의 소환단이나 대환단보다는 훨씬 나은 물건이지요."

"그걸 어찌 믿으라는 것이오."

의심의 빛이 가득했다. 문사가 알기로 만화단은 이미 세상에서 사라진 물건이었기 때문이다.

"호호! 당문의 만화단을 모르다니 봉황도문의 사람답지 않군요. 만화단이 결코 대환단보다 못하지 않음을 잘 알 텐데요. 그리고 만화난의 향을 맡아보면 그것이 진품인지 아닌지는 금방 알 텐데 제가 왜 거짓을 말하겠습니까."

당민 또한 문사의 의심이 무엇인지 아는 듯 만화단에 대해 설명을 해주었다.

"그럼!!"

“맞아요. 틀림없는 당문의 만화단이 맞아요. 내공을 그리 높여주지는 않지만, 요상약으로 따지자면 천하의 그 어떤 영약과도 비교할 수 없는 영약이지요. 공력을 늘리려는 것이 아닌 이상 이만한 약도 없지요.”

당문은 이미 멸문한 가문이었기에 거기까지는 생각을 못한 듯 옥갑을 잡고 있는 문사의 손이 가늘게 떨렸다. 만화단 같은 요상약이라면 지금 그에게 있어 무엇보다 우선해서 구해야 할 것이었기 때문이다.

“좋소. 이만한 대가라면 여산을 열어주겠소. 만화단을 우리에게 대가로 지불하려는 것을 보면 원래의 주인 같으니 말이오.”

봉황도문의 문주는 여산에 묻혀 있는 비밀의 주인을 알고 있는 것 같은 말을 흘렸다.

“맞아요. 원래의 주인이라고 할 수 있지요. 그럼 계약이 성사된 걸로 알고 우린 이만 가도록 하지요.”

“좋소. 준비가 되면 연락을 하겠소. 아마 이삼 일 정도 걸릴 테지만 좀 더 빠를지도 모르니 그렇게 알고 돌아가도록 하시오.”

당민은 문사의 말을 듣고는 자리에서 일어났다. 무척이나 간단한 대화였지만 볼일이 끝났음을 안 백무와 곤은 당민을 따라 일어섰다.

“그럼 소식이 올 때까지 기다리지요.”

"밖에 사람이 기다리고 있을 것이오. 그를 따라 나가시면 되오. 연락은 내 알아서 할 터이니 그리 알고 돌아가시오."

"알겠어요."

당민은 봉황각을 나섰다. 문사의 말대로 사람이 기다리고 있었는데, 당민 일행을 안내한 자였다. 세 사람은 안내를 받아 왔던 길로 되돌아 나갔다.

봉황각을 빠져나와 쪽문을 통해 바깥으로 나선 백무는 의아한 눈으로 당민을 쳐다보았다. 이렇게 간단히 끝날 일이라면 자신들을 데리고 올 이유가 없었기 때문이다. 곤 또한 백무와 같은 생각인지 의문스러운 듯 눈빛을 빛냈다.

"호호! 궁금한 모양이로구나. 내가 너희들을 이리로 데리고 온 것은 훗날 너희들에게 이곳에 올 수 있는 자격을 만들어주기 위함이었다."

"저희야 그저 가만히 있었고, 누님은 우리를 소개도 시키지 않았는데 다음에 올 수 있다니, 그게 무슨 말씀입니까?"

자신들에 대한 소개조차 없었는데 나중에 올 수 있다는 말이 이상했나.

"호호! 만나는 방법도 알아야 하지만 봉황도문의 사람을 만나려면 우선 봉황도문과 안면이 있는 사람과 같이 동행을 해야 한다. 그래야 자격이 생기지. 아마도 지금쯤 봉황도문에서는 훗날을 위해 너희들의 용모파기를 작성해서 보관해 두고 있을 것이다."

"짧은 시각이었는데 벌써 우리들의 용모파기를 그려놓았을 것이라니, 놀랍군요. 그런데 누님! 녕강에서 올 때도 여산에 가야 한다고 말씀하셨는데, 도대체 여산을 여는 일이란 무엇입니까? 분명 당문은 사천에 있지 않았습니까?"

당가는 분명 사천에서 번성했던 가문이다. 그런데 여산에 유진이 남아 있다는 말에 의아했던 것이다.

"호호! 다른 이들은 모르고 우리 당가의 직계만이 아는 일이지만, 당가의 시조께서는 원래 섬서성에서 태어나신 분이시란다. 당가는 섬서성에서 처음 일어났지만 훗날 시조의 결정으로 사천에 터를 잡았지. 그래서 그분이 남긴 유진은 여산에 남아 있어. 하지만 난 그곳에 있다는 것만 알 뿐 열 수는 없거든. 그래서 봉황도문 사람들에게 부탁을 한 것이다."

"봉황도문 사람들에게요?"

이름을 들어보면 도둑 집단 같았다. 하지만 만나본 자를 보면 그도 아닌 것 같았다. 상당한 내력을 소유했을뿐더러 도둑이라기보다는 오히려 학자 같은 느낌을 주는 자였다.

"봉황도문은 원래 학자 출신들이 만든 곳이다. 그들이 찾고자 하는 것은 시황제의 무덤이다."

"시황제의 무덤이요?"

"그렇다."

“시황제라면 처음으로 천하를 통일한 진나라의 시황제를 말씀하시는 것 같은데, 무덤에 있는 보물을 노리는가 보군요.”

“호호호! 아니다. 이들은 시황제의 보물이 아니라 기록을 찾고 있는 사람들이다.”

“기록을요?”

“이들은 시황제가 일으킨 분서갱유를 믿지 않는 사람들이지. 유생들을 묻기는 했지만 그 당시 기록들의 진짜 원본은 태우지 않고 자신의 무덤에 묻었을 가능성이 높다고 보는 것이다. 폭군이라 불리지만 사실 시황제 정은 똑똑한 사람이었거든. 당시 무수한 학파가 세상을 어지럽힌다 하여 그렇게 했지만 원본은 분명 남겼을 것이라는 것이 이들의 생각이지.”

“그럼?”

“그래! 비록 학사라 해도 기록을 얻기 위해 도굴도 한다는 이야기다. 무서운 기관과 함정들이 도사리고 있는 왕릉이나 황릉들을 도굴하는 자들이라 그런 방면에는 제법 뛰어난 자들이지. 웬만한 기관진학의 대가들도 이들과 음으로 양으로 연결되어 있을 정도니까. 이떤 기관이 설치되었는지 모르는 이상 여산에 있는 시조의 유진을 얻기 위해서는 이들의 도움이 절실히 필요하다.”

‘어느 정도의 유진이기에 그런 자들의 도움을 받는다는 말인가? 그리고 누님은 나에게 무엇을 원하시는 것인지…….’

도대체 당민이 자신에게 어디까지 은혜를 베풀어주려고 하는지 백무는 알 수가 없었다. 방금 전 자신이 만난 자도 무시하지 못할 고수였다. 전체적인 기운도 그렇지만 은근하게 퍼지는 그의 기운은 다른 무림인들에게서는 느끼지 못한 특이한 기운이었다. 그런 자의 도움을 받으면서까지 얻고자 하는 것이 궁금해질 따름이었다.

한편, 봉황각에서 당민이 나가고 난 후 그녀가 앉은 자리에는 또다른 사람이 앉아 있었다. 나머지 두 개의 포단은 이미 치워졌는지 보이지 않았다.

봉황도문의 문주와 마주 앉은 자는 다름 아닌 비림에서 곤에게 개도비에 대해 알려준 유창원이었다.

"문주, 이번에 여산을 여는 일은 자못 위험할 수 있습니다. 천하의 이목이 화산으로 쏠리고 있는 마당에 자칫 무림인들을 자극할 우려가 있으니 말입니다."

유창원은 무림인들이 여산에서의 일을 알게 되는 것을 우려하고 있었다. 무림세가로서 우뚝 섰던 당문의 시조가 남긴 유진이라면 무림인들이 눈에 불을 켜고 달려들 것이 뻔했다. 자칫 이로 인해 혈사가 일어날 수도 있음을 봉황도문의 문주에게 상기시킨 것이다.

"그래도 어쩔 수가 없었네. 우선 여산의 유진은 당문의 것이라 당문의 마시막 후손인 그녀가 일차 권리를 가지고 있네.

그리고 그녀가 준 만화단은 지금 우리에게 있어서 꼭 필요한
것이니 말이야.”

“문주, 정말 그녀가 만화단을 주었단 말입니까?”

만화단을 주었다는 말에 문주가 어째서 이번 일을 허락했
는지 알 수 있었다. 지금 봉황도문에서 가장 필요한 것이 바로
만화단같이 내상에 특별한 효험이 있는 것이었기 때문이다.

유창원도 만화단에 대해서는 이미 잘 알고 있었다. 세상에
존재하는 거의 모든 꽃의 화정을 채취하여 만든 단환으로, 숨
이 넘어가지만 않았다면 기사회생시킬 수 있다는 비전의 요
상약이 바로 만화단이었다.

만화단은 제조하기가 극히 어려워 그동안 당문에서도 겨
우 세 알만 만들었다는 비전의 영약이다. 당문이 멸문하고 난
후 세상에서 사라졌다고 여겨지던 만화단이 나타났다고 하자
그는 놀라움을 금할 수 없었던 것이다.

문주의 말대로 만화단을 가지고 있다면 분명 당문의 적손
이 분명했다. 그리고 만화단이라면 그간 구해온 요상약에 비
할 수 없는 것임을 그 또한 잘 알고 있었다.

“그렇네. 어쩌면 그녀는 우리가 요상단이 필요로 한다는
사실을 이미 알고 있었을지 모르네. 우리가 거절하지 못하도
록 필요한 것을 정확히 알고 있는 눈치였으니까.”

“그럼 여산을 여는 일은 누구에게 시키실 겁니까?”

“후후, 내가 왜 자네를 불렀겠나? 여산을 여는 일을 비밀리

에 완수할 수 있는 사람이 본 문에 자네 말고 더 있겠나."

"저요?"

"왜, 싫은가?"

"하하하! 싫긴요. 그렇지 않아도 다음 대로 넘어가는 것이 아쉬웠던 참인데 잘됐군요. 제법 위험하기는 하지만 여산의 일은 제가 맡도록 하지요. 그렇지 않아도 그녀의 일행 중에 흥미를 끄는 사람이 있어서 알아보려던 참이었습니다."

"그녀의 일행 중에 자네의 흥미를 끄는 사람이 있다는 말인가? 이거 놀랄 일이로군."

봉황도문의 문주인 곽정운(郭鼎運)은 평소 무림인을 발가락에 때보다 더 하찮게 여기는 유창원의 말에 흥미를 느꼈다. 여간해서는 남에게 흥미를 느낄 사람이 아님을 잘 알고 있었기 때문이다.

"후후, 그자가 개도비의 비문에 흥미를 보이고 있더군요. 탁본까지 떠가면서 말입니다. 칼부림이나 할 줄 아는 무인이 탁본까지 떠간 것을 보면 개도비에 대해 알고 있는 것이 분명합니다. 어쩌면 제가 기다리던 인연자일지도 모르고 말입니다."

"그렇다는 말인가? 흥미롭군. 개도비가 출토된 곳은 아직 어느 왕조에서 만들었는지조차 확인이 안 된 봉분이 아닌가? 사람들이 보기에는 그저 구릉으로 보일 뿐이거늘, 그가 관심을 보인다면 자네의 말대로 예삿일은 아니로군."

"그렇지요. 비림에서 만났던 사람은 개도비에 대해 뭔가 아는 것 같아 보였습니다. 그것도 알아볼 겸해서 이번 일은 제가 맡아보겠으니 문주께서는 염려하지 마십시오."

"후후! 맡아준다고 하니 한시름 놓이네. 내 자네만 믿겠네."

"요상약으로는 최고라는 만화단을 얻었으니 그동안 문주님을 괴롭히던 시름을 덜 수 있게 되어 저도 마음이 놓입니다. 일을 맡긴 사람들도 흥미롭고, 어쨌든 이번에 의뢰된 일은 재미있게 처리할 수 있겠군요."

"후후! 그리 생각해 주니 고맙네."

"그럼 전 이만 가보겠습니다. 다 나으시면 한번 찾아뵙는다고 스승님께 전해주십시오."

"알았네."

스스스!

유창원의 신형이 꺼지듯 소리없이 사라졌다. 곽정원은 유창원이 별다른 불만 없이 이번 일을 맡아주겠다는 말에 안도했다. 불과 몇 달 전 천정평에 있는 거대한 무덤의 가공할 기관신을 뚫었던 그다.

비록 시황제가 그 당시의 문서들을 보관하던 곳은 아니었지만 기관을 뚫느라 심력을 고갈시킨 유창원이었기에 이번 일을 부탁하기가 미안했던 것이다.

"그나저나 천정평에 있는 봉분에서 무엇을 보았기에 저리 흥미를 가지는 것인지 모르겠구나. 사제가 저리 흥분하는 것을 보면 필시 예사로운 것은 아닐 텐데."

재물에는 눈곱만큼도 흥미를 느끼지 못하는 유창원이었기에 그의 호기심을 불러일으킨 것이 무엇인지 곽정운으로서는 궁금할 따름이었다.

스스스!

청죽림이 펼쳐져 있는 외곽에 유창원의 신형이 나타났다. 바람결에 묻어난 것처럼 그의 신형이 소리없이 나타난 것이다. 참으로 고절하기 짝이 없는 신법이었다.

"후후! 예사 일행들은 아닌 것 같으니 정식으로 만나보기 전에 사전 조사나 한번 해볼까? 그 사람이 개도비에 관심을 가진다는 것은 그 무덤의 연원을 알지도 모른다는 뜻이다. 아니면 그 무덤의 진정한 용도가 무엇인지 알고 있다는 뜻이기도 하겠지. 그곳은 아무리 보아도 평범한 곳은 아니었으니까."

자신이 천정평의 무덤 안에서 본 것들은 진정 평범한 것이 아니었다. 마치 누군가를 위해 마련된 관문 같았다. 처음엔 어느 왕조의 왕릉이 아닌가 생각했다. 하지만 남겨진 유물이 달랐다. 서안 인근에서 발견된 어느 왕조의 유물과도 달랐던 것이다.

혹시나 봉황도문에서 그렇게 찾아 헤매던 시황제가 숨겨

놓은 고대의 기록들이 묻혀 있는 곳이 아닌가 하는 생각도 했다. 하지만 조사해 본 결과 그것은 아니었다.

아무리 머리가 좋아도 뚫기 어렵게 엄밀히 설치된 기관이었다. 어찌 보면 무인의 수련을 위한 관문 같았다. 그런 것을 보며 이름난 무인이 남겨놓은 유진이 아닌가도 생각해 보았다.

하지만 그런 무덤들을 몇 번 들어가 본 적이 있는 유창원은 결코 그게 아니라는 것을 장담할 수 있었다.

자신도 완전히 파헤치지 못하고 나온 곳에 대한 단서를 곤이 쥐고 있다고 생각하자 유창원은 가슴이 뛰었다. 그는 자신이 파악하지 못하는 것에 대한 궁금증을 참지 못하는 성격이었다.

백무 일행이 상당한 고수들인지라 접근하기가 까다로워 고민하던 중이었는데 때마침 기회가 찾아온 것이다. 그들이 봉황도문에 여산을 열어달라는 부탁을 한 터라 의심받지 않고 자연스럽게 접근할 명분이 생긴 것이다.

"여산 쪽에도 무엇이 있는지 궁금하고, 후후! 이거 얼마간은 심심하지 않겠는걸."

천정평의 봉분에 담겨진 비밀을 알아낼 수 있다는 생각도 한몫했지만 차후에 열어보고 싶었던 여산에 있는 당문의 비고도 관심을 끌었다.

알려지지 않는 비밀스러운 무덤이나 고대의 왕릉도 봉황

도문의 탐사 대상이지만, 주인이 있지만 가문이 멸문해 나타나지 않는 여산의 비고 같은 무림세가의 비밀스러운 곳도 봉황도문의 탐사 대상이었다.

수없이 명멸해 가는 무림의 유명한 문파나 무인들, 그리고 상인들도 고대의 기록을 가지고 있는 경우가 간혹 있기에 봉황도문에서는 가끔 그런 곳을 탐사해 왔다.

특히 당문같이 멸문한 문파의 경우, 멸문한 지 한 세대를 지나도 후손이 나타나지 않을 경우에는 그들의 유진이 남겨진 곳을 반드시 열어보는 것이 봉황도문의 관례였다.

이래저래 당민 일행에 관심이 가는 유창원은 신형을 날려 당민 일행이 머물고 있는 객잔으로 향했다. 곤과의 일로 하여금 머무는 객잔은 이미 알아낸 상태였다.

유창원이 멀리서 자신들을 살피기 위해 객잔으로 향하는 것을 모르는 당민 일행은 어느덧 객잔 근처에 다다르고 있었다.

"누님, 그럼 여산에는 언제 가는 것입니까?"

곤은 여산으로의 일정이 궁금했다. 그는 이곳에서 개도비에 대해 알아봐야 할 일이 있었기에 여유가 있을지 궁금했던 것이다.

"글쎄, 아마 내일 정도 출발하지 않을까 생각된다. 그들이라면 오늘이나 내일 즈음이면 바로 사람을 보낼 수도 있을 테니까."

"그럼 시간이 없을 수도 있겠군요."

"시간이? 그게 무슨 말이냐?"

"아까 비림에서 탁본을 뜬 개도비에 대해 알아보려고 합니다."

"개도비?"

"제가 탁본을 뜨고 있는데 어떤 자가 와서 비석의 이름이 개도비라고 하더군요."

"그러고 보니 그걸 묻는다는 것을 내 일만 알아보느라 까먹었구나. 그래, 그 개도비라는 것이 무엇이기에 네가 탁본까지 뜬 것이냐?"

"누님, 안에 들어가서 이야기하는 것이 좋을 것 같습니다."

당민이 곤에게 사정을 묻자 백무가 나서며 안으로 들어가자고 이야기했다. 당민과 곤은 의아한 듯 백무를 바라보았으나 이내 고개를 끄덕였다. 백무의 눈짓으로 누군가가 자신들을 따르고 있다는 것을 그제야 느꼈기 때문이다.

'으음! 이제는 나보다 무아의 기감이 더 뛰어나구나.'

사신조차도 백무가 일려주기 전까지 못 느낀 기운이었다. 당민은 백무의 기감이 이미 절정의 경지에 올랐음을 느끼며 고개를 끄덕였다.

"아마도 제가 배운 무공과 관련이 깊은 것 같습니다. 이제 객잔에 다 와가니 들어가서 말씀을 드리도록 하지요."

곤 또한 놀라웠지만 백무의 말대로 안에서 이야기하는 편이 낫다고 생각했는지 객잔 안으로 들어가기를 권했다.

"그렇게 하도록 하자. 이렇게 길거리에서 나눌 이야기가 아닌 듯하니."

점창에서 작정을 하고 키워낸 사람이 바로 곤이었다. 그런 사람의 무공과 관련된 이야기라면 문제가 될 소지도 있었기에 곤의 말처럼 길거리에서 함부로 나눌 대화가 아니었다.

그리고 자신들을 암중으로 따르는 무리가 있다는 것을 안 이상 누구인지 알아볼 필요도 있었다. 상대는 서천대서림을 나서고 얼마 있지 않아 자신들을 따르기 시작한 것으로 보였다. 암중으로 따르면서도 살기를 흘리지 않는 것으로 보아 자신들을 감시하는 것이 목적임이 분명했다.

세 사람은 객잔 안으로 들어섰다. 밤이 늦은 시각이라 삼노와 표가 형제는 이미 객방에 들어 자고 있는 모양이었다. 당민은 자신이 머물게 된 방으로 두 사람을 이끌었다.

"말해보아라."

방에 들어와 탁자에 앉은 당민은 단음강막을 펼쳐 소리를 차단한 후 곤에게 개도비에 대해 물었다.

"저기, 우선 이것을 한번 봐주십시오."

곤은 자신이 탁본을 뜬 한지를 탁자에 올려놓았다. 당민은 곤이 꺼내놓은 탁본을 유심히 살폈다. 한참을 살피던 당민은 인상을 찌푸렸다. 탁본은 자신으로서도 해독이 불가능한 내용이었기 때문이다.

"누님, 맨 끝 부분을 한번 보십시오."

인상을 찌푸리는 당민에게 곤이 탁본의 끝 부분을 보아달라고 하며 그 부분을 손가락으로 가리켰다.

"끝 부분? 어디, 북명천해(北溟天海) 지도야(至道也)라! 이것이 무슨 뜻이냐?"

"북쪽 어두운 하늘의 바다에서 도에 이른다는 뜻입니다. 바로 그 문구 때문에 제가 탁본을 뜬 것이기도 하지요. 누님도 아시다시피 제가 익힌 내공심법은 불완전한 것입니다. 북명신공이라 불리는 것이지요."

"북명신공?"

"사부님이 제게 알려주신 북명신공의 끝 부분에도 저것과 똑같은 문구가 있었습니다."

"으음!! 그렇다면 이 탁본을 뜬 석비가 네 무공과 관련이 있다는 소리로구나?"

"그렇습니다. 그래서 제가 개도비라 불리는 비석의 탁본을 뜬 것입니다. 몇 자 안 되는 문구이지만 저로서는 해석이 안 되는지라 말입니다."

"어쩌면 이번 일은 생각보다는 중요한 일일 수도 있겠구나. 나 또한 무슨 뜻인지 해석하기 힘든데. 그래, 알아볼 방도는 있는 것이냐?"

“있을 것도 같습니다. 제가 개도비의 탁본을 뜰 때 비석의 이름을 알려준 사람이 있었습니다. 비림을 관리한다고 했는데, 이곳 서안 유씨 문중의 사람이라고 하더군요.”

“천해유가(天解柳家)!!”

곤의 말에 당민이 입에서 탄성이 흘러나왔다.

“천해유가요?”

“그래, 당금 유림의 하늘에 비견되는 가문이 바로 천해유가다. 하늘의 비밀을 파헤친다는 전설을 간직한 가문이지. 무림의 제갈세가와 비견되는 가문이기도 하다. 그런데 어떻게 천해유가의 사람과 인연이 닿은 것이냐? 그들은 구름 속의 용처럼 좀체 만나기 어려운 사람들이거늘.”

“비림에서 제가 탁본을 뜨고 있는데 그자가 나타났습니다. 제가 탁본을 뜬 개도비를 천정평이란 곳에서 자신이 발견했다고 하더군요.”

“그럼 무슨 일이 있어도 그 사람을 만나보아야겠구나. 아무래도 탁본의 내용이 심상치 않은 것 같으니 말이다.”

“그래야 할 것 같습니다.”

“어쩌면 이번에 서안에서 오래 머물 수도 있겠구나.”

“죄송합니다, 누님.”

“아니다. 어차피 너희들은 실력을 더 키워야 한다. 너의 북명신공을 완전하게 할 수 있다면, 여산으로 가는 것보다 훨씬 나을 수도 있을 것이다. 그리고 네가 여산에 간다고 하더라도 네 무공의 특성상 본 가의 유진과 인연이 닿는다고 보장할 수도 없으니까. 그것……."

피슛!!

당민의 인상이 찌푸려지더니 그녀의 손에서 지풍이 뻗어 나갔다. 방문 밖에 누군가 있었던 것이다.

"누구냐?!"

당민의 입에서 상대의 정체를 묻는 고함이 터져 나왔다. 지풍을 뻗어냈지만 밖에 있는 자가 자신의 지력을 해소했다는 것을 느낀 것이다. 백무와 곤은 자리를 박차고 일어나 밖으로 뛰쳐 나가려 했다.

"봉황도문에서 왔소."

뛰쳐 나가려던 두 사람이 멈추었다. 봉황도문에서 왔다면 방금 전 자신들이 만났던 봉황도문의 문주가 보낸 것이 틀림없기 때문이다.

"들어와요."

드르륵!

조심스럽게 방문이 열리며 유창원이 안으로 들어섰다.

"낭신은?"

곤은 방 안에 들어선 유창운을 보며 놀랐다. 뜻밖에도 자신에게 개도비에 대해 알려준 사람이었기 때문이다.

"아는 사람이냐?"

"그렇습니다, 누님. 방금 전에 말씀드렸던 개도비에 대해 알려준 사람이 바로 저 사람입니다.”

“으음!”

‘정말 놀라운 일이로군. 봉황도문과 천해유가가 관련이 있을 줄이야.’

“우선 자리에 앉아요. 너희들도 앉고.”

쾅!

유창원이 자리에 앉으려 할 때 부서지듯 방문이 열리며 삼노가 뛰어 들어왔다. 당민의 고함에 놀라 잠을 자다 말고 달려온 것이었다.

“무슨 일입니까, 천주?!”

밀광은 소리치며 안의 상황을 물었다.

“별일 아니니 어서 자리에 앉아요.”

당민의 일이라면 언제나 민감하게 반응하는 밀광이었기에 별일 아니라는 당민의 말이 의아했다. 그녀가 한밤중에 소리를 쳤다면 분명 무슨 일인가 있었을 것이기 때문이다.

“별일 아니라니요?”

“일단 자리에 앉아요. 설명해 줄 테니.”

당민이 자리에 앉기를 권하자 삼노는 이상하다는 듯 고개를 저으며 탁자에 앉았다.

투다다닥!

“무슨 일이 있는 것입니까?”

삼노가 자리에 앉으려 할 때 방 밖에서 누군가가 달려오는 소리가 들리더니 표인호의 목소리가 들려왔다. 표가 형제도 소란이 일자 곧바로 당민의 방으로 뛰어온 것이다.

"들어오세요."

당민의 말에 표가 형제는 조심스럽게 문을 열고 방 안으로 들어섰다. 일행 이외에 다른 사람이 있었지만 두 사람은 침착하게 백무의 뒤쪽으로 다가가 시립하듯 섰다. 탁자에는 이제 더 이상 앉을 자리가 없었기 때문이다.

삼노와 표가 형제의 눈은 유창원에게 쏠려 있었다. 방금 전 소란의 주인공임이 분명했기에 그들의 눈에는 한밤중에 찾아온 자에 대한 경계심이 가득했다.

"이 사람은 여산에서 우리의 일을 도와주기 위해 온 사람이니 너무 경계하지 말아요."

당민의 말에 삼노와 표가 형제의 시선이 그녀에게 모아졌다가 다시 유창원에게로 향했다. 다들 누구냐고 묻는 듯한 표정이었다.

"하하! 안녕하십니까, 저는 유창원이라고 합니다. 제가 관심을 가졌던 분과 일행이시라니 반갑습니다."

"그런데 당신이 봉황도문 사람이었다니, 의외로군요."

확실히 의외였다. 곤은 비림에서 자신과 안면을 튼 유창원이 봉황도문의 사람이라는 사실도 그렇고, 어쩐지 자신과 묘하게 인연이 있다고 느꼈다.

"하하! 그러게 말입니다. 당신이 개도비에 관심을 가지신

분과 일행이시라니, 저도 의외였습니다."

유창원은 화통하게 웃으며 곤과의 인연이 자신도 의외임을 강조했다.

"문주님께 대강의 말씀은 듣고 왔습니다. 이번에 도움이 필요하시다고요?"

"그래요. 중요한 일이니 잘 부탁해요."

"그건 염려하지 마십시오. 그런 일은 본 문에서도 제가 최고니까요. 그나저나 건네주신 물건 덕에 본 문의 시름을 덜 수 있어 감사드립니다. 이번 일에는 제가 최선을 다하겠습니다. 하하하!"

호탕하게 웃는 유창원의 웃음은 자신감의 발로였다. 당민은 그의 웃음에서 여산에서 가문의 유진을 여는 일이 쉽게 풀릴 수 있을 것임을 짐작할 수 있었다.

"별말씀을요. 그런데 비림에 안치되어 있는 개도비에 대해 알고 있다고 하시던데……."

당민은 곤에게 중요한 일이기에 개도비에 대해 단도직입적으로 물었다.

"그렇지 않아도 그 이야기를 저분께 말씀드리려고 했습니다. 아무래도 제가 발굴한 곳이 저분과 깊은 인연이 있는 것 같아서 말입니다."

유창원은 곤을 눈짓으로 가리켰다.

"곤이 관심을 가지고 있는 것은 사실이지만, 어째서 그렇게 생각을 하신 겁니까?"

"아! 이름이 곤이셨군요."

이제야 이름을 알았다는 유창원이 고개를 끄덕였다.

"강곤이라고 합니다."

비림에서 무시하듯 돌아 나왔던 곤은 미안한 듯 계면쩍어하며 유창원에게 자신의 이름을 이야기해 주었다.

"후후! 이제라도 이름을 알게 되서 다행입니다. 사실 개도비에 관심을 가지신 분이라 어떻게든지 한번은 만나보려고 했습니다."

"저를 만나보려고 했다는 말씀입니까?"

"그렇습니다. 일단 비림에 개도비가 옮겨지고 난 후 관심을 가진 사람은 소협이 처음이었고, 무엇보다도 제가 발굴한 곳은 누군가를 위해 만들어진 특이한 곳이라 인연자가 있을 것이라 생각했기 때문입니다."

"그러셨군요."

곤은 유창원의 설명을 들으며 참 특이한 사람이라는 생각이 들었다. 보통 그런 곳을 발견하면 자신 혼자만의 비밀로 간직하고 발굴하는 것이 상례였기 때문이다.

특히 무림인이라면 전대 고수의 유진을 발견할 경우 살인멸구도 서슴지 않는 것이 다반사였기 때문이다.

"후후! 제가 이런 이야기를 하는 것이 이상한 모양이로군요."

다들 이상한 눈으로 자신을 바라보자 유창원은 웃으며 반문했다. 기연이랄 수도 있는 것을 너무도 쉽게 이야기하는 자신이 누가 봐도 이상한 일이었기 때문이다.

"사실 본 문은 죽간이나 패갑, 그리고 서편 같은 것이 아니면 관심이 없습니다. 보물 같은 것에는 별로 관심을 가지지 않지요. 특히 무림인이 남긴 것이라면 더더욱 말이죠. 무인이 남긴 것이라면 화를 부르기 십상이지요. 보물도 마찬가지이고 말입니다. 우리 봉황도문에서 관심을 갖고 찾고자 하는 것은 고대의 기록뿐입니다. 수없이 사라진 고대의 기록을 통해 선조들의 고고한 정신을 찾는 것이 우리의 목표지요. 하니 보물이나 무공 비급 같은 것은 발가락에 낀 때만도 못하게 여깁니다. 후후!"

"그것이 정말입니까?"

"그렇습니다. 본 문의 최대 목표는 시황제가 분서갱유 시 빼돌린 기록들이지요."

유창원은 자신의 설명에 믿을 수 없다는 듯 반문하는 백무를 향해 봉황도문의 목표를 이야기해 주었다. 하지만 백무나 다른 이들은 너무도 상식 밖의 일이라 자신들이 들은 말을 쉽게 믿을 수가 없었다.

"이 사람의 이야기는 맞는 말이다. 봉황도문이 존재해 오는 천여 년 동안 그 목표는 변치 않았다고 하니. 이건 내 스승께서 해주신 말씀이니 틀림없을 것이다."

당민이 유창원의 말을 보증해 주었다. 봉황도문의 일은 무림의 원로들이라면 어느 정도 알고 있는 일이었기 때문이다. 당민의 설명에 다른 사람들은 유창원의 이야기를 믿을 수 있었다.

'천여 년을 이어오면서도 거의 알려지지 않은 문파라니, 믿을 수가 없군.'

백무는 봉황도문의 명맥이 천여 년을 이어져 온다는 말에 놀랐다. 실제 무림문파 중에서도 그렇게 오래된 문파는 존재하지 않았기 때문이다.

"곤과 개도비가 출토된 곳이 인연이 있다면 이어주고 싶습니다만, 어떤 식으로 대가를 치러야 할지 모르겠군요."

곤에게 인연을 이어주고 싶다는 생각에 당민은 유창원에게 어떤 대가든지 주고 싶었다. 하지만 당민의 이야기에 유창원은 손사래를 쳤다.

"하하하! 대가는 필요없습니다. 천정평을 발굴한 것은 순전히 제 개인적인 호기심 때문이었으니 말이죠. 제가 몸담고 있는 곳과는 거의 상관이 없는 일이었습니다. 봉황도문에서 찾은 것도 아니고요. 그러니 시간이 된다면 곤이란 분께 한번 보여드렸으면 합니다만."

"정말 그래주시겠습니까?"

그렇지 않아도 개도비를 발견한 이후 곤의 마음은 타 들어가고 있었다. 스승의 간절한 염원을 이룰지도 모른다는 기대감 때문이었다. 그런데 뜻밖에도 유창원이 순순히 자신이 발견한 것을 공개하겠다고 하자 곤이 놀라 반문한 것이었다.

"물론입니다. 저도 개도비에 미쳐 연구하던 때가 있었습니다. 그러다 저와는 인연이 아닌 것을 알고 개도비를 비림에 가져다 놓은 것이지요. 다른 사람에게 인연이 이어지기를 바라고 말입니다. 그러다 강 소협을 본 것이지요. 저 말고 개도비에 관심을 가진 사람은 강 소협이 처음이니 이번에 인연을 시험해 보는 것도 좋겠다는 생각이 들었습니다."

유창원은 진심이었다. 그는 자신과 인연이 닿지 않는 것을 함부로 욕심낼 사람이 아니었다. 오히려 그는 특유의 호기심이 발동하고 있었다. 자신도 뚫지 못할 기이한 기운이 존재하는 곳에 곤이 인연이 있을지 여부를 시험해 보고 싶었던 것이다.

"그럼 언제쯤 가는 것이 좋겠습니까?"

망설여지는 곤의 목소리였다. 여산에서의 일이 급한데 자신의 볼일로 시간을 끌 수 없다는 생각에서였다.

"호호! 우리는 시간이 충분하니 유 대협이 시간을 잡으시지요."

곤의 마음을 아는 듯 당민이 나서서 그가 날을 잡도록 했다. 인연이 닿는다면 곤이 이번 기회에 반드시 얻었으면 좋겠다는 생각 때문이었다.

"그곳은 아무 때나 들어갈 수 있는 곳이 아닙니다. 일 년

중에 만월의 정기가 가장 약한 매년 마지막 보름 자시에만 들
어갈 수가 있는 곳이니까요."

"으음, 그럼 이틀 후가 되겠네요."

계산을 해보니 얼마 남지 않은 시간이었다.

"그렇습니다. 마침 들어갈 수 있는 시기가 되어서 이렇게
강 소협께 권유한 것입니다."

"좋아요. 이틀 후 곤이 개도비의 비밀을 풀고 나서 여산으
로 가기로 하지요. 이토록 시간이 절묘하게 맞는 것을 보면
아무래도 그 개도비가 나온 곳이 곤과 인연이 있는 것 같으니
말이에요."

"후후! 저도 그렇게 생각하던 참이었습니다. 얼마 전부터
들르지 않던 비림에 제가 간 것이나 거기서 개도비의 탁본을
뜨는 강 소협을 본 것이나, 시간이 이리 맞아떨어지는 것을
보면 말입니다. 그럼 저도 천정평에 갈 준비를 해야 하니 이
틀 후 유시경에 이곳으로 오도록 하겠습니다."

"그렇게 하세요. 그동안 우리는 이곳에 있도록 하지요."

"그럼 전 이만."

유창원은 일행에게 포권을 해 보인 후 방을 나섰다. 그의
말대로 이틀 후 개도비를 얻었던 곳으로 들어가려면 상당한
준비를 해야 했기 때문이다.

"누님, 고맙습니다."

유창원이 밖으로 나간 후 곤은 당민에게 감사를 표시했다.

여산으로 가는 일정이 자신으로 인해 늦어졌기에 다른 이들에게도 미안한 감이 들어 모두에게 감사의 눈빛을 보냈다.

"고맙기는, 어차피 강해지기 위해 뭐든지 해야 할 판에 그런 인연이 닿는다면 놓치지 않아야 한다. 그러니 이번 기회를 놓치지 말아라. 봉황도문에서도 상당한 지위에 있는 것 같은 유 대협이 저리 말하는 것을 보면 그곳에는 심상치 않은 것이 있는 것 같으니 말이다."

당민은 곤에게 미소를 지어 보이며 반드시 인연을 얻으라는 뜻을 표시했다.

"맞는 말이야. 곤, 인연이란 찾아올 때 얻어야지. 혹시나 무슨 일이 생겨 그곳에 들어가지 못할 수도 있는 것이니까. 이번 기회에 그 인연을 한번 잡아보라고."

백무 또한 곤이 인연을 얻기를 기원했다. 당민과 곤의 말대로라면 지금 곤의 상태는 자신과 마찬가지로 불완전했기에 진심으로 곤이 기연을 얻기를 원했던 것이다.

"호호! 그나저나 생각지도 않게 이틀이라는 시간이 생겼으니 내일은 서안이나 구경해 볼까?"

당민은 화제를 돌렸다. 곤의 일로 시간이 남자 가만히 있는 것보다는 서안을 둘러보는 것이 좋겠다는 생각에서였다.

"그러지요, 누님. 이곳에 볼 것이 많다고 하니 무료하게 있는 것보다는 나을 것 같습니다."

"그래, 오늘은 밤이 늦었으니 일찍 자고 내일 아침 일찍 모두들 서안 구경이나 하도록 하자."

"알겠습니다."

"너희들은 방으로 돌아가 쉬어라. 삼노도 어서 가서 쉬도록 해요."

"알겠습니다, 천주. 그럼 편히 쉬십시오."

"누님, 편안히 쉬세요."

사람들이 모두 당민의 방에서 나갔다. 밤이 깊었기에 이제 각자의 방으로 돌아가 잠을 청하려는 것이었다.

"여산에 간다고 해서 곤의 심법을 완벽하게 만든다는 보장도 없으니 차라리 잘된 일이다. 이번 기회에 곤의 인연을 시험해 보는 것도 좋겠지."

곤에게 인연이 닿았다는 생각에 당민은 고개를 끄덕였다. 곤이 익힌 무공의 상태로 자신은 별로 도움이 되지 못할지도 몰랐기 때문이다.

다음날 아침, 일행은 아침 식사를 일찍 마치고 서안 여기저기를 구경할 수 있었다. 오래된 고도답게 여기저기 구경할 거리가 많있다.

고대의 도읍지 서안(西安)은 진한 시대에 함안(咸安)으로 불렸고, 아방궁으로 유명한 고도다. 당 제국이 들어섰을 때는 천하의 길은 서안으로 통한다고 할 만큼 번성하던 곳이었다.

　동으로는 황하, 서로는 협곡, 남으로 진령산맥, 북으로는 황토고원의 구릉 지구로 둘러싸인 서안은 서주, 진, 서한, 전조, 후진, 서위, 북주, 수, 당대에 걸쳐 수도로써 이름이 높은 곳이었다.

　요동 지역에서 살았던 백무는 많이 퇴색하기는 했지만 서안에 남아 있는 유적을 둘러보며 그 웅장함에 혀를 내둘렀다. 신기한 듯 이곳저곳을 기웃거리는 백무를 보며 당민은 언제나 웃음을 짓곤 했다.

　곤과 표가 형제 또한 서안은 처음인지라 백무와 같이 이곳저곳을 두리번거리며 구경에 여념이 없었다.

　"누님, 정말 고도라 불릴 만한 곳이군요."

　"호호! 그렇지. 서역과의 교통도 많았고, 오랜 세월 각 황조의 도읍으로 있었던 곳이니까."

　"황조를 세웠던 사람들은 무슨 생각을 했을까요?"

　백무는 당조의 발자취가 많이 남아 있는 서안을 보면서 그 옛날 황조를 세웠던 황제들의 의중이 궁금했다. 특히나 천하제일도라 불리던 당대의 일이 무척이나 궁금했다.

　"글쎄다. 무슨 생각을 했을까. 시황이야 혼란했던 시대를 마감하고자 했을 것이고, 당 태조는 수의 잔혹한 정치를 마감하고자 했을 테지."

　"그럴 수도 있겠군요."

　어느 정도 학문을 하며 중원의 역사에 대해 공부한 터라 당민이 무슨 말을 하는지 백무도 알아들을 수 있었다.

"그런데 누님, 저분들은 재미가 없으신가 봅니다."

앞서 가며 구경하고 있는 다른 사람들과는 달리 삼노는 뒤에 처져서 일행을 뒤따르고 있었다. 인상을 잔뜩 구긴 채 따라오고 있는 것을 보면 뭔가 불만이 가득한 것이 분명했다.

"흥! 아침에 밥 먹는 것을 말렸다고 저러는 게지."

"예? 저보다 두 배는 더 드신 것 같았는데……."

사실 삼노는 다른 사람보다 일찍 일어나 밥을 먹었다. 백무가 생각하는 것과는 다르게 보통 사람이 네 끼는 먹을 식사를 했던 참이다.

백무가 일어나 당민을 비롯한 일행들과 함께 식사를 하려고 객잔의 일층으로 내려왔을 때 삼노는 벌써 요리를 먹고 있는 중이었다. 기름진 돼지고기 볶음을 화권에 싸서 연신 먹어대고 있었던 것이다.

삼노를 제외한 일행들도 자리에 앉아 식사를 시켰다. 그런 와중에 다른 사람이 식사를 거의 끝냈음에도 삼노의 식탐은 멈추지 않았다. 게 눈 감추듯 돼지고기 볶음 요리를 비운 삼노는 다시 다른 요리를 시켰던 것이다.

당민은 식사를 먼저 끝내고 나갈 준비를 하기 위해 계산을 하려 했다. 그러다 계산이 틀리기에 먹은 것들을 확인한 당민은 삼노가 벌써 네 번째 요리를 먹고 있다는 것을 알고는 세 사람의 식사를 중단시켰던 것이다.

요리를 다 먹었는지 몇 점 남아 있지 않았는 데도 불구하고 마저 먹지 못하게 했다고 서안을 구경하는 동안 툴툴거리는 표정으로 따라오고 있었던 것이다.

"아무리 묘강에서 긴 세월 동안 있었다고 해도 그렇지, 그리 먹어대면 탈이 나기 마련이건만 도대체 생각이 있는 건지 없는 건지. 휴우, 나도 삼노만 보면 머리가 지끈거린다."

자신들을 위해 식사를 못하게 했는 데도 툴툴거리는 삼노를 향해 당민은 눈을 흘겼다.

"그래도 누님을 위하는 마음은 지극하지 않습니까?"

"그러길래 내가 이러는 것 아니냐. 그렇지 않았다면 돌려보내도 벌써 돌려보냈지."

당민은 삼노를 다시 한 번 노려본 뒤 고개를 돌렸다. 삼노는 자신을 노려보는 당민의 시선을 느끼고는 고개를 움찔거렸다.

'후후! 아옹다옹하시기는 하지만 누님도 저분들을 무척 아끼시는데 말투만 저러시니…….'

당민이 삼노를 누구보다 아낀다는 것은 백무도 잘 알고 있었다. 말을 그렇게 하면서도 언제나 삼노를 살펴주는 것을 잊지 않는 당민이었기에 백무는 당민과 삼노의 관계가 부러울 수밖에 없었다.

"후후! 누님, 그런데 배가 좀 고프네요."

"그럼 마지막으로 대안탑을 보고 객잔으로 돌아가도록 하
자."

"알겠습니다."

삼노의 시선이 부담스러웠던지 당민은 백무의 말에 속으
로 반색했다. 더 이상 삼노의 눈초리를 감당할 수 없었던 모
양이다. 아침 일찍부터 서둘러 서안을 구경하기 시작한 일행
은 자은사의 대안탑을 구경하고는 객잔으로 돌아왔다.

객잔으로 돌아온 일행은 이층으로 올라가 식탁에 앉아 음
식을 시켰다. 삼노의 불평을 잠재우려는 듯 백무는 일행이 먹
을 양보다 더 많은 요리를 시켰다.

백무가 자신들을 위해 많은 요리를 시키자 삼노는 무척이
나 즐거운 듯 연신 싱글벙글이었다. 당민은 그런 삼노의 모습
을 보면서 혀만 찰 뿐이었다.

얼마 안 있어 요리가 나오고 한창 식사를 할 무렵, 객잔 안
으로 누군가가 들어왔다. 꽤 많은 인원을 거느린 자들이었다.

"공사, 이층으로 올라가시지요. 자리가 있을 겁니다."

서문도의 안내에 천계연은 미소를 내보였다.

"하하하! 이제 얼마 안 있어 화산에 당도하겠군요. 일단 올
라가서 요기나 좀 합시다. 서안에 볼거리가 많아 돌아다녔더
니 배가 좀 고프군요."

“자, 올라가시지요.”

“하하! 그럽시다.”

화산파와의 연계를 위해 동창의 부탁을 받고 오는 길인 천계연은 아직 비무대회가 열리려면 날짜가 많이 남아 있는지라 서안에 들러 유적을 구경한 후 식사를 하기 위해 객잔에 온 것이었다.

‘후후! 꽤나 애쓰는군. 흉중에 야심이 많은 자니 나중에 도움이 될 수도 있겠지.’

오랜 여정 동안 한결같은 모습으로 자신을 위해주는 서문도의 모습을 보며 천계연은 만만치 않은 자라 여기고는 있었지만 항상 웃음으로 대했다. 어느 정도 연분을 맺어놓으면 윤충의 허실을 파악하는 데도 도움이 될 것 같았기 때문이다.

이층으로 오르는 사람은 천계연과 서문도, 그리고 두 명의 호위무사였다. 나머지 사람들은 화산에 줄 예물을 호송하는지라 서안에 마련된 동창의 안가에 머물기로 했기에 서문도의 지시를 받고는 안가로 향했다.

네 사람은 이층에 올라 창가의 빈자리로 서서히 걸음을 옮기기 시작했다. 그들이 지나치는 곳에는 백무가 일행들과 함께 식사를 하고 있었다.

‘음!’

‘으음!’

백무와 그 일행 주변을 지나치며 두 사람은 조금 흠칫하는 표정을 보였다. 두 사람은 같이 놀라기는 했으나 그 이유는 각자 다른 것이었다.

서문도는 자신의 눈앞에 앉아 있는 이들 중 눈에 익은 자가 있어 놀란 것이고, 천계연은 앉아 있는 사람들의 면면에서 보여지는 예사롭지 않은 기운에 놀란 것이었다.

잠시 놀라기는 했으나 두 사람은 이내 백무 일행을 지나쳐 아무렇지도 않은 듯 빈자리에 가 앉았다. 그리고 곧이어 점소이가 당도하자 식사를 시켰다.

"천 공자님."

"왜 그러십니까?"

"제가 일이 있어 잠시 자리를 비워야겠습니다. 쉬어야 할 곳도 점검해야 하고 말입니다. 잠시 나갔다가 요리가 나오기 전까지 돌아오겠습니다."

"그러시구려!"

천계연은 아무렇지 않은 듯 대답했다. 서문도가 자리를 비우려는 이유를 어느 정도 짐작할 수 있었기 때문이다. 조금 전 지나친 좌석에서 식사를 하는 일행 중에 그가 누군가를 알아봤기 때문이리라.

'후후! 조금은 재미있을 것 같군. 그동안 심심했는데……'

자신이 해야 할 본격적인 일은 어차피 화산파에 당도해야 벌어질 것이었다. 그런데 때마침 북경에서 화산으로 오는 여정 동안 편안하기는 했지만 무척이나 심심했다. 그러던 차에 서문도가 누구를 표적으로 삼은 것인지는 모르지만 재미있을 것 같다는 생각이 들었다. 외공을 익힌 것 같은 두 명을 제외하고는 일행 중에 만만한 자들이 하나도 없었기 때문이다.

서문도는 천계연의 양해를 얻은 후 자리에서 일어나 일층으로 향했다. 자연스럽게 백무 일행을 지나쳐 갔지만 식사를 하며 그를 조심스럽게 바라보는 이가 있었다. 바로 표인호였다.

"오후 일정도 있고 하니 이만 자리를 파하시는 것이 좋을 것 같습니다."

서문도가 호위무사와 함께 이층에서 내려가자 표인호는 나지막한 목소리로 당민에게 자리를 뜰 것을 권유했다.

'아니!! 저 새끼가?'

순간, 당민의 옆에서 식사에 열중하던 밀광을 비롯한 삼노의 얼굴이 일그러졌다. 다른 사람들과는 달리 아직 채 식사를 끝내지도 못했는데 나가자는 표인호의 말에 밀광은 눈을 치켜뜨고 표인호를 노려보았다.

"모두 그만 하세요. 사정이 있는 것 같으니. 나중에 더 맛있는 것을 사드릴 테니 자리를 뜨기나 하세요. 괜히 귀찮은 일에 휘말리기 전에 말이에요. 조금 전, 우리들을 지나친 자들은 만만할 것 같시가 않으니까요."

당장이라도 표인호를 박살 낼 것 같은 삼노의 표정에 당민이 전음을 보냈다. 담담한 음색이었지만 표인호의 말에서 무엇인가 사정이 있다는 것을 느낀 것이다.

그 사정이라는 것은 조금 전 자리를 비운 자들 때문인 것 같았다. 언뜻 자신들을 알아보는 것 같은 눈치에 범상치 않은 기운까지… 그녀도 방금 전 자신들을 지나친 자들에게 심상치 않은 기운을 느끼던 차였다.

삼노는 불만이 가득했지만 일어서지 않을 수 없었다. 자신들도 방금 객잔에 든 자들이 범상치 않다는 것을 느끼고 있었기에 그저 표인호만 노려볼 뿐이었다.

'으으득! 하찮은 이유라면 네놈 면상은 오늘 내 차지다.'

표인호를 노려보며 밀광은 속으로 이를 갈았다. 되지도 않은 이유라면 손을 봐줄 생각인 것이다.

아직도 요리가 많이 남았지만 아쉬운 눈빛으로 남은 요리를 바라보는 삼노를 제외하고 백무를 비롯한 다른 일행은 표인호의 말에 자리에서 일어선 후 객잔을 나서기 시작했다.

"다들 안 일어날 거예요?!"

자신들의 식사를 방해한 것이 되지도 않는 이유라면 그만한 대가를 치러줄 것임을 각오하는 밀광의 귀로 당민의 전음이 들려왔다. 일어서지 않는 자신들을 바라보는 당민의 시선이 곱지 않음을 느낀 삼노는 주춤거리며 자리에서 일어나 일행을 따르기 시작했다.

‘무슨 일인가 있는 모양이로군. 조금 전에 들어온 자들의 내력이 심상치 않은 것 같았는데, 분명 그자들과 관계가 있는 것이 분명하다.’

백무는 객잔을 나서며 표인호가 밖으로 나가자고 권유한 이유가 방금 전에 들어온 자들 때문이라는 것을 알 수 있었다. 이층으로 올라올 무렵엔 차분하던 서문도의 기운이 자신들을 지나쳐 다시 나갈 때는 달라졌다. 태연함을 가장했지만 그가 흥분하고 있다는 것이 느껴졌기 때문이다.

“무슨 일입니까?”

객잔 밖으로 나가 어느 정도 벗어나자 백무는 사연을 물었다. 표인호의 성격으로 보아 이 정도의 반응이면 무척이나 다급한 일이었기 때문이다.

“죄송합니다. 일이 급해서 그랬습니다. 아까 객잔 안으로 들어섰던 자들 중 한 명이 전에 우리를 노리는 자들을 지휘하던 자입니다.”

“그럼!! 방금 전 나간 그자가…….”

“그렇습니다. 그들 중 하나가 가문을 멸겁으로 몰아넣은 흉수임이 분명합니다.”

객잔을 나서자 표인호는 백무에게 자신이 자리를 뜨려 했던 이유를 말해주었다. 표인호의 말을 들은 백무는 물론이고 일행 전부가 놀라지 않을 수 없었다. 흑혈의 겁풍과 연관이 있을지도 모르는 자를 너무도 쉽게 만났기 때문이다.

“그게 사실이냐?”

표중호는 동생의 말을 믿을 수 없는 듯 반문했다.

“그렇습니다, 형님. 이층으로 올라왔다가 자리를 뜬 자가 셋째 형님을 무참하게 죽이는 것을 제 두 눈으로 똑똑히 봤습니다. 비록 어둠 속이었지만 형님을 죽이고 아무도 없는 줄 알고 복면을 벗었던 그자의 얼굴은 잊을 수가 없습니다.”

“그 말이 진짜 사실입니까?”

표인호이 말에 백무가 나섰다. 원수의 꼬리를 잡은 것이나 마찬가지였기 때문이다. 백무의 말에 표인호는 입을 굳게 다물고 고개를 끄덕였다. 그도 무척이나 놀란 듯 쥐고 있는 주먹이 연신 떨리고 있었다.

“안 되겠군. 일단 서천대서림으로 가야겠다. 들어오자마자 자리를 뜬 것을 보면, 그자가 표가 형제를 알아봤을지도 모르니 말이다. 그리고 암 노는 그자들에 대해 알아보도록 하세요. 암 노의 무공은 놈들에 비교할 바가 아니지만 서안 경내에서 독공을 사용하기는 곤란할 테니 무아가 뒤를 따르며 엄호하도록 해라. 임 노의 추적술이나 은잠술은 밀두천에도 알아주는 것이지만 독공을 사용하지 못하면 위험할 수도 있으니 말이다.”

당민은 암연과 백무로 하여금 객잔에 들어왔던 자들을 감시하도록 했다. 암연의 은잠술이 일행 중 가장 뛰어났기 때문이고, 생강시를 박살 낼 정도라면 백무의 실력도 이제는 어느 정도의 수준에 올랐기에 그리한 것이다.

또한 흉수에 대한 단서를 얻었음에도 두 눈은 불타오르면서도 흥분하지 않고 있는 백무를 믿기 때문이기도 했다.

"알겠습니다, 천주!"

"걱정 마세요, 누님."

암연과 백무에게 천계연과 서문도를 감시하라 이른 당민은 나머지 일행들을 이끌고 서천대서림을 향해 길을 재촉했다.

'첩형께서 어찌해 저들을 감시하라 그러시는지 모르겠지만, 일단 저자들이 향하는 곳을 알아야 한다.'

백무와 암연이 객잔이 있는 곳으로 돌아가고 서천대서림을 향해 발길을 재촉하고 있는 일행의 뒤를 누군가가 은밀히 따르고 있었다. 그는 바로 천계연과 서문도를 따라왔던 자 중 서문도를 호위하던 자였다.

그는 서문도의 지시에 객잔에서부터 표가 형제를 감시하고 있었다. 중도에 백무와 암연이 객잔으로 돌아갔지만 그는 당민 일행을 택했다. 서문도가 감시를 지시한 표가 형제가 거기 있었기 때문이다. 하지만 그는 자신의 미행이 이미 들켰다는 것을 모르고 있었다.

"누님, 쫓아오는 자는 어떻게 할까요?"

곤은 자신들의 뒤를 따르는 자에 대한 처리를 어떻게 할 것인지 당민에게 전음으로 물었다.

"일단 잡아야겠지. 그자와 같이 있던 자의 실력은 내가 봐도 상당한 수준이었다. 혹 무아와 암 노가 그자들에 대해 알아보는 것이 어려울 수도 있으니 우리도 쫓아오는 놈을 잡아 놈들의 정체를 알아보는 것이 좋겠다."

"제가 보기에도 객잔에 남았던 자의 실력이 상당할 것 같던데, 괜찮겠습니까?"

"호호! 너도 보았지 않느냐? 생강시를 박살 낸 무아도 그렇고, 암연충독공이 암연을 보호하는 이상 스스로 죽기를 원하지 않는 한 죽고 싶어도 죽을 수 없는 사람이 바로 암연이다. 두 사람은 걱정할 필요가 없으니 일단 뒤에 쫓아오는 놈이나 잘 챙겨라."

"알겠습니다."

곤은 가공할 정도의 위력을 보였던 백무와 암연을 생각하며 당민의 말대로 여간해서는 두 사람에게 위험한 일이 없을 것임을 알 수 있었다.

"잠시 뒤면 꿰어지는 길이 나온다. 뒤쫓아오는 자는 아무도 모르게 제압하도록 해라. 혹시 독단 같은 것을 물고 있을지도 모르니 잘 살펴보도록 하고. 난 먼저 갈 테니 제압하는 대로 서천대서림 근처로 데리고 와라."

당민은 곤에게 뒤를 쫓는 자를 잡을 장소를 정해주었다. 서천대서림 쪽으로 향하는 길에 굽이진 곳이 있어 뒤를 쫓는 자를 잡기 좋겠다는 생각에서였다.

당민을 비롯해 삼노와 표가 형제가 앞서 걸어가자 곤은 약간 뒤로 처졌다. 얼마 걸어가지 않아 당민이 말한 커다란 담장을 끼고 돌아 꺾어지는 길이 나타났다. 일행은 담장을 따라 돌았다.

스으윽!

그리고 꺾어지자마자 곤의 신형이 사라졌다.

‘이런!!’

타다다닥!

멀리서 뒤를 쫓다가 길이 꺾어지며 당민 일행의 모습이 시야에서 사라지자 서문도의 호위무사는 다급히 뒤를 쫓았다. 일행을 놓친다면 경을 칠 것이 뻔했기 때문이다.

“앗!”

꺾어진 길을 도는 순간, 당민 일행의 흔적은 온데간데없었다. 그야말로 눈 깜짝 할 사이에 사라져 버린 것이다.

“제길! 어디로 사라진 것이지?”

자신의 추적을 눈치 채고 도주한 것이 분명했다. 아무리 둘러보아도 당민 일행의 발자국조차 남아 있지 않았다.

스윽!

“어!!”

어리둥절해하는 그의 앞에 자취를 감추었던 곤의 신형이

소리없이 나타났다. 그야말로 귀신 같은 움직임이었다.

파팍!

놀랄 사이도 없이 곤의 손이 호위무사의 혈도를 짚었다. 아혈과 마혈을 동시에 제압한 곤은 쓰러지려는 호위무사를 받쳐 들었다.

"기다리시겠군."

곤은 곧바로 호위무사를 들쳐 업고는 신형을 날렸다. 한낮이었지만 사람 하나를 들쳐 업고 뒷골목을 돌아 나가는 그의 신형을 발견한 이는 아무도 없었다.

경공을 발휘해 길을 재촉한 곤은 서천대서림 인근에서 자신을 기다리고 있는 당민 일행을 볼 수 있었다.

"잡아왔습니다, 누님."

"수고했다."

"다행히 독단 같은 것은 없었습니다. 지금 깨울까요?"

"다른 사람들의 이목도 있으니 일단 대나무 숲 안으로 들어가자."

일행은 대나무 숲으로 들어갔다. 낮에는 진이 발동하지 않는지라 위험이 없었기 때문이다. 숲으로 들어선 후 관도에서 자신들의 모습이 보이지 않을 즈음에 이르자 곤은 제압되어 있는 자의 아혈을 풀었다.

"너… 희들은 누, 누구냐?"

혈도가 풀리자 서문도의 호위무사는 떨리는 목소리로 자

신을 제압한 자들의 정체에 대해서 물었다. 어리둥절한 표정과 함께 목소리가 사뭇 떨리고 있었지만 그의 눈은 무척이나 침착했다.

'첩형 어르신께서 주의하라고 했는데 너무 경시했다.'

명을 받고 추적을 시작하자마자 자신이 잡힌 것을 보면 이들은 분명 예사 인물들이 아니었다. 업혀 오는 동안 많은 생각을 한 그는 우선 아무것도 모르는 척하기로 했다. 자신의 의도대로 넘어갈진 모르지만, 일단 그러는 편이 좋을 것 같았다.

"그렇게 모르는 척할 필요는 없지 않을까? 이미 다 알고 있는데 말이야. 오히려 그건 우리가 물어야 할 일인 것 같은데. 너희들은 누구지? 어째서 우리들을 쫓는 것이지?"

곤은 자신들을 쫓은 이유를 물었다. 북풍표가의 혈겁과 관련이 있다면 백가장과도 관련이 있을 것이기에 곤의 몸에서는 짙은 살기가 흘러나왔다.

"……"

곤의 살기에도 호위무사는 입을 열지 않았다. 이미 자신이 뒤를 밟았다는 것을 알고 있는 이상 모르는 척 연기를 해봐야 소용이 없다는 것을 안 것이다.

우드드득!

"크… 으으!"

팔목이 부러졌다. 호위무사가 입을 다물자 곤이 가차없이 그의 손을 으스러뜨린 것이다.

"이래도 말을 안 할 텐가?"

"……."

"후후! 네놈이 말을 하나 안 하나 두고 보자. 내겐 아직 시간이 많으니 천천히 해보도록 하자고."

곤은 다시 다른 팔목을 움켜잡았다.

으드득!

"큭!!"

다시금 힘없이 부러지는 팔목. 곤의 손아귀에 잡힌 호위무사의 팔목은 두부처럼 으깨져 버렸다. 자신의 팔목이 부러졌음에도 호위무사는 신음을 흘리며 백무를 노려볼 뿐이었다.

"곤아, 그런 것으로는 이자의 입을 열기가 힘들 것 같구나."

당민은 호위무사가 상당한 훈련을 거친 자임을 알 수 있었다. 가라앉아 있는 눈빛으로 보아 곤이 하는 고문쯤으로는 입을 열 자가 아니었다. 보통의 방법으로는 입을 열 수 없다는 것을 확인하자 그녀는 다른 방법을 쓰기로 했다.

"호호! 네놈이 말하지 않는다면 죽는 수밖에 없다. 우린 뒤를 쫓는 자들을 좋아하지 않으니까 말이야. 사 노, 한번 해봐요. 이자가 견딜 수 있는지 확인해 보는 것도 좋을 것 같으니 말이에요."

당민은 사천을 불렀다. 이런 자들에게는 사천이 제격이었기 때문이다.

“예, 천주.”

당민이 무엇을 말하려는지 잘 아는 듯 사천은 바로 손짓을 했다.

쉬이익!

그러자 사천의 손짓을 받은 녹린천아사들이 호위무사의 눈앞에 나타났다. 날개가 달린 짙푸른 녹색의 뱀들이 자신의 눈앞에서 독아를 벌리자 호위무사의 눈빛이 가늘게 떨렸다. 날아다니는 녹린천아사의 모습도 놀라웠지만, 수많은 고문을 당해본 그로서도 이런 종류의 고문은 처음이었기 때문이다.

“클클!! 이 아이들은 말이야, 먹이가 되는 것들을 산 채로 뜯어 먹지. 난 이 아이들에게 너를 먹이로 줄 생각이야. 넌 산 채로 저 아이들에게 뜯어 먹히는 것이고. 네놈이 살이 뜯어 먹히는 것을 보면서도 입을 안 여는지 보겠다. 내 입장에서는 될 수 있으면 늦게 여는 것이 좋아! 우리 아이들이 무척이나 배가 고픈 상태거든. 그리고 한 가지 미리 말해두겠지만, 저 아이들이 가진 독은 완전히 다 뜯어 먹을 때까지 먹잇감을 살려두는 특이한 작용을 하지. 아무런 고통 없이 말이야. 크크!”

부르르르!

“네, 네놈들이 감히 동창에 대항하겠다는 말이냐?!”

사천의 협박에 호위무사의 입에서 놀라운 말이 터져 나왔다. 당민을 비롯한 백무 일행은 놀라지 않을 수 없었다. 그들로서는 상상도 할 수 없는 사실이었기 때문이다.

"동창? 네놈이 동창 소속이라는 말이냐?"

당민은 모두의 궁금증을 대변하듯 호위무사를 다그쳤다.

"……."

부지불식간에 나온 말이라 자신의 실수를 깨달은 호위무사는 당민의 위협에도 불구하고 다시 입을 굳게 다물었다.

쉬이이익!

당민의 물음에 호위무사가 입을 다물자 녹린천아사들이 일제히 역린을 일으키며 호위무사를 위협했다. 눈앞에서 날아다니는 녹린천아사들의 눈빛이 번들거렸다.

콱!

"크윽!"

호위무사의 얼굴 한쪽을 한 마리의 녹린천아사가 물어뜯었다. 점점이 흘러내리는 핏물이 섬뜩해 보였다. 자신의 눈앞에서 오물거리며 살점을 삼키는 녹린천아사의 검은 눈은 그에겐 공포의 대상이었다.

콱!

다시 또 다른 한 마리가 얼굴 살점을 뜯었다. 하지만 이번에는 고통조차 없었다. 손톱만 한 크기의 살점이 떨어져 나갔지만 사천의 말처럼 아무것도 느껴지지 않았던 것이다.

'으… 으으! 말하지 않으면 정말 산 채로 뜯어 먹힌다.'

"크… 윽! 마, 말하겠다."

동창에 소속된 자들은 대부분 죽음을 두려워하지 않는 자들이었다. 하지만 이런 죽음은 아니었다. 칼에 죽거나 고문을 당해 죽을 수도 있지만, 이런 것은 아니었던 것이다. 녹린천아사들의 위협을 받고 있는 자는 산 채로 뱀에게 뜯어 먹힌다는 것이 두려웠던 탓에 입을 열었다.

휘이익!

사천이 녹린천아사를 향해 손을 휘젓자 녹린천아사들은 뒤로 물러나 혀를 날름거리며 사천의 뒤에서 날기 시작했다.

"어서 말해봐라."

"크… 으! 난 동창의 당두(檔頭)다. 네… 놈들이 무엇 때문에 이러는 것인지는 모르겠지만, 나… 나를 해치려 한다면 무사하지 못할 것이다."

"으음, 좋다. 넌 어째서 우리의 뒤를 밟은 것이냐?"

"자세한 것은 나도 모른다. 너희들을 추적하라는 명만 받았을 뿐이다."

'사실인 것 같군. 이자는 흑혈의 겁풍에 대해서는 모르는 것이 분명하다.'

말하는 모습이나 표정으로 봐서는 자신들에 대해서 모르는 것이 확실해 보였다.

"그러면 한 가지만 더 물어보겠다. 아까 너와 같이 있던 자는 누구냐?"

"그, 그분은 세독내삼님을 바도 밑에서 보좌하는 첩형(貼

刑) 중 한 분이신 서문도님이시다."

"첩형이 섬서성까지 왔다는 말이냐?"

당민은 객잔에 있던 자가 첩형의 지위에 있는 자라는 사실에 놀라지 않을 수 없었다. 당금 명에서 무소불위의 막강한 권세를 휘두르는 자가 바로 동창의 수장인 제독태감 윤충이었다.

첩형이라 함은 그 바로 밑의 자리에 있는 자를 말함이다. 동창을 이끄는 제독태감의 밑에는 두 명의 첩형이 있다. 황궁에 늘 머물고 있는 제독태감과는 달리 첩형은 실제로 동창을 진두지휘하는 자였다. 실질적인 동창의 수장이나 마찬가지인 자가 섬서성까지 왔다는 사실은 예삿일이 아니었다.

"크으, 그렇다. 그분은 천 공자님을 모시고 이번에 열리는 화산파의 비무대회 때문에 오신 것이다. 그러니 허튼수작 말고 혈도를 풀어라. 그렇지 않으면 치도곤을 당할 것이다."

"어째서 그가 너에게 우리를 쫓도록 한 것이지?"

"아까도 말했지만 그건 정말 모른다. 서문도님께서 너희들이 객잔을 떠나면 어디로 가는지 행방을 알아보라는 지시만을 받았을 뿐이다."

'으음, 확실히 이자는 모르는 모양이군.'

혹시나 싶어 다시 한 번 질문을 한 당민은 동창의 당두라는 자의 표정을 보며 그가 표가 형제의 일을 모르고 있다는 것을 깨달았다. 두려운 마음에 입을 열었을 뿐, 그의 말대로 자신들의 행방을 알아보라는 지시만 받은 것이 분명해 보였다.

"밀 노, 상처를 치료하고 이자의 기억을 지워요. 대신 우리가 북경으로 향했다고 생각하게 만들어요."

"북경으로요?"

"잠시만 동창의 이목을 흐리면 돼요. 내일이면 우리는 이곳을 떠날 테니까요."

"알았습니다, 천주."

"곤아, 가자. 중호와 인호도. 별로 보기 좋은 광경은 아니니."

당민은 곤과 표가 형제를 이끌고 서천대서림으로 향했다.

밀광은 당민과 곤 등의 모습이 보이지 않을 만큼 멀어지자 당두의 머리를 손으로 감쌌다. 그리고 뇌호혈을 통해 독기를 집어넣었다. 이는 기억을 지우려는 것으로, 녹색으로 물든 밀광의 눈을 보는 당두의 두 눈이 흐릿해져 갔다.

"우리는 북경으로 향했다. 그러니 누가 묻거든 넌 그렇게 대답해야 한다. 네 뺨의 상처는 우리를 쫓다가 당한 것으로 말해라! 알아들었느냐?"

"네."

눈이 완전히 풀린 채 그는 밀광의 말에 대답을 했다.

"네가 우리에 대해 발설하려고 하면 뇌호혈에 주입된 독기가 발동해 널 한 줌의 핏물로 녹여 버릴 것이다. 그리고 넌……."

　밀광은 그 외에도 소소한 주의 사항을 주지시켰다. 첩형의 호위무사라면 향후 쓸모가 있을 것이기에 몇 가지 안배를 하는 것도 잊지 않았다.

第四章 천소궁(天霄宮)의 천계연(丒契然)!

九劈雷雲

밀광이 자신들을 쫓았던 자의 의지를 제압하는 동안 곤은 흑혈의 겁풍에 동창까지 개입되어 있다는 사실을 확인하자 복잡한 심경이었다.

그것은 표가 형제도 마찬가지였다. 황제와 맞먹는 동창 같은 거대한 권력이 개입되어 있다면 자신들의 복수가 요원할지도 몰랐기 때문이다.

"인호야, 앞으로 어떻게 하면 좋을지 나로서는 갈피를 잡기가 힘들구나."

표중호는 동생과 자신 사이에서만 사용할 수 있는 심어로 자신의 심정을 토로했다.

"그러게 말입니다, 형님. 놈들이 어떻게 우리를 그렇게 집요하게 추적할 수 있었는지 의문은 풀렸습니다만, 앞으로 어떻게 해야 할지 걱정이로군요. 예상보다 놈들의 세력이 거대하니 말입니다. 백 소협의 상태도 아직인데 말입니다."

표인호 또한 그의 형과 마찬가지로 앞으로의 일을 걱정하지 않을 수 없었다. 심어로 자신의 형에게 뜻을 전하는 표인호의 마음에는 불안감이 가득했다.

"동창이라면 섣불리 나설 계재가 못 됩니다. 철저한 준비가 없다면 당하는 것은 오히려 우리가 될 수도 있습니다."

곤은 인상을 찌푸리고 있는 표가 형제를 향해 자신의 생각을 말했다. 곤은 동창과 맞서려면 최선의 대책과 만반의 준비가 필요함을 역설한 것이다.

지금 동창은 무소불위나 다름없는 권력을 휘두르고 있었기 때문이다.

"맞는 말입니다. 하지만 어디서부터 시작을 해야 할지……."

표중호는 골치가 아픈 듯 고개를 저었다. 곤이 하는 말이 무슨 뜻인지 알지만 표중호는 막막할 따름이었다. 표중호의 침중한 말에 곤을 비롯한 모든 이의 표정이 굳어졌다.

자신들의 복수의 대상이 일개 무림문파가 아니라 나라의 권력을 쥐고 있는 자들일 수도 있었기 때문이다. 하지만 그렇다고 해서 복수를 포기할 수는 없었다.

"아직 동창이 흑혈의 겁풍을 주도한 것인지는 확실하지 않지만, 너희들 가문의 혈겁에 동창이 개입되어 있는 것은 어느 정도 사실인 것 같다. 그렇다면 정말 예삿일이 아니다. 동창을 상대하자면 하루 이틀의 준비 가지고는 어림도 없는 일이다."

당두를 밀광이 세뇌시키자 당민은 걱정스러운 투로 사람들을 둘러보았다. 아직 흑혈의 겁풍을 일으킨 자들이 동창인지는 확실하지 않다. 그렇지만 첩형이나 되는 자가 표가의 형제를 죽였다면 깊숙이 개입되어 있는 것만은 분명했다.

"이제 어떻게 하면 좋겠습니까, 누님?"

"곤아, 아직 나도 뭐라 판단할 수 없구나. 동창이 개입되어 있다면 상황이 상당히 어려워진다. 일단 무아와 암연이 온 후에 이번 일에 대해 의논해 보도록 하자. 여럿이 머리를 맞대다 보면 좋은 생각이 떠오를 테니 말이다. 그리고 유창원이라면 우리가 있는 곳을 알아서 찾아올 것이니 일단 서천대서림으로 가 있는 것이 좋겠다."

"알겠습니다, 누님."

"그렇게 하도록 하지요."

곤을 비롯해 표중호와 표인호 또한 당민의 의견에 찬성을 표시했다. 당민의 말대로 지금은 흥분하기보다는 차분히 생각을 할 때라는 것이 공통된 생각이었다.

일행은 청죽림을 빠져나왔다. 같이 데리고 나온 동창의 당두는 객잔으로 돌아가도록 했다. 얼마의 시간이 될지는 모르겠지만 그가 어느 정도 시간을 벌어줄 것이 분명했다.

당민을 따라 서천대서림으로 가는 곤의 발걸음은 무겁기 그지없었다.

'어찌 됐든 원수의 꼬리를 잡은 것이다. 놈들이 요동에서 그런 일을 꾸민 것은 반드시 이유가 있을 것이다. 일단 어찌된 일인지 알아본 후 상대해야 할 것이다. 동창이라면 만만치 않은 상대일 테니까.'

곤은 점차 마음이 안정되어 갔다. 어차피 처음부터 만만치 않은 적이라 생각했던 차다. 혈겁을 일으킨 자들이 동창이든 아니든 그만한 대가를 치러주면 될 일이었다.

하지만 당민의 머리 속은 지금 바쁘게 돌아가고 있었다. 예기치 않은 동창의 출현에 당혹한 것이다.

'놈들이 마교는 물론 동창에도 손을 뻗쳤다는 말인가? 만약 그렇다면 그건 정말 무서운 일이다.'

무림의 안위를 지키기 위해 창설된 창천비각의 진정한 목적이 무엇인지 알다가도 모를 일이었다. 암천신마의 부탁을 받고 마교에 스며든 그림자들을 찾기 위해 이번 일에 뛰어든 당민이었다.

백무를 위해 만년설련실을 구하려고만 했다면 이번 일에 뛰어들지 않았을 것이다. 자신이 거절하려던 찰나, 암천신마가 마지막으로 던진 한마디에 여기까지 온 것이다. 자신의 가문을 멸문시킨 것은 동창이 아니고, 이번에 찾아낼 자들이 당문의 멸문과 관계있다는 말에 여기까지 온 것이었다.

백무도 같이 시작해야 할 여정이었지만 자신을 기다리지 않고 지옥도를 떠남으로 해서 여정이 틀어졌다. 하지만 이제는 어느 정도 계획의 테두리 안으로 들어온 상태였다. 교주의 능력이라면 지금쯤 마교에 잠입해 있는 창천비각의 그림자들을 대부분 밝혀냈을 것이 분명했다.

그런데 난데없이 동창이 나타난 것이다. 자신이 가고 있는 여정의 정점에 위치한 화산파에 동창에서 누군가를 데리고 간다면, 동창 또한 이번에 교주가 꾸미는 일에 뭔가 관계있을 것이라는 생각이 든 것이다.

'분명 교주는 흑혈의 겁풍도 놈들의 음모라고 했다. 동창도 흑혈의 겁풍에 가담했다면 그들과 한패가 분명하다. 교주가 노리는 것이 진정 창천비각의 그림자뿐이라는 생각은 들지 않는다. 분명 뭔가 다른 것을 노리고 있음이 분명하다. 이제는 무아에게 이야기를 해주어야 하는 것인가? 아냐, 아직은 무아가 모르는 편이 좋다.'

생각을 거듭할수록 점점 더 오리무중이었다. 백무와 상의하고 싶지만 아직은 모르는 편이 나을 것이라 판단했다. 백무가 자신이 이용당했다고 생각하기를 원치 않았기 때문이다.

'그래, 좀 더 확실해지면 이야기해 주어야겠다.'

당민은 좀 더 알아본 연후에 백무에게 이야기해야겠다고 생각하며 서천대서림을 향해 발걸음을 옮겼다. 그런 그녀의 발걸음은 속마음만큼이나 무척이나 무거워 보였다.

당민이 동창에 대한 생각 때문에 무거운 마음으로 서천대서림으로 향할 즈음, 백무와 암연은 자신들이 식사를 한 객잔이 바라다보이는 맞은편 객잔의 이층에서 차를 마시며 감시하고 있었다.

"예사 인물들이 아니니 조심하셔야 할 겁니다, 소천주."

"말씀대로 전 멀리서 뒤따를 테니 암 노께서는 걱정하지 마세요. 저도 이제는 제 한 몸 정도는 지킬 수 있으니 말입니다."

"소천주의 실력을 잘 아니 걱정은 안 합니다만, 저 안에 있는 놈들 중 한 놈의 기운이 심상치 않아서 그렇습니다. 그러니 제가 당부한 것을 잊지 마십시오."

"알겠습니다. 너무 걱정하지 마십시오."

암연은 이곳으로 오기 전 백무에게 두 사람을 쫓는 것과 관련해 몇 가지 당부를 했다.

암연으로서는 무림인과는 별개로 일반 사람들이 많이 사는 곳이라 서안 경내에서 독공을 사용하기가 곤란했다. 자칫하다가는 대참사가 일어날 수도 있었기 때문이다.

해서 백무에게 멀리 떨어져서 자신을 엄호를 부탁했다. 죽을 정도의 아주 중한 위험이 아닌 한 될 수 있으면 나서지 말라는 당부도 했다. 서문도와 같이 있던 천계연은 그로서도 경시할 수 없는 자였기에 백무의 안위를 염려한 것이다.

"그나저나 소천주께서 날로 성취가 높아지시니 이는 본 천의 홍복입니다. 천주께서도 아주 흡족한 눈치시고요."

"별말씀을 다 하십니다. 모두 다 누님과 삼노 덕분이지요."

"아닙니다. 소천주께 행해진 대법이 얼마나 이루기 어려운 것인지 잘 알고 있습니다. 그것을 견뎌내신 것만 해도 소천주께서 얼마나 의지견정하신 분인지 알 수 있었습니다."

"참, 암 노도……."

얼굴에 금칠을 한 기분이었지만 그리 쑥스러운 기분은 아니었다. 생강시를 박살 낼 정도의 무위라면 이미 자신은 초절정의 반열에 든 고수라 할 수 있었던 것이다.

"후후, 조금 더 정진하신다면 새로운 세계를 보실 수도 있으실 겁니다. 그러니 너무 조급한 마음은 버리시고 수련에 매진하십시오, 소천주!"

"알겠습니다. 제가 할 수 있는 한 최선을 다하겠습니다."

백무는 자신을 진심으로 위하는 것 같은 암 노를 보며 다짐하듯 말을 했다. 암 노를 비롯해 삼노가 자신에게 거는 기대가 남다르게 크다는 것을 알 수 있었기 때문이다.

두 사람이 차를 마시면서 조심스럽게 대화를 하며 객잔을 주시한 지 반 시진이 지날 무렵이었다. 암 노는 멀리서 자신이 목표한 자가 객잔으로 다가오는 것을 볼 수 있었다.

"소천주, 그놈이 오는군요."

암연의 말에 따라 백무의 시선이 창문 밖으로 향하자 서문도가 객잔을 향해 오고 있는 것이 보였다.

"그렇군요. 이제부터 조심해야겠네요."

백무와 암연이 지켜보는 가운데 서문도는 급한 일이 있는 듯 빠르게 객잔으로 들어갔다.

"어디를 갔다가 오는 걸까요, 암 노?"

"글쎄요. 확인을 해봐야겠습니다만, 그리 멀지 않은 곳을 다녀온 것은 틀림없습니다."

"다시 나오는 모양인데요."

객잔으로 들어선 지 얼마 시간이 지나지 않았는데 서문도는 천계연을 이끌고 객잔을 나오고 있었다.

"어디를 가려는 모양인데요, 소천주?"

서문도는 천계연을 이끌고 어디론가 향하고 있었다.

"그럼 이제부터 조심해서 놈들을 뒤따라야겠군요."

"제가 먼저 뒤를 밟을 테니 소천주께서는 멀찌감치 제 뒤를 따르십시오."

어느 정도 거리가 벌어지자 암연은 객잔에서 내려와 두 사람을 추적하기 시작했다. 백무 또한 암연과 거리를 두고는 천천히 뒤를 따랐다.

　'으음!'

　암암리에 천계연의 뒤를 따르면서 암연은 속으로 놀라고 있었다. 자신에게 경각심을 심어줄 만한 인물을 진정 오랜만에 본 까닭이었다.

　'저 새끼! 이제 보니 상당한 놈인데…….'

　뒤를 따르면서도 암연은 일정 거리 이상 가까이 다가갈 수가 없었다. 서문도나 호위무사로 보이는 자는 그리 위험해 보이지 않았지만 천계연이 문제였다.

　희미하지만 자신의 뇌리에 경고성을 울리는 알 수 없는 느낌에 그의 주변에 맴돌고 있었던 것이다. 십 장 이내로 근접하면 들킬 것 같기에 멀리서 뒤만 쫓을 뿐이었다.

　암연과 마찬가지로 백무 또한 적지 않게 놀라고 있었다. 백무가 놀라는 것은 두 가지 이유에서였다.

　지금 백무는 적혈신을 이룬 후 상대의 기운을 느낄 수 있는 기감을 최대한 연 채 뒤를 쫓고 있었다. 그렇지만 자신의 시야에는 잡히면서도 암연의 기운을 느끼는 것이 어려웠기에 무척 놀라고 있었다. 눈에 보이는 데도 불구하고 암연의 기운이 전혀 느껴지지 않았기 때문이다.

　그보다 놀라운 것은 앞서 가는 천계연에게서 느껴지는 기운이었다. 어쩐지 한규민과 비슷한 느낌을 가진 기운이었는데, 그에게서 느껴지는 기운은 그를 중심으로 십여 장을 감싸고 있었다.

집중하지도 않는 것 같은데 자연스럽게 기운이 흘러나와 십 장 이내를 지배하고 있었다. 이러한 것은 한규민이나 당민에게서도 찾아보지 못했던 것이다.

'십 장 이내로 접근하지 않고 뒤를 따르는 것을 보면 다행히 암 노께서도 저자에게서 흘러나오는 기운을 느끼시는가 보군. 혹시 모르니 나도 조심해야겠다.'

백무는 자신의 기운을 들킬 수 있다는 생각에 기감을 퍼뜨리는 것을 중단했다. 그리고는 암연에게만 기감을 집중한 후 조심스러운 마음으로 뒤를 따랐다.

서문도를 비롯한 세 사람은 객잔을 나와 대로를 가로질렀다. 그들은 바쁜 걸음을 놀려 일각이 지나지 않아 커다란 장원에 도착했다. 장원 앞에 위사들이 있었지만 서문도의 존재를 알고 있는 듯 위사들은 서문도를 가로막지 않았다.

"충!"

위사들은 장원으로 들어가는 서문도를 향해 포권을 취해 보였다.

'역시! 저런 곳이 있었군. 상당한 규모인데 어디에 소속된 놈들이지? 중원의 웬만한 문파들은 다 알고 있지만 저런 자들에 대해서는 들은 바가 없는데.'

사람들이 장원으로 들어가자 암연은 멈추어 서더니 장원의 모습을 확인했다. 생각보다 대단한 규모의 장원인 데다 문앞을 지키는 수문 위사의 수준이 보통이 아니었다.

웬만한 무림문파들에 대해 소상히 꿰고 있는 암연이었지만, 이 상태로는 자신들이 쫓고 있는 자의 정체를 알아내기 어려울 것이라는 판단이 들었다.

'일단 안으로 들어가 뭐 하는 놈들인지 살펴야겠구나. 옳지! 저곳이 좋겠군.'

장원 안으로 들어가기 위해 주변을 살피던 암연은 인적이 드문 곳을 찾을 수 있었다. 특유의 은잠술을 발휘한 그는 위사들의 눈을 피해 자신이 찾아낸 외진 곳에 도착한 후 장원의 담을 넘었다. 은잠술을 이용한 탓에 희끗한 그림자로 변한 암연의 존재를 눈치 챈 자는 아무도 없었다.

밖에 있던 백무는 장원이 잘 보이는 곳에 자리를 잡았다. 장원으로 들어선 후 꼼짝도 하지 않는 것을 보면 밤을 기다리는 모양이었다. 궁금함을 못 이긴 백무는 장원 주변을 살피기 시작했다.

'으음, 곳곳에 숨어 있는 자들이 많다. 그런데도 또 들키지 않고 장원에 잠입해 들어가다니. 나중에 기회가 되면 암 노에게 배움을 청해보는 것도 나쁘지 않겠다.'

암연의 은잠술에 감탄하며 백무는 조용히 장원을 주시했다.

암연은 소리없이 담장을 넘은 후 곧장 신형을 감추었다. 장원 곳곳에 포진해 있는 자들의 시선을 피해 나무 밑 그늘에 숨은 암연은 장원 내부를 살폈다.

'으음, 그야말로 용담호혈이로군. 이렇게나 숨어 있는 자들이 많다니. 이곳이 도대체 어떤 문파이기에……'

자신이 숨어든 곳이 동창의 섬서성 지부라는 것을 알지 못하는 암연이었다. 장원 곳곳에 숨어 있는 자들은 상당한 수준이었다. 비록 자신에게 비할 바는 못 되지만 무시할 수 있는 수준은 아니었다.

'그놈의 실력도 상당하던데, 이거 들키지 않고 알아낼 수 있을지 모르겠군.'

암연은 신형을 감춘 채 숨어 있는 자들을 눈을 피해 가산으로 숨어들었다. 숨어 있는 자들에게 들키지 않고 장원 안을 돌아다니려면 밤이 되기를 기다려야 했기 때문이다. 암연이 장원을 가로지르며 가는 데도 불구하고 어느 누구도 그의 존재를 발견하지 못했다. 그들이 볼 수 있었던 것은 흐릿한 그림자가 마당에 잠깐 어른거리는 모습뿐이었다.

암연이 장원으로 들어와 가산에 신형을 감추고 있을 때, 서문도는 오늘 하루를 쉴 수 있도록 천계연을 전각으로 안내하고 있었다.

"이곳이 지부인 것이오? 하하하! 꽤나 잘 꾸며진 장원이군
요. 방비도 튼튼한 것 같고……."

들어오면서 느낀 것이지만 장원은 상당한 규모였다. 장원
내부에 숨어 있는 자들은 이십여 명이었는데, 그들 모두가 하
나같이 일류를 상회하는 자들이었다.

'이곳에 이만한 전력을 감추고 있다니 역시 동창이로군.
화산파와 연계를 가지고 있다더니, 그 때문인가?

숨어 있는 자들이 이 정도라면 대외적으로 활동하는 자들
은 적어도 이보다 세 배는 상회할 것이 분명했다. 일류고수
팔십여 명이면 일개 방파와 맞먹는 전력이었다. 동창이 화산
파가 코앞인 이곳에 그만한 전력을 감추고 있다는 것은 놀라
운 바가 컸다.

"그렇습니다, 천 공자. 이곳은 서안에 세워진 동창의 안가
입니다. 오늘은 이곳에서 편히 쉬시고 내일 화산파로 떠나시
지요. 쉬어 가시기에는 불편함이 없을 겁니다."

"알겠소. 내 당신의 말대로 이만 쉬겠으니 그만 가보시오.
급한 일이 있던 것 같던데."

"사소한 일입니다만 제가 직접 처리를 해야만 하는 일이라
서 말입니다. 내일 아침 일찍 모시러 올 테니 그럼 편히 쉬십
시오."

"그렇게 하지요."

'후후후! 자신이 찾는 자들이 어떤 자들인지를 아직 모르

는 모양이로군. 하긴 나 또한 겨우 눈치를 챘는데 이자가 느낄 리가 만무하겠지.'

어떤 일인지 모르겠지만 아직은 시작인 것 같았다. 자신들을 미행하는 존재들을 눈치 채지 못한 서문도를 보며 천계연은 속으로 비웃음을 삼켰다. 뭔가를 꾸미는 머리가 비상한 데 반해 가지고 있는 무공이 일천했기 때문이다.

서문도는 천계연을 전각으로 안내한 후 발걸음을 돌렸다. 장원으로 들어오며 자신이 미행을 붙였던 당두가 돌아왔다는 소식을 들었기 때문이다. 전각을 뒤로한 서문도는 빠른 걸음으로 회랑을 지나 장원의 심처로 향했다.

회랑을 지나온 곳에는 조그마한 객청이 자리하고 있었다. 서문도는 지체하지 않고 안으로 들어갔다. 객청 안에는 여섯 명이 자리에 서서 서문도를 기다리고 있었는데, 그중 한 명의 뺨에는 조그마한 상처가 나 있었다. 바로 당민 등에게 모든 것을 이야기하고 세뇌된 당두였다.

"어찌 된 일이냐?"

서문도의 목소리가 싸늘했다. 천계연을 대할 때와는 사뭇 다른 모습이었다. 그에게서는 동창의 이인자라는 첩형다운 위엄이 물씬 묻어나고 있었다.

"상당한 자들이었습니다, 합하. 놈들과 부딪쳤는데 속하가 감당할 수 있는 자들이 아니었습니다. 이 상처는 놈들의 대화를 엿듣다가 암기에 맞아 생긴 것입니다. 조금만 늦었어도 속하는 목숨을 부지하지 못할 뻔했습니다.”

“놓쳤다는 말이냐?”

“놓치기는 했습니다만, 다행히 놈들이 향한 곳은 알아낼 수가 있었습니다, 합하.”

“어디냐?”

“북경 쪽으로 향한 것 같습니다. 놈들이 대화하는 와중에 분명 북경으로 향한다는 내용이 있었습니다. 북경으로 간다고 하는 말에 속하가 자세한 내용을 들으려고 가까이 다가가지만 않았더라면 놓치지 않을 수 있었는데, 그만 놈들에게 기척을 들키고 말았습니다.”

“으음! 나이 든 놈들의 실력이 상당한 것 같았는데. 역시 자네의 기척을 느낄 정도라면 예사 고수들은 아니라는 뜻이군. 알았다. 우선 전서구로 연락을 취하고, 파발을 돌려 놈들을 추적하도록 해라. 북경으로 가는 모든 길목을 차단하고 놈들의 흔적을 쫓는다. 그 정도의 고수라면 괜한 피해가 생길 우려가 있으니 놈들의 행적만 철저히 파악하도록 해라. 표가에서 살아남은 놈들만이 선부는 아닐 것이다. 우리가 모르는 다른 자들과 같이 있다는 것은 연계된 자들이 더 있을 터, 나머지 놈들도 철저히 찾아내야 할 것이다. 난 천 공자를 모시고 화산파로 가야 하니 전력을 기울여라. 그동안 회유한 무림 방파들에게도 전서구를 보내라. 화산에서의 일이 끝나면 내

직접 나설 것이다."

"직접 처리하실 생각이십니까, 합하?"

"그렇다. 오점을 남길 수야 없지. 미꾸라지 같은 놈들의 흔적을 발견한 이상 내 손으로 마무리 지어야 한다. 행여 이번에도 놈들을 놓치게 되면 제독께서 용서하지 않을 것이니 말이다. 그리고 만약 실패한다면 제독님에 앞서 내가 너희를 용서하지 않을 것이니 놈들을 찾는 일을 서둘러야 할 것이다. 알아들었나?"

"알겠습니다, 합하."

신형을 굽혀 인사를 한 당두들이 일제히 객청을 빠져나갔다. 윤충이 관심을 가질 일이라면 특급에 해당하는 일이었기에 그들의 발걸음은 무척이나 바빴다.

"북풍표가에서 살아남은 놈들이 있다는 것도 놀라운 일인데 조력자까지 있다는 것인가? 재미있게 되었군. 물건의 행방을 알 수 있는 단서가 나타난 것까지는 좋은데… 조력자라? 으음."

자신이 미행을 붙인 당두는 동창 내에서도 상당한 실력자였다. 이번 화산행을 위해 호위하는 자들은 당두 중에서도 실력있는 자를 가려 뽑았던 것이다.

그런데 미행을 들키고 쫓기듯 왔다는 것은 표가 형제와 같이 동행하고 있는 자들이 예사 인물들이 아님을 알려주는 것이다.

"후후, 하지만 머지않아 모두 잡아들일 수 있을 것이니 일단 화산의 일이나 끝내야겠군. 속에 능구렁이 수십 마리가 들어 있는 작자가 화산파에서 행여 일을 벌일지 모르니 그도 대비해야 할 것이고 말이야."

서문도는 걱정하지 않았다. 동창의 당두들은 물론, 연관이 있는 무림문파까지 동원해 천라지망이 펼쳐질 것이기에 표가 형제를 잡는 것은 여반장일 것이라 생각한 것이다.

그리고 표가 형제의 일도 중요하지만 이번 화산파의 일도 그에게는 중요했다. 윤충과는 달리 그와 화산파 간에 오간 계약 중에는 천계연의 일도 포함되어 있었기 때문이다.

서문도가 북경으로 향하는 길목에 천라지망을 펼치고 있을 무렵, 곤은 서천대서림으로 향하며 생각에 잠겨 있었다.

'요동을 공포로 몰아넣고 있는 흑혈의 겁풍은 이십여 년 전부터 오륙 년을 주기로 불었다. 계속되는 혈겁에 관에서도 관심을 가지고 흑혈의 겁풍을 쫓았으나 지금까지 얻은 것은 아무것도 없었다. 관에서 수차례 대대적인 조사를 벌였으나 신룡마냥 꼬리를 잡을 수 없있던 것은 아마도 동창이 관여해서였을 것이다. 그러면 앞으로 어떻게 해야 할지……'

흑혈의 겁풍이 어째서 감쪽같이 정체를 감출 수 있었는지 곤은 오늘에서야 알 수 있었다. 동창이 깊숙이 개입되어 있다면 흔적을 지우는 일쯤은 무척 쉬웠을 것이기 때문이다. 곤은 동창에 대한 생각을 머리에서 떨칠 수가 없었다. 앞으로 어떻게 그들을 상대할지 생각을 굴리느라 여념이 없었던 것이다.

"들어가자!"

어느새 당민 일행은 서천대서림의 정문에 도착해 있었다. 밤에 왔을 때와는 달리 서천대서림의 정문에서는 은은한 묵향이 번지는 것 같은 고아한 분위기를 풍기고 있었다. 서천대서림은 유생들을 위해 언제나 낮에는 큰 대문을 활짝 열어 개방되어 있는 곳이었다. 곤은 생각을 접고는 당민을 따라 안으로 들어섰다.

"어디서 오신 분들이오?"

대문을 들어서자 누군가가 일행을 맞았다. 봉황도문의 문주를 보러 올 때 당민을 맞았던 사람이었는데 그는 당민을 전혀 모르는 듯 대했다.

"잠시 서천대서림에 몸을 의탁할까 해서 왔습니다."

"본 림에요?"

일을 의뢰한 지 얼마 되지 않았는데 느닷없이 찾아와서 머물겠다는 말에 접객을 맡고 있는 등유성(鄧儒晟)은 의아해했다. 이런 일은 그가 접객을 맡은 후 처음으로 벌어지는 일이었기 때문이다.

"그렇습니다. 내일이면 떠날 것이니 그리 심려하지 마세요."

"알겠습니다. 일단 방을 내어드리도록 하지요."

등유성은 당민 일행을 안내했다. 무슨 일인지 모르지만 봉황도문이 아닌 서천대서림을 찾아온 손님들이었기 때문이다.

그가 내어준 객방은 모두 세 개였는데 당민 일행의 인원을 감안한 것 같았다. 등유성은 당민 일행을 객방으로 안내한 후 급히 봉황각으로 향했다. 당민 일행의 방문을 보고하기 위해서였다.

"앞으로의 일을 의논해야 하니 일단 앉아라."

등유성이 돌아간 후 객방으로 들어선 당민은 모두를 자리에 앉게 했다. 동창에 대해 의논하려면 시간이 길어질 것이기 때문이다.

"너희들도 들었다시피 흑혈의 겁풍은 동창과 연관이 있는 것으로 밝혀졌다. 앞으로 어찌하면 좋을 것인지 의견을 내놓아보아라."

"동창이 관여되어 있다니, 조금 답답하군요. 그들을 상대한다는 것은 곧 황실을 상대하는 것과 마찬가지이니 말입니다."

곤은 침잠한 모습으로 답답함을 토로했다. 일개 문파라면 모를까 동창을 상대한다면 역적으로 몰릴 수도 있기 때문이다.

"그렇다고 가만히 있을 수는 없습니다. 주의를 기울여야 하겠지만, 일단 놈들과 부딪쳐 봐야 합니다. 동창 놈들이 백성들을 아무런 이유 없이 도륙했다는 사실을 명명백백하게 밝혀낸다면, 아무리 동창이라도 무사하지는 못할 겁니다."

표인호는 동창이라 하더라도 전후의 사정을 알아내 만천하에 고하면 동창을 상대할 수 있다는 의견을 피력했다.

"인호야, 그건 네가 동창을 몰라서 하는 소리다. 그들의 행사는 비밀스럽기 그지없다. 같은 동창 내의 인물들이라도 서로가 하는 일을 하나도 모를 만큼 말이다."

당민은 증거를 쉽게 잡을 수 없다는 것을 상기시켰다. 일을 행사하는 데 은밀하기로는 동창만 한 조직이 없었기 때문이다.

"그렇다면 무림부터 뒤지는 것이 어떻습니까?"

당민의 말에 표인호는 무림을 뒤지자는 의견을 내놓았다.

"무슨 말이냐?"

"동창 놈들이 요동의 무가를 상대로 그런 일을 벌였다면 놈들의 뒤를 닦아주는 수족이 있을 겁니다. 요동에서 분 피바람이나 이번에 화산파로 향하는 것도 동창이 무림과의 연계를 맺고 있다는 반증입니다. 그러니 그들의 수족을 자르며 압박하여 동창에서 어떤 음모를 꾸미고 있는지 확실히 알아만 낸다면, 아무리 상대가 동창이라 해도 승산이 있을 겁니다.”

“으음, 그럴 수도 있겠구나. 네 말대로 확실히 무림과 연계가 없다면 그런 일을 꾸미기 힘들었을 테니까.”

곤을 비롯해 모두들 표인호의 말에 공감했다. 하지만 당민은 아직도 어두운 그림자를 지우지 않았다.

“인호야, 네 말이 맞는 것 같다. 아무리 동창이라고 해도 무림과의 연계가 없으면 그런 피바람을 일으킬 수는 없는 일이지. 하지만 답답하구나. 동창과 연계되어 있는 세력이라면 그리 만만치 않을 것이니 말이다. 지난날 그들의 행사를 보면 더욱 그럴 테고 말이다.”

당민은 답답함을 느꼈다. 요동에서 분 흑혈의 겁풍이 보여 준 힘은 생각만큼 만만한 것이 아니었다. 자신이 알고 있는 북풍표가만 하더라도 상당한 전력을 보유한 가문이었는데, 그런 북풍표가도 하룻밤 만에 전멸하고 말았던 것이다.

거기다가 동창의 이인자라 할 수 있는 자가 화산비무대회 참석을 하는 것으로 보아 화산파 또한 동창과 연계를 가지고 있는 것이 분명했다.

그리고 첩형이 모시고 간다는 자의 기운을 생각하면 화산 이외에도 막강한 세력을 가진 문파들이 개입되어 있는 것이 분명했다. 그러한 문파들이 한둘이 아닐 수도 있다는 생각에 마음에 무거워진 것이다.

“우선 놈들과 연관을 가지고 있는 무림문파들을 알아내는 것이 급선무입니다. 그러면 뭔가 방법이 생길지도 모르니까 말입니다."

"그래, 일단 인호의 말대로 동창에서 무슨 음모를 꾸미고 있는지 알아내는 것이 급선무일 것 같구나. 그래야 우리가 대처하기도 쉬워질 것이고."

"하지만 방법이 없지 않습니까? 동창이 개입된 이상 확실한 증거 없이는 개방이나 무림맹의 도움을 얻기는 어려울 겁니다."

곤은 동창의 음모를 알아낼 수 있는 방법이 없다는 것을 상기시켰다. 동창의 혹혈의 겁풍에 대한 개입 여부나 무림문파와 관계를 캐자면 뛰어난 정보 조직이 필요했기 때문이다.

하오문이나 개방, 아니면 무림맹의 창천비각 같은 정보 조직이라면 어느 정도 그런 정보를 캐낼 수 있겠지만, 지금 상황에서 그들의 도움을 기대하기는 어려웠다.

그들은 동창이 개입되어 있는 이상 끼어들지 않으려 할 것이 분명했기 때문이다. 동창의 치부를 캐는 일은 자칫하다가는 황실과의 분란이 야기될 수도 있는 일이었다.

"그것에 대해서는 걱정하지 마라. 오랜 인연을 끊어야 할지도 모르지만, 어쩌면 내게 방법이 있을지도 모르니까."

"예?"

"세인들은 알지 못하나 무림맹의 창천비각 못지않게 뛰어난 정보 조직이 하나 있다. 무림의 원로들도 겉모습만 알 뿐

그들이 얼마나 뛰어난 정보 조직을 가지고 있는지 알지 못하
지."

"누님, 혹시……?"

곤은 당민이 말하는 정보 조직이 어디인지 짐작이 갔다. 어
쩌면 이곳에 온 이유도 그 때문인지도 모른다는 생각이 들었
다.

"맞다. 바로 봉황도문이다. 그들은 여러 곳과 인연을 맺고
있다. 무림은 물론 상계나 관계까지 그들의 손이 뻗어 있지
않은 곳이 없을 것이다. 난 봉황도문에 한 가지 요청을 할 생
각이다. 하지만 그것이 곤에게 미안한 일이 될 수도 있겠구
나."

"누님, 무슨 말씀이십니까? 제가 곤란을 겪다니요?"

봉황도문에 도움을 요청하는 것과 자신에게 미안한 일이
벌어질지도 모른다는 말에 연관성을 찾지 못한 곤은 당민을
바라보았다.

"봉황도문은 약속된 이행의 청부가 아니면 들어주지 않는
다. 그 청부라는 것도 일 년에 한 번 유적을 발굴하는 것에 한
정되어 있고 말이다. 하지만 단 한 가지 경우에는 같은 해에
다른 부탁을 할 수가 있다."

"그것이 무엇입니까?"

"바로 봉황도문과의 인연을 끊는다는 조건이다. 봉황도문
과의 인연을 끊는다면 그들은 유적의 발굴 말고도 자신들이

할 수 있는 부탁 하나를 더 들어주지. 난 그들에게 동창의 정보를 요구할 생각이다. 들어줄지는 모르겠지만 만약 들어준다고 해도 문제다. 만약 우리가 그렇게 봉황도문에 동창에 관한 정보를 요구하면 너는 천정평의 인연을 얻지 못할지도 모른다.”

“으음!!”

천정평의 일은 자신에게는 무척 큰일이었기에 곤은 신음을 흘릴 수밖에 없었다. 동창에 관한 정보를 요구한다는 것은 어쩌면 자신과 사부의 숙원을 저버려야 할지도 모른다는 뜻이었다.

“할 수 없지요. 가문의 원수를 찾는 일인데요. 인연은 언젠가 또 찾아올 겁니다. 유창원이란 사람도 제게 호감이 있는 것 같으니 말입니다. 또 그것이 아니더라도 방법이 있을 겁니다.”

곤은 자신에게 다가온 인연보다는 가문의 복수가 더 중요하다고 판단을 내렸다. 가문의 복수는 지금까지 그가 살아온 이유였기 때문이다.

“알았다. 네가 그리 말한다면 봉황도문에 이번 일을 부탁해 보마. 본 천과 오랫동안 이어져 온 인연을 끊는 일이지만 너희들의 일이 이보다 중하지는 않으니 말이다. 그럼 이곳에 있거라. 내 잠시 다녀올 테니.”

당민은 말을 끝내고 객방을 나섰다. 곽정운의 처소로 가기

위해서였다. 자신들이 온 것을 보고한 것인지 당민은 봉황각
이 있는 내원에서 나오는 등유성을 볼 수 있었다.

"어쩐 일이십니까?"

"문주님을 뵈러 왔습니다."

"문주님를 말입니까?"

접객을 맡고 있는 등유성은 문주를 만나러 왔다는 말에 놀
라지 않을 수 없었다. 분명 서천대서림에 하루 정도 유한다고
했는데 이제 와 문주를 만난다고 하니 놀랐던 것이다.

봉황도문은 원칙적으로 한해에 한 가지의 의뢰만을 맡는
다. 봉황도문의 일을 의뢰한 지 얼마 안 되었는데 또다시 문
주를 만난다는 것은 무척이나 급한 일이 생겼다는 것을 뜻했
기 때문이다.

"그래요."

"문주를 다시 만난다는 일이 어떤 뜻인지 아시는지요?"

"걱정하지 말아요. 이미 잘 알고 있으니까요."

당민은 등유성이 말하는 뜻을 잘 알고 있다는 듯 고개를 끄
덕였다. 봉황도문에 일을 의뢰한 자가 그해에 다른 일로 문주
를 만나 의뢰를 한다면 인연의 끈이 끊어진다는 것을 확인한
것이다.

"으음, 좋습니다. 안내해 드리지요."

당민에게 봉황도문의 철칙에 대한 확인이 끝나자 등유성
은 곽정운에게 당민을 인도하기 시작했다.

'그동안 오랜 인연을 이어온 곳인데… 모를 일이로군. 무
슨 일이 벌어졌는지 한번 알아봐야겠구나. 우선 총사에게도
연락을 취해야 할 것이고…….'

무림과는 별반 인연을 맺은 적이 없는 봉황도문이었지만
당민이 맥을 이은 곳과는 오랜 세월 인연을 맺어왔다. 등유성
은 그런 인연을 끊을 정도로 급한 일이 생겼다는 사실에 궁금
하지 않을 수 없었다.

등유성의 안내로 봉황각으로 들어선 당민은 눈살을 찌푸
리는 곽정운을 볼 수 있었다.

"어쩐 일로 본 문의 철칙을 어기고 이리 온 게요?"

당민이 다른 의뢰로 자신을 만나러 왔다는 사실이 뜻밖인
곽정운이었다. 그녀가 들어서기 전 이미 보고를 받았지만 대
놓고 찾아온 당민을 보며 곽정운은 그녀의 의도가 무엇인지
자못 궁금했다.

"잠시 이곳에 머물렀으면 해서 말입니다."

"이곳에 말이오? 으음."

곽정운은 당민의 제안에 신음을 삼켰다. 봉황도문과의 인
연이 끊어지는 것을 감수한 요구치고는 너무도 의외였기 때
문이다.

'무슨 일이지? 그런 일이라면 날 찾을 리도 없건만. 뭔가
다른 이유가 있는 것이 분명하다.'

이곳에 머무는 것은 그리 어려운 일이 아니었다. 전국의 유생들이 서천대서림의 문턱을 수시로 드나드는지라 객방 또한 넉넉하게 마련되어 있었다.

이곳에 머물겠다는 요구는 봉황도문에 다른 것을 요구하겠다는 것이나 진배없었다. 그것도 상당한 시일이 걸리는 일이 분명하리라.

"원하시는 것이 진정 무엇이오?"

곽정운은 당민에게 다른 뜻이 있음을 느끼고 진정으로 원하는 것이 무엇인지 단도직입적으로 물었다. 당민 또한 곽정운이 자신의 의도를 알고 되묻자 말을 쉽게 꺼낼 수 있었다.

"한 가지만 알아봐 주셨으면 합니다."

"한 가지라… 그것이 무엇이오? 인연이 끊어질 것을 알면서도 이리 부탁하는 것을 보면 예삿일은 아닌 것 같은데 말이오."

"제가 알고 싶은 것은 바로 동창의 움직임입니다."

"지금 뭐라고 하셨소? 동창의 움직임을 알아봐 달라는 말이오?"

뜻밖의 요구였다. 상불과 우물물저럼 관과 무림은 서로를 침범하지 않는 것이 상례였다. 그런데 당민은 이 나라 권력의 중추를 장악하고 있는 자들에 대해 알아봐 달라 하고 있는 것이다. 그것은 자칫 잘못하면 봉황도문의 멸문을 초래할 수도 있는 사안이었다.

"다른 것이 아니고, 지난 이십여 년간 요동 지역에서 일어난 흑혈의 겁풍과 관련해서 동창의 움직임이 어떠했는지 알아봐 주셨으면 합니다."

"으음, 어째서 그런 요구를 하는 것이오? 봉황도문에서는 그런 일은 의뢰를 받지 않는다는 것을 알고 있지 않소."

"알고는 있습니다만 사정이 급해 그렇습니다. 대신 그 대가로 당문의 지보를 드리도록 하지요."

당민은 이번 일을 위해 자신이 당문에서 물려받은 것을 대가로 건네고자 했다. 그것이라면 동창에 대해 알아보는 것이 아무리 위험하더라도 봉황도문은 거절하지 못할 것이기 때문이다.

"그 말이 정말이오? 아직까지 그것이 남아 있었다는 말이오?"

당문의 지보라면 곽정운도 잘 알고 있었다. 이미 사라진 것이라 생각하고 있던 것을 당민이 대가로 준다고 말하자 그의 눈이 심하게 떨리고 있었다. 무엇인가 갈등하는 빛이 역력한 표정이었다.

"진짜 있습니다. 원래는 다른 곳에 쓸 예정이었습니다만, 이번 일을 들어주는 대가로 드리도록 하지요."

"으음, 본 문의 사정에 대해 어디까지 알고 있는 것이오?"

곽정운은 묻지 않을 수 없었다. 봉황도문의 사정을 모른다면 거절할 수 없는 대가를 준다고 하지 않을 것이기 때문이다.

"봉황도문의 사람 중 매우 중요한 사람이 오 년 안에 죽는다는 것과 봉황도문에서 그 사람을 살리기 위해 전력을 기울인다는 것 정도는 알고 있어요."

"어… 떻게……."

"세상에 비밀이란 없어요. 봉황도문의 사정은 나도 조금밖에는 모르는 편이지만, 몇몇 조직은 무척이나 잘 알고 있는 것 같더군요."

"본 문에 대해 알고 있다는 그들이 누구요? 대가도 대가이지만 그들에 대해 알려준다면 당신의 요구를 들어주도록 하겠소."

"글쎄요. 그 부분에 대해서는 저도 꺼려지는 부분이 없지 않습니다."

당민 정도의 고수가 말하기를 꺼려한다면 예상외의 조직은 있을 수 없었다. 그런 조직은 중원무림에 오직 둘밖에는 없었기 때문이다.

"마(魔)요, 정(正)이오? 그것만이라도 알아야겠소."

"마쪽이에요."

"역시!! 으음."

곽정운은 자신의 짐작이 맞았음을 알았다. 마교에서도 어느 정도 자신들의 일을 눈치 채고 있었던 것이다. 마교 최대의 비사가 잠들어 있는 곳에 대해 봉황도문의 손길이 닿았음

을 느끼지 않았다면 자신들을 감시하지 않을 것이기 때문이
다.

"좋소. 도움을 드리겠소. 그럼 당문지보라 일컬어지는 화
령적옥은 언제 줄 것이오?"

"지금 당장 드리도록 하지요."

당민은 품에서 화령적옥으로 만들어진 패를 꺼내 곽정운
에게 주었다. 천하의 기보라 일컬어지는 화령적옥은 혈천독
지의 독기를 막기 위해 지난날 당민이 백무와 소령에게 사용
한 적이 있는 물건이었다. 하나는 아직도 백무가 가지고 있었
고, 다른 하나는 소령에게서 회수해 당민이 가지고 있었다.

만년한옥보다 독기를 제어하는 능력이 탁월하기에 당문의
지보로 간직되어 온 화령적옥은 봉황도문에도 지금 절실히
필요로 하는 물건이었다.

"객방에 머물러 계시면 적어도 사흘 내에 원하시는 소식을
들을 수 있을 것이오."

"고맙습니다. 그럼 이만."

당민은 가벼운 마음으로 곽정운의 처소에서 나왔다. 동창
의 일을 알아본다는 것은 봉황도문으로서도 위험을 감수하는
일임이 분명하다.

그러나 자신이 아는 한, 봉황도문의 능력이라면 곽정운이
말한 대로 사흘 후면 동창의 그동안의 행적을 알아낼 것이
다.

"밤이 시작되는 것만큼이나 앞날을 예측하기 힘들구나. 하지만 어둠이 지나가고 나면 다시 태양이 뜨는 법이지."

동창에 대한 정보를 부탁하고 당민이 자신의 처소로 돌아가고 있을 즈음엔 이미 날이 어두워지고 있었다. 거대한 적이 백무의 앞날을 가로막고 있었지만 당민은 백무가 충분히 이겨낼 수 있으리라 생각했다.

하지만 그전에 이번 일을 완전히 끝내야 했다. 창천비각과 동창과의 관계가 밝혀진다면 모든 사실을 백무에게 이야기해줄 수 있을 것이라 생각한 당민은 서둘러 자신의 방으로 향했다.

해가 완전히 떨어지고 주변에 어둠이 찾아왔다. 날이 어두워지자 암연은 슬슬 움직일 준비를 했다. 어둠이 짙게 깔리는 밤은 그야말로 그의 세상이었다.

'이제 슬슬 장원 안이나 돌아볼까.'

신형을 감추고 가산에 숨어 있던 암연의 신형이 서서히 움직이기 시작했다. 흩어지듯 어둠에 완전히 물들어 안으로 이동하기 시작했지만 숨어 있는 자들 중 누구 하나 그의 존재를 알아차리지 못했다.

'저곳이로군.'

암연은 우선 장원 내에 머물고 있는 자들 중 가장 큰 기운이 흐르는 곳으로 향했다. 바로 천계연이 머물고 있는 곳이었

다. 장원을 가로질러 간 암연은 제법 커다란 객청에서 천계연
의 기운을 느낄 수 있었다.

'특이한 기운의 소유자다. 없는 것 같으면서도 십 장 내를
완벽히 지배하고 있다. 정말 조심해야 할 자로군.'

천계연에게서 느껴지는 기운은 하늘을 닮은 듯한 푸른 기
운이었다. 당민에게서도 느껴보지 못했던 강한 기운이다. 애
써 감추곤 있지만 암연을 속일 순 없었다.

찌리리!

'으음!! 알아챈 모양이로군. 어쩌면 내가 자신을 미행하고
있다는 것도 알고 있었을지 모르겠구나.'

조심스럽게 천계연이 머물고 있는 곳으로 다가들던 암연
은 자신에게 집중되는 예기를 느낄 수 있었다. 천계연이 보내
온 기운으로, 어느새 자신의 행적이 들킨 것이다.

'이상하군.'

자신의 행적이 들켰다면 방 안에 있는 천계연이 뭔가 행동
을 해야 마땅했다. 하지만 아무런 움직임이 없었다. 그저 자
신에게 경고만 하려는 듯 더 이상 다가오지 말라고 예기만 흘
려보낼 뿐이었다.

'으음!'

전해오는 기운이 더욱 강해지자 암연은 물러날 수밖에 없
었다. 무슨 이유인지 모르지만 방 안의 주인이 이곳에 침입한
것은 묵인하지만 자신에게 다가서는 것을 경고하는 것 같았

기 때문이다.

'으음, 다가오지 말라고 하니 어쩔 수 없지. 비록 적의는 없지만 이런 자가 흑혈의 겁풍과 관련이 있다면 문제가 될지도 모른다. 어서 천주께 알려야겠군.'

스으윽!

할 수 없이 뒤로 물러난 암연은 빠르게 장원을 빠져나왔다. 아무것도 알아내지 못하고 괜히 타초경사만 일으킨다면 일을 그르칠 수도 있었기 때문이다.

빠르게 장원을 빠져나온 암연은 멀리 떨어져서 장원을 감시하던 백무에게로 향했다.

"알아내셨습니까?"

"못 알아냈습니다. 혈겁과 관련이 있는 자와 같이 있던 자가 예상외로 강자였습니다. 그는……'

암연은 방금 전 장원 안에서 있었던 상황을 이야기해 주었다.

"으음! 놀라운 자로군요. 그런데 어째서 그자가 암 노가 침입한 것을 알리지 않는 것인지 모르셨군요."

"비록 같이 있기는 하지만 그자는 혈겁과는 직접적인 관련이 없는 것도 같았습니다. 좀 더 알아봐야 하겠지만, 제 느낌으로 봐서는 틀림없습니다."

천계연에게서 풍기는 푸른 하늘 같은 기운으로 봐서는 그는 흑혈의 겁풍 같은 무참한 혈겁에는 참여할 자가 아니라고 암연은 생각하고 있었다.

"알겠습니다. 그래도 혹시 모르는 일이니 전 이곳을 좀 더 감시하고 있겠습니다. 그러니 암 노께서는 누님께 빨리 이 사실을 알리세요."

암연의 실력은 자신이 직접 본 것이기에 그가 얼마나 강자인지 백무는 잘 알고 있었다. 적혈신을 이룬 후 기감을 집중해도 잘 잡아낼 수 없었던 것이 암 노의 기척이었다.

그런데 암 노의 기척을 알아채고 경고까지 할 정도의 실력자라는 사실이 백무의 흥미를 끌었다. 그가 어째서 암 노를 발견하고도 경고로만 그쳤는지 궁금했기에 직접 살펴보고 싶었던 것이다.

"괜찮겠습니까, 소천주?"

비록 적의는 없었다고 하나 그가 느낀 천계연은 절대 자신의 하수가 아니었다. 또한 자신이 본 서문도의 실력이 그리 높아 보이지 않았지만 장원 내에 있는 자들의 실력을 보면 만만치 않은 집단이었기에 걱정스러운 마음이 든 것이다.

"걱정하지 마십시오. 놈들이 어떤 움직임을 보이는지 멀리서 감시만 할 예정이니까 별 탈은 없을 겁니다."

자신의 의도를 안다면 무슨 일이 있어도 말릴 것이기에 백무는 멀리서 감시만 하겠다고 암 노를 안심시켰다.

"알겠습니다. 그럼 조심하십시오. 빨리 다녀오겠습니다."

멀리서 감시를 하다 들키더라도 백무의 실력이라면 충분히 빠져나올 수 있다고 판단한 암 노는 자리를 떴다. 천계연과 같은 실력자가 있다면 만만치 않은 단체였다.

정확히 어떤 단체인지는 모르지만 장원 내에 숨어 있는 자들도 그렇고, 만만치 않은 전력이었다. 이들을 상대하기 위해서는 신중을 기해야 한다는 생각이 들었기에 서천대서림으로 향하는 그의 발걸음은 무척이나 빨랐다.

"도대체 그자가 어떤 자인지 한번 살펴봐야겠군. 저곳이라면 안을 충분히 살펴볼 수 있겠지."

암 노가 떠나자 백무는 우선 장원이 잘 보이는 곳을 찾았다. 장원 뒤편에 있는 숲이라면 장원을 감시하기 좋을 것 같다는 생각이 든 백무는 조심스러운 움직임으로 숲 안으로 들어갔다. 나무 위에서 바라보면 장원 전체를 조망할 수 있기 때문이었다.

휘이이익!

백무는 숲으로 들어서자마자 그중 가장 큰 나무에 올라갔다. 지면을 박치고 올리서면서도 중심을 잘 이동한 탓인지 나뭇가지는 전혀 휘지 않았다. 누군가 본다면 절정고수의 움직임이나 다름없다고 생각할 만큼 가벼운 몸놀림이었다.

나무 위에 올라선 백무는 뒤편으로 가지가 나 있는 곳에서 장원을 바라보았다. 커다란 나무둥치가 앞에 있는지라 언뜻 보아서는 사람이 있는지 알 수 없기에 신형을 들키지 않고 장원을 감시하기에는 안성맞춤인 곳이었다.

"좋아! 이 정도면 충분하다."

나무로 올라가 신형을 감춘 백무는 마음을 가라앉히고 침착하게 자신의 기감을 최대한 열었다. 은밀하면서도 부드러운 백무의 기운이 천천히 장원 안으로 퍼져 나갔다.

"후후! 이제야 갔군."

암연이 장원에서 사라졌다는 것을 확인한 천계연은 창문 쪽을 다가가 암연이 있던 자리를 바라보았다.

"밀독천이라… 그들이 이곳을 감시할 이유가 없을 텐데, 이상한 일이로군."

숨어 있던 자에게서 느껴지는 기운은 깊은 어둠이 깃들어 있는 기운이었다. 거기다 자신마저도 꺼려지는 강렬한 독의 기운을 내포하고 있었다.

화산으로 자신을 안내하고 있는 서문도는 모르고 있었지만, 암중에 자신을 뒤따르고 있는 수하들로부터 섬서성에 밀독천의 인물들로 보이는 자들이 나타났다는 사실을 전해 들었다.

그렇기에 천계연은 자신을 감시하고 있는 암연이 독문 사상 최강이라 일컬어지는 밀독천의 인물임을 단박에 알아볼 수 있었던 것이다.

하지만 자신이 알기로는 밀독천이 동창과 연계될 만한 일
은 없었다. 묘강에 칩거한 밀독천은 지리적으로 자신은 물론
이고 동창과 부딪칠 일이 전혀 없었던 것이다.

"으음! 나에 대해서 알 리는 없을 테고. 역시… 동창과 연
관이 있는 것인가? 아까 객잔에서 본 일행 중에 서문도가 알
고 있는 자가 있었던 것 같은데, 그 때문인가 보군. 그나저나
밀독천이라면 마교와 깊은 관계가 있을 터인데……. 쯧, 이거
곤란하게 되었군. 지금 그들과 부딪쳐 봐야 좋을 것이 하나도
없는데."

천계연은 이번 화산행에서 밀독천의 인물을 만날 줄은 생
각도 하지 못했다. 객잔에서 보았을 때 느껴졌던 기운의 주인
들이 자신들을 감시한다는 생각이 들자 곤란하다는 생각이
들었다. 아직은 천소궁과 마교가 부딪쳐서는 곤란하기 때문
이었다.

방금 전 자신이 흘린 예기를 알아볼 정도라면 만만치 않은
자들이었다. 일류 고수라도 자신이 흘린 기운의 뜻을 정확히
알기란 불가능하기 때문이다.

하지만 방금 전 그자는 자신의 뜻을 정확히 읽고 지리를 피
했다. 천계연은 마교의 방계인 밀독천에서 자신의 기운을 정
확히 알아볼 만한 실력자가 있다는 사실이 놀라웠다. 마교의
힘을 단편적으로나마 알 수 있게 된 천계연은 마교의 힘을 주
시할 필요성을 느꼈다.

"이렇게 된 이상 마교에 대해서는 별도로 알아봐야 할 것 같군. 동창과 악연이 있는 모양이니 머지않아 그들이 뒤를 따르는 이유를 알게 되겠지. 오줌 냄새 풍기는 놈이 뒤로 꾸미는 것과 관계가 있는 것 같으니 일단은 지켜보기로 하자."

천계연은 당분간 자신은 아무것도 모른 척 지켜보기로 했다. 밀독천의 인물로 보이는 자가 지금은 순순히 물러났지만 동창에 볼일이 있다면 이대로 끝나지는 않을 것 같았기 때문이다.

쪼르륵!

천계연은 탁자로 돌아와 차를 한 잔 따르고는 다시 생각에 잠겼다. 이틀 후면 도착하게 될 화산파에서의 일을 생각하기 위해서였다. 화산파는 그와도 인연이 아예 없지는 않은 곳이었다. 그가 속한 천소궁과 화산파는 아주 질긴 인연을 가지고 있었던 것이다.

"후후! 그나저나 화산파가 다시 개파를 했다면 이번에는 자신이 있다는 소린데, 얼마나 성장했을지 궁금하군. 윤충이나 서문도의 행동으로 봐서는 상당한 고수들이 포진하고 있는 것 같은데 말이야. 만약 지난날처럼 제 분수를 모르고 개파를 한 것이라면 이 기회에 다시 한 번 하늘이 얼마나 높은지 알려줄 수 있을지도 모를 일이로군."

천계연은 오래전 일을 떠올렸다. 그것은 천소궁과 화산파가 무척이나 깊게 관계되어 있는 일이었다. 화산파의 오십여

년 봉문이 전대 천소궁주와 관련된 일로 인해 비롯되었음을
천계연도 잘 알고 있었던 것이다.

　오래전 화산의 인물 중 하나가 천소궁에 입궁한 적이 있었
다. 타고난 자질로 인해 천소궁의 중추로 성장한 그는 궁주의
제자로 받아들여지기까지 했다.
　그러던 어느 날 그는 모든 것을 버리고 천소궁을 떠났다.
천소궁주의 지위를 놓고 벌이는 사형제 간의 다툼이 싫어서
라는 표면적인 이유를 대기는 했지만, 그는 수구초심(首丘初
心)의 마음으로 화산으로 돌아간 것이었다.
　천소궁을 이끌어 나갈 그가 모든 것을 버리고 하찮게 여기
는 화산으로 간다고 하자 모두가 그의 행동에 분노했다. 당시
천소궁에서 그의 비중이 적지 않은 까닭이었다.
　하지만 당시 궁주는 한 가지 시험을 조건으로 그가 익힌 천
소궁의 무공을 거두지 않은 채 화산으로 돌려보냈다. 다른 조
건 같으면 그의 사형제들이 승낙을 하지 않을 일이었으나 천
소궁주가 내건 조건은 불가능에 가까운 것이었기에 모든 이
가 그것을 허락했다.
　궁주가 내건 시험은 바로 화산의 전설이라 불리는 화산의
검에서 매화의 향기가 만 리를 퍼지게 하면 모든 것을 용서한
다는 조건이었던 것이다.
　그것은 당시의 그로서는 거의 불가능한 조건이었다. 화산

파 역사상 문파를 연 개파조사를 제외하고 매화만리향을 완성해 낸 자가 아무도 없었기 때문이다.

매화만리향(梅花萬里香)은 화산파에 내려오는 전설이었다. 유독 매화와 관련한 절기들이 많은 화산파에서도 최고의 절기이며 불가사의라고까지 알려져 있는 것이었다.

화산의 개파조사는 우화등선하기 전 선인봉(仙人峰) 정상에서 자신의 심득을 담아 마지막으로 검법을 시전했다고 한다. 그가 시전한 검세로 인해 매화가 필 시기가 아님에도 매화향이 사방으로 퍼져 화산 전체에 진동했다고 전해지는 전설이다.

선인봉에서 개파조사에 의해 펼쳐진 검법으로 화산파의 산문이 있는 연화봉(蓮花峰)까지 매화향이 퍼졌다는 것은 화산의 문인이라면 누구나 알고 있는 사실이다.

하지만 전설로 전해 내려올 뿐 매화향을 풍기는 검의 실체에 대해서는 하나도 전해지지 않고 있었다. 검세를 지켜본 자가 없었기에 그저 개파조사가 시전한 검세로 인해 매화향이 피어났다는 것만 전해 내려올 뿐이었다.

그렇기에 매화만리향의 실체는 화산파 내에서도 완벽하게 알고 있는 이가 없었다. 화산파 내에서도 이를 두고 혹자는 이기어검의 경지라고 했고, 혹자는 심검의 경지라는 등 의견이 분분했다.

하지만 강호인들은 매화만리향을 두고 화산파에서 사신들

의 입지를 높이기 위해 거짓된 전설을 퍼뜨린다고 폄하하기를 주저하지 않을 만큼 실체가 밝혀지지 않았던 것이다.

전대 천소궁주는 존재하지 않을 수도 있는 매화만리향을 현신시키는 조건으로 그를 놓아주었다. 그것은 무림을 떠나라는 조건과 진배없었다. 그렇지 않았다면 그의 무공을 폐지하고 사대근맥을 잘라야 했던 것이다.

그는 그렇게 화산으로 돌아갔고, 십 년 후 그를 시험하기 위해 사자가 화산으로 갔다. 처음 천소궁에서 화산으로 간 사자는 바로 그의 대사형이었다.

그는 조건대로 시험을 받았으나 매화향을 만 리까지 퍼뜨리지 못했다. 천소궁을 떠난 후 십 년 동안 절치부심했으나 매화만리향은 요원한 경지였던 것이다.

시험에 통과하지 못한 결과는 참혹했다. 자신의 사제가 천소궁을 떠난 것에 노여움을 가지고 있던 대사형에게서 그는 왼팔을 잃어야 했던 것이다.

그는 다시 오른팔만으로 수련에 박차를 가했다. 그의 대사형이 한 번의 기회를 더 주기 위해 오른팔은 남겨두었기 때문이다. 진심전력을 기울여 다시 십 년을 수련했을 때 또 다른 누군가가 화산을 방문했다. 그는 바로 그의 이사형이었다.

또다시 시험이 시작되었다. 하지만 이번에도 그는 매화만리향을 피워내지 못했다. 그리고 그는 오른팔을 잃었다. 그가 두 팔을 잃자 화산파가 들고 일어났다. 그가 만류할 틈도 없이 들고 일어나 그의 이사형을 공격한 것이다. 그가 꺾이자 화산파가 분노했던 것이다.

그는 그 당시 화산파의 자랑이며 꿈이었다. 그가 양팔을 잃어버림으로 인해 화산의 전설에 도전할 가능성이 있는 유일한 자가 꿈을 접은 것에 화산파가 분노한 것이었다.

그날 화산은 개파한 이후 처음으로 본산에 무수한 피를 흘려야 했다. 수많은 적을 맞아 생사를 결한 것도 아닌, 오직 단한 사람에게 장문인을 비롯해 무수한 고수들이 명을 달리한 것이었다.

양팔이 잘린 그가 눈물로 용서를 빌지 않았다면 그날 화산파는 유구한 역사를 자랑하는 산문을 영영 닫아야 했을지도 모를 일이었다.

그의 이사형은 다시는 무공을 사용하지 말라는 엄명을 남긴 후 화산파를 떠났다. 그리고 그날부터 화산파의 기나긴 오십여 년 봉문이 시작된 것이었다.

"으음!"

지난날의 일들을 상기하던 천계연은 시선을 돌렸다. 알 수 없는 위화감 때문이었다. 조금 전 밀독천의 인물로 보였던 자와는 다른 기운이 장원 전체에 퍼져 있는 것을 느낀 것이다.

"아무리 다른 생각을 하고 있었다지만 장원 전체에 퍼질

때까지 감지하지 못하다니……. 이번에는 또 어떤 자란 말인가? 서문도, 그 자식. 이곳이 안가(安家)라고 하더니 문제가 많은 곳이로군."

천계연은 여기저기 구멍이 뚫린 안가에 대해 투덜거리며 자리에서 일어났다. 이번에 느껴진 기운은 자신으로서도 만만히 볼 것이 아니었기 때문이다. 전력을 다하면 못 알아낼 리는 없겠지만 평상시라면 어디에서부터 시작된 기운인지 감조차 잡을 수 없는 심상치 않은 기운이었다.

"후후후! 재미있군. 오랜만에 느껴보는 기분이다. 날 긴장시킬 만한 자가 있었다니……."

스스슥!

잠시 후, 천계연의 신형이 방 안에서 사라졌다. 자신을 감시하고 있는 자의 정체가 궁금했던 것이다.

'사라졌다. 젠장할!'

방금 전까지 자신의 기감에 걸려 있던 천계연의 종적이 감쪽같이 사라지자 백무는 당황스러웠다. 자신의 기감을 완벽하게 벗어나는 존재는 자신으로서도 처음 보는 까닭이었다.

자신의 존재를 들켰다는 생각이 들었다. 암 노의 말대로 함부로 건드릴 수 있는 상대가 아니었다. 이렇게 된 이상 최대한 빨리 자리를 벗어나는 것이 급선무였다.

휘이익!

탁!

"으음!"

자리를 벗어나기 위해 나무에서 뛰어내려 신형을 돌리던 백무는 팔짱을 낀 채 자신을 바라보는 사람이 있음을 알 수 있었다. 어느새 백무의 종적을 찾은 천계연이 나무 밑에 당도해 있었던 것이다.

"넌?"

천계연도 백무의 얼굴을 확인하고는 놀라지 않을 수 없었다. 분명 객잔에서 본 얼굴이었다. 내력이 하나도 느껴지지 않았던 백무가 자신을 놀라게 할 만큼 굉장한 기감의 소유자라는 사실이 그를 당혹스럽게 했다.

"이거 의외로군. 밀독천에 너 같은 존재가 있었다니 말이야."

천계연은 자신이 잘못 느낀 것인지 다시 한 번 백무를 살피고는 믿지 못하겠다는 듯 고개를 저었다. 자신이 알기로 밀독천은 전설이 전하는 독문이었다. 내력이 없다면 독의 기운이라도 느껴져야 했다. 그런데 굉장한 기감을 소유한 백무에게서는 독의 기운이 하나도 느껴지지 않았던 것이다.

"넌 누구냐?"

자신을 바라보고 있는 자가 자신이 밀독천과 관계가 있다는 것을 알고 있는 듯한 말에 백무는 긴장하지 않을 수 없었다.

“나? 글쎄? 후후, 그건 그렇고, 어째서 장원을 감시한 것이
지? 난 밀독천과는 별다른 원한을 맺은 적이 없는 것으로 아
는데.”

“당신을 감시한 것이 아니다. 지난날의 원한을 가진 자들
이 이곳에 머물고 있는 것 같기에 지켜본 것뿐이다.”

“후후후! 지난날의 원한이라? 동창의 안가를 몰래 지켜볼
정도라니 배짱 하나는 대단하군.”

“동창?”

“몰랐나?”

“동창이라니…….”

의외였다. 다른 곳도 아니고 동창의 안가라는 사실이 당혹
스러웠다. 당금 명에서 동창을 거역할 수 있는 존재란 오직
황제뿐일 정도로 그들의 위세는 막강했다.

이곳이 동창의 안가이고, 머물고 있는 자들이 흑혈의 겁풍
에 관련된 자들이라면 동창 또한 요동의 혈겁에 틀림없이 관
련되어 있을 것이기에 백무는 당혹스러웠던 것이다.

“이곳이 동창의 안가라는 사실을 몰랐나 보군.”

천계연은 밀독천과 동창에 얽힌 일이 궁금하지 않을 수
없었다. 하지만 이어지는 백무의 음성에 생각을 접어야 했
다.

“당신은 그자와 관계가 없는 것인가? 어째서 그런 사실을
나에게 알려주는 것이지?”

백무로서는 자신의 앞에 나타난 천계연의 의도가 궁금하지 않을 수 없었다. 어째서 그런 사실들을 아무 거리낌 없이 이야기해 주는 것인지 알다가도 모를 일이었다.

"동창이 무슨 일을 벌이는지 모르지만, 넌 그들과 원한이 있는 모양이군. 난 비록 동창의 일 때문에 오기는 했지만 나와 상관이 없다면 그들의 일에는 별로 상관하지 않는다. 그리고 이곳이 동창의 안가라는 사실은 웬만한 자들은 알고 있는 것이니 어차피 알게 될 일이고. 후후, 그보다 내가 이곳에 온 것은 너에게는 관심이 생겨서 말이야."

"나에게? 동창과 상관이 없다면서 나에게 원하는 것이 무엇이냐? 난 당신과는 아무 볼일이 없는데."

아무래도 일부러 동창의 일을 이야기해 준 것이 분명하지만, 자신에 대해 관심이 간다는 천계연의 말이 의아할 수밖에 없는 백무였다.

"독공은커녕 내력도 가지고 있지 않는 주제에 아주 재미있는 기운을 가지고 있는 것 같아서 한번 알아보려고 나왔다. 후후후!"

웃음소리와는 달리 주변이 얼어붙는 것 같은 싸늘한 기운이 천계연으로부터 흘러나왔다.

'으음, 살기만으로 나를 핍박하다니! 놀라운 자다.'

자신에게 집중되고 있는 것은 극도로 정제된 살기였다. 웃음 속에 비수를 감춘 것처럼 평범한 말투 속에 모든 것을 산

산이 부숴 버릴 것 같은 강렬한 살기가 흘러나왔다. 그것은
흑백쌍마에게서조차 느껴보지 못한 것이었다. 백무는 천계
연과의 만남이 결코 좋게 끝나지 않을 것임을 느꼈다.

"후후후! 난 내가 원하는 것을 항상 가져왔지. 그중 제일
큰 기쁨은 강자를 꺾는 것이다. 강자의 자존심을 철저히 나락
으로 떨어뜨려 그의 절망을 움켜쥐는 것을 무척이나 좋아하
는 편이라서 말이야. 화산으로 가는 동안 내내 심심했는데,
넌 나에게 간만에 즐거움을 줄 수 있을 것 같아 이렇게 찾아
왔다."

천계연의 말이 끝남과 동시에 주변으로 아련히 퍼지는 살
기가 자신을 향해 다가오고 있는 것이 느껴졌다.

"그게 마음대로 될까?"

기분이 나빠졌다. 자신을 가지고 놀겠다는 의미였다. 눈앞
에 나타난 천계연이 자신을 노리는 것을 확인한 백무는 천천
히 근혈 속에 잠들어 있는 기운을 끌어냈다.

천계연에게 느껴지는 기운으로 봐서는 상대가 되지 못할
것임은 알고 있었지만, 자신을 가지고 놀겠다면 그에 대한 대
가는 반드시 받아내겠다는 생각이었다.

"호오! 마교의 전설이 부활한 것인가? 하지만 전설과는 달
리 그리 강해 보이지는 않는군. 후후, 한번 해보겠다는 생각
인 모양인데. 크크, 좋아! 간만에 놀아보자고."

"으음!"

근혈 속의 잠원이 깨어나며 붉게 변해가는 몸을 본 천계연이 흥미로운 듯한 표정을 지었다. 곤 자신도 확신하지 못하는 것을 기운의 강약 정도까지 가늠하는 것을 보면 혈영기공에 대해 알고 있는 것이 분명했다.

'무서운 자다. 내게 시전된 적혈잠원대법이 마교의 삼천예인 혈영기공과 연관이 있다는 것을 단번에 알아보다니.'

동창과는 상관이 없으면서 마교의 일을 이토록 잘 알고 있다는 사실이 의문스러웠으나 백무는 생각을 멈추어야 했다. 천계연의 눈이 마치 먹이를 노리는 장백의 산군처럼 변해 있었기 때문이다.

스스스!

갑자기 천계연이 시야에서 사라졌다. 나타나면서부터 계속해서 온 신경을 기감을 집중했는 데도 불구하고 흔적도 없이 신형이 사라진 것이었다.

"어디 있는……."

퍽!

"큭!"

주르르르!

"하하하! 신경을 다른 데 팔고 있으면 안 되지."

천계연의 행방을 찾으려 하는 순간, 불로 지지는 것 같은 통증이 가슴에서 일어났다. 어린아이 손바닥만 한 크기의 장인이 가슴에 새겨지며 비명 소리와 함께 백무의 신형이 뒤로 밀려 나갔다.

퍼퍼퍽!

"크윽! 제… 기랄!!"

신형이 보이지 않는 가운데 천계연의 공격이 이어졌다. 그에 따라 가슴을 비롯해 전신에 조그마한 천계연의 장인이 무차별적으로 새겨졌다. 어디서 날아오는지도 모를 공격에 백무는 연신 비틀거리며 뒤로 물러나기만 할 뿐이었다.

"후후! 이런 공격조차 제대로 못 받는 것을 보면 마교의 전설이라는 것이 말짱 헛것이었나 보군."

천계연의 신형이 장내에 다시 나타났다. 어떻게 공격하는지 어떤 식으로 투로가 전개되는지 보지도 느끼지도 못한 백무는 분노가 가득 담긴 눈으로 천계연을 노려보았다.

"퉤! 이제 시작일 뿐이다."

열이 받았다. 아무런 대응도 못하는 자신에 대해서다. 입가로 흐르는 선혈을 뱉어낸 백무는 몸 안의 잠원을 본격적으로 일깨웠다. 자신의 눈앞에 나타난 자에게 지고 싶지 않다는 생각만이 가득했다. 이 정도의 힘을 가진 자에게 전력을 기울이지 않는다면 아무리 단단한 몸을 가지고 있어도 죽음뿐이라는 생각이 들었던 것이다.

"호오! 정말 강렬한 투기로군. 이런 종류의 투기를 발산하는 것을 보면 밀독천이 마교와 관련이 있다는 것이 정말 사실인 모양이로군. 후후, 하지만 그것만으로는 안 될 것이다."

툭!

비웃는 듯한 천계연의 목소리에 백무는 뇌리에서 뭔가가 끊어졌다. 그와 함께 그나마 자제하던 골수 속의 암흑투기를 불러냈다. 잠원은 물론 흑백쌍마로 인해 얻은 암흑투기까지 자신이 가진 힘을 일부 끌어낸 것이다. 잠원과 암흑투기가 충돌할 경우 위험할 수도 있다는 당민의 당부는 이미 잊은 지 오래였다.

우르릉!

몸 안에서 천둥이 치는 듯 두 가지 기운이 전신을 맴돌았다. 다행스럽게도 백무의 위험을 아는지 암흑투기가 자신의 모습을 드러냈음에도 두 가지 기운은 이제 서로에게 으르렁거리지 않았다.

두 가지 기운은 각자 전신을 압박하는 천계연의 기운에 대항하기 시작하며, 그와 함께 백무의 몸에서는 강렬한 투기가 스멀거리며 피어올랐다.

전신을 타고 오르며 투기가 발산되자 백무는 마치 흉신악살 같은 모습으로 변해갔다. 피보다 더욱 붉게 변한 몸과 불을 토할 것 같은 눈동자, 거기다 아지랑이처럼 피어오르는 검은 기운은 지옥에서 금방 나온 야차나 다름없었다.

휘이익!

백무의 신형이 날았다. 삼 장여의 거리를 반동도 없이 허리의 힘만으로 튀어 오른 후 연이어 권을 뻗어냈다.

슈슈슉!

'대단한 기운이로군. 하지만 이 정도 가지고는 날 어쩔 수는 없을 것 같군.'

공간을 찢고 들어오는 권세에는 비록 경력이 실려 있지 않았지만 무시하지 못할 힘이 느껴졌다. 자신이 감당하지 못할 정도의 기운이 아님을 확인한 천계연은 백무의 권세를 피해 움직이며 투로를 살폈다. 마교주가 황산에서 공언한 삼천예의 모습이 어떤 것인지 살피기 위해서다.

파파팟!

천계연이 신형이 아지랑이처럼 움직이자 백무의 권세는 허공만을 갈랐다. 비록 헛손질이었지만 백무의 공세는 멈추어지지 않고 연이어 용호사표학(龍虎蛇彪鶴)의 소림오권을 빠르게 펼쳐 냈다.

장내에 나타난 다섯 마리 동물은 유려하면서도 패도적인 힘을 쏟아냈다. 한 수, 한 수에 강력한 힘을 실은 것이지만 천계연을 가격하는 일은 요원하기만 했다. 천계연의 움직임이 마치 잡을 수 없는 바람 같았기 때문이다.

한동안 피하며 백무의 투로를 살피던 천계연이 움직임이 변한 것은 일각 정도의 시간이 흐른 후였다.

'마교에 전해진다는 삼천예(三天藝) 중 하나를 익힌 것 같은데 소림의 권법을 사용하다니, 모를 일이로군.'

흘러나오는 기운과는 달리 무공의 연원이 소림에서 비롯

된 것이라는 사실이 의아했다. 자신이 보고 있는 무공이 중원 무림에서 손쉽게 익힐 수 있는 무공이었기 때문이다.

천계연은 백무로부터 암천신마의 무공이라는 백팔마황기를 기대하고 있었다. 근접 박투술의 최고봉이라 일컬어지는 백팔마황기와 대적해 보고 싶은 것이 그의 오랜 꿈이었던 것이다.

'이제는 슬슬 끝내야겠군. 하지만 그전에 숨기고 있는 것이 있나 다시 한 번 살펴야겠지. 공격이 실패하는 것을 알면서도 흐트러지지 않고 계속하는 것을 보면 숨기고 있는 한 수가 있는 것이 분명해 보이니 말이야. 저놈의 몸에 흐르는 기운의 정체도 확실히 알아야 할 것이고……'

천계연은 양손을 들어 올려 백무의 공격을 막아내기 시작했다. 숨기고 있는 한 수가 있어 보이기는 하지만 별 문제가 될 것 같지는 않았다. 그저 백무의 몸에 흐르는 기운의 정체를 한번 알아보고 끝낼 생각이었던 것이다.

타타탁!

피하기만 하던 천계연의 손이 빠르게 날아오는 권세를 쳐내기 시작했다. 양손만을 사용해 모든 투로를 선점하며 자신의 몸에 닿기 전에 미리 막아내기 시작한 것이다.

파파팡!

"후후, 좋군!"

다시금 공방이 이어졌다. 자신의 내부로 파고늘어 내력을 흩뜨리는 암흑투기의 힘과 근혈 속에서 뻗어 나와 경력만큼 이나 강한 충격을 주는 잠원의 힘에 천계연은 희열을 느끼고 있었다.

비록 내력은 없지만 백무의 공격은 그가 지금까지 꺾어왔던 그 어떤 강자에도 뒤처지지 않는 것이었기 때문이다.

'이 정도 기운이라면 다른 자들을 상대할 때 주의를 해야겠군. 아직 이놈이 제대로 된 무공을 익히지 못해 그렇지만 만약 제대로 무공을 수련한 자와 붙게 된다면 아무리 나라도 상당히 곤란해질 것이다. 그럼 이젠 진짜로 끝내야겠군.'

스스슥!

천계연의 신형이 다시금 사라졌다. 심심해서 시작한 백무와의 대결을 끝내야 할 때였기 때문이다.

'느껴진다.'

자신이 가지고 있는 모든 힘을 다 쓰고 있는 백무는 천계연이 사라지자 조금 전과는 다르게 희미하지만 천계연이 움직이는 궤적을 읽을 수 있었다. 사성을 기빈으로 각 방위마다 팔변(八變)하는 보법의 궤적을 느낀 것이다.

팟!!

뱀이 먹이를 쫓아가듯 백무의 신형이 시야에서 사라진 천계연을 쫓았다.

‘후후! 제법이로군.’

처음 자신의 공격에 무방비 상태였던 백무가 자신을 따라붙자 천계연은 조금은 놀라는 듯하더니 신형을 더 빨리했다.

파파팟!

눈에 보이지 않을 정도로 빠른 움직이었지만 그의 신형은 사방 삼 장을 넘어서지 않고 있었다. 일정 범위 안에서 자신의 공격을 무위로 돌리는 천계연의 움직임에 따라 백무의 움직임도 바뀌었다.

지금까지는 일부러 소림오권만을 사용해 공격했다. 천계연의 방심을 유도하기 위해서였다. 따라붙은 후 곧바로 곤과의 비무로 익숙해진 귀상문이 시전되었던 것이다.

출기불의한 움직임에 따른 공격은 여전히 소림오권이었다. 그러나 투로는 천계연이 흠칫할 정도로 확연히 달라졌다. 호랑이가 산을 옮기듯 묵중한 권세에 이어 한 마리 금빛 표범이 되어 천계연의 머리를 노려갔다.

‘후후! 숨기고 있는 한 수가 이것이었나? 이것 가지고는 안 되지.’

“차앗!”

빠르게 자신을 쫓는 백무의 공격에 천계연은 기합을 지르며 신형을 뒤집고는 삼장을 연이어 쏘아냈다.

퍼퍼벅!

"크으!"

조막만 한 작은 수인(手印)이 백무의 몸에 새겨졌다. 조금 전 보였던 것과는 다르게 음유한 경력을 실은 장력이었다. 그렇지만 심한 충격을 받은 듯 신음을 토하면서도 백무는 천계연을 쫓는 것을 멈추지 않았다.

"으음!"

방금 전 자신이 뻗어낸 삼장은 처음 백무를 시험했던 것과는 질적으로 달랐다. 보이는 부분보다는 보이지 않는 곳에 내력을 더 실은 한 수였다.

다른 이 같으면 내부가 으스러져 단번에 쓰러지기 일쑤였다. 아무리 도검불침을 이루었다고 하더라도 피를 토해야 할 일격이었던 것이다. 신음만으로 끝나지 않을 상황이었음에도 아무렇지 않은 듯 자신을 쫓는 백무를 보며 천계연은 고개를 내젓지 않을 수 없었다. 그는 자신이 쳐낸 암경을 백무의 근혈에서 깨어난 잠원이 소멸시켰다는 것을 전혀 짐작할 수 없었던 것이다.

파팟!

거리기 점점 좁혀지고 있었다. 한 자 정도의 거리를 두고 피했던 공격이 세 치 안쪽으로 다가오자 천계연은 더 이상 피하며 막기만 할 수가 없었다. 백무의 손에서 이는 두 가지 기운에서 심상치 않은 기운을 느꼈던 것이다.

휘이익!

천계연의 양손이 쫓아오는 백무를 향해 뿌려졌다. 뿌연 기운이 담긴 수기(手氣)가 백무를 향해 날아들었다.

퍼퍽!

휘익!

다시금 공격을 허용했지만 백무는 신형을 뒤틀어 힘을 분산시킨 후 천계연을 향해 다리를 뻗었다. 조금 전까지 권장(拳掌)을 이용한 공격에서 갑자기 각법을 사용하자 천계연은 일순 당황했다. 그렇게 잠깐 멈칫하는 사이 백무의 발이 그의 머리를 향해 올라오고 있었다.

"이런!!"

피싯!!

천계연은 다급히 신형을 피하려 했지만 발끝이 안면에 걸렸다. 날카로운 칼날에 베인 것처럼 천계연의 뺨이 갈라지며 피가 흘러내렸다.

"이놈이!!"

시험을 해보려던 생각이 싹 가셔 버렸다. 한입거리도 안 되는 하룻강아지에게 물렸다는 생각에 천계연은 자신의 팔에 힘을 실었다. 산중을 떨어 울리는 대호가 하룻강아지의 반격에 상처를 입자 분노한 것이다.

부아앙!

천계현의 신형이 백무를 향해 쾌속하게 다가왔다. 순간적으로 백무의 감각 범위를 벗어난 움직임이었다. 그와 함께 그의 팔이 그리는 궤적을 따라 대기를 찢는 파열음이 작렬했다. 얼굴이 찢기는 부상으로 인해 노한 탓에 처음으로 전력을 다해 공격했던 것이다.

천계연의 손에서는 푸른 기운이 일렁이고 있었다. 뿌옇던 기운이 청명한 푸른색으로 그의 손을 따라 물들었다. 순식간에 내력을 발출해 유형화를 이룬 진정한 수강(手罡)이었다. 분노한 모습이었으나 그의 손속은 날카롭고 깨끗했다.

퍽!

우직!

"크으윽!"

일격을 성공시키고 다음 공격을 준비하던 백무는 가슴에 이는 극통과 함께 자신의 신형이 허공을 날아오르는 것을 느껴야 했다. 심장 부근의 갈비뼈가 부러지며 날카로운 경력이 혈맥을 타고 스며들었다.

퍼퍼퍽!!

천계연은 날아가는 백무를 향해 연이어 수강을 펼쳐 냈다. 날아가는 상태 그대로 연이어 수강에 격타당한 탓인지 걸치고 있는 옷이 걸레처럼 너덜너덜해졌다.

쿵!!

날아가던 백무의 신형이 나무에 부딪친 후 바닥으로 떨어져 내렸다. 호신강기를 이룬 무인이라 할지라도 온전하기를 기대하기는 어려운 상태였다.

“아차!!”

미동도 없이 나무 밑둥치에 쓰러져 있는 백무를 본 순간 아차 싶었다. 불같이 노한 탓에 자신도 모르게 과격한 손속을 썼다는 것을 느낀 것이다.

밀독천의 시선이 동창으로 향했다면 자신의 행보에 지장을 받지 않기 위해서라도 백무가 살아 있는 편이 좋았다. 밀독천과 동창이 싸운다면 그에게는 더할 나위 없는 호기였기 때문이다.

하지만 그것도 백무가 살아서 동창에 대해 알려야 가능한 것이었다. 말은 쉽게 했지만 자신이 머물고 있는 곳이 동창의 안가라는 것은 쉽게 알 수 있는 것이 아니었던 것이다.

마지막에 힘을 줄이기는 했지만 절정의 고수들도 견디기 힘든 것이 자신의 힘이기에 황급히 백무를 향해 신형을 옮겼다. 천계연은 백무의 맥문부터 짚어 상세를 살폈다.

“으음!”

희미하게 뛰고 있는 맥을 느낄 수 있었다. 부러진 뼈들로 인해 상당히 고생은 하겠지만 이 정도라면 죽지는 않을 것 같았다. 천계연은 나무둥치 옆, 잘 보이지 않는 곳에 백무를 눕혔다.

“내상이 깊기는 하지만 죽을 정도는 아니니 다행이로군. 역시 마교라는 말인가? 후후! 이토록 질긴 몸뚱이를 가진 자를 만들어내다니 놀라운 자들이다.”

자신이 날린 수강에도 내상이 아물어가는 백무를 보며 천계연은 마교에 대해 다시 생각하지 않을 수 없었다.

"후후후! 이자의 몸에 베풀어진 것이 마교에서도 비밀리에 전해진다는 강시술인가? 강시라면 이런 의지를 가지지 않을 터인데, 새로운 강시술을 개발해 낸 모양이로군."

천계연은 공방을 통해 백무의 신체가 고련으로 다져진 것이 아닌 만들어진 신체임을 알 수 있었다. 아무리 단련된 외공이라 할지라도 자신의 수강이라면 이미 죽음을 면하지 못했을 것이다. 자신의 공격을 막아낼 때 내외공을 단련하여 일정 경지가 된 후 이룬 호신강기가 아니라는 것을 느낀 것이다. 내력도 없는 상태에서 자신의 공격을 받아낸 것으로 보아 그것 외에는 생각나는 것이 없었다.

"후후후! 다른 때라면 목숨을 부지하지 못할 것이나 동창과 악연이 있는 것 같으니 살려두는 것이다. 밀독천과 동창이 부딪친다면 나로서는 그리 나쁜 일이 아니니. 이번에 화산에서 동창이 노리는 것이 무엇인지는 모르겠지만, 놈들의 행보에 어느 정도 지장을 줄 테니. 그나저나 이자가 돌아오지 않으면 같이 있던 자가 찾으러 올 테니 이만 가봐야겠군. 그사는 나로서도 꺼림칙한 힘을 가진 자이니."

동창의 일을 돕는 것 같은 천계연이 어째서 동창과 밀독천이 부딪치기를 원하는지 모를 일이었다. 천계연은 쓰러진 백무를 한동안 의미심장한 눈빛으로 쳐다보다가 발걸음을 돌렸다.

<u>스스스!</u>

몇 걸음도 채 걷지 않아 그의 신형은 숲에서 사라졌다. 장내에서 보기 드문 공방이 일어났다는 증거는 쓰러져 있는 백무가 유일했다.

第五章　백무, 날개를 얻다

九劈雷電

동창의 안가가 바라다보이는 숲에서 천계
연의 공격에 백무가 쓰러졌다는 사실을 모르는 당민 일행은
총관의 연락을 받고 찾아온 유창원을 만나고 있었다.

"봉황도문과의 연을 끊으신다고 들었습니다. 그 말이 사실
입니까?"

이미 연락을 받고 온 듯 그는 심각한 얼굴로 당민에게 사실
여부를 물었다.

"우리에게는 무엇보다 중요한 일이라서 말입니다."

"으~음!"

왠지 모르게 마음에 드는 사람들이었다. 지금을 포함해 두

번밖에 보지 않았지만 이토록 쉽사리 인연이 끊어질지도 모른다는 것이 아쉬울 정도였다.

"여산의 일이야 이미 의뢰를 받은 것이니 제가 해드리겠습니다만, 일이 끝난 후에도 다시 볼 수 있을지 모르겠군요."

유창원은 아쉬운 마음으로 곤에게 물었다.

"글쎄요. 혹시나 인연이 이어진다면 만나뵐 수 있을 겁니다."

곤은 아쉬워하는 유창원과 다음을 기약하기로 했다. 자신에게 가장 필요로 하는 것인지는 모르겠지만 원수의 행적보다 중요하지 않기에 천정평의 일은 마음속으로 접어야 했다. 동창의 일을 허락한 이상 봉황도문에서 천정평을 열어주지 않을 것이라 생각한 것이다.

"그건 그렇고… 내일은 천정평에 가서야 할 텐데 어떻게 하시겠습니까?"

"예?"

아쉬움을 접어야 했던 곤은 유창원의 말에 놀라 되물었다. 기대를 하지 않았던 천정평을 안내해 주겠다는 유창원의 말이 의외였던 것이다.

"아하! 오해를 하셨군요. 천정평의 일은 제 개인적인 일입니다. 봉황도문과는 상관없는 일이지요. 그러니 그런 염려는 하지 않아도 됩니다, 소협."

"그 말씀이 정말입니까?"

거의 포기한 상태였는데 안내를 해주겠다니… 곤은 마음이 한껏 부풀어 올라 재차 확인을 했다.

"하하! 그렇고말고요."

"잘됐구나. 하지만 우리는 이곳에서 기다려야 하니 너 혼자 다녀오도록 해라. 어차피 네 인연이니 다른 이들이 알아서 좋을 것도 없고."

"그래도 되겠습니까?"

"괜찮다. 혹시나 시간이 길어질 것 같으면 일이 끝난 후 여산으로 오너라. 일이 급해지면 널 기다릴 여유가 없을 것 같으니."

"알겠습니다."

"당신도 그렇게 하도록 하세요. 이번에 부탁한 일은 여산의 일보다 중요하니 말이에요."

당민은 상황이 변할 것을 대비해 곤에게 다음에 만날 장소를 말해주었다. 천정평에서 만나게 될 인연이 진정 곤의 것이라면 시간이 많이 걸릴 것이라는 생각이 들었기 때문이다.

"그렇게 하는 것이 좋겠군요. 만약 강 소협이 인연을 얻는다면 천정평에서 쉽게 나오기는 어려울 겁니다. 하지만 저는 강 소협을 안내해 주는 것뿐이니 곧바로 이곳으로 오도록 하겠습니다. 여러분에게 여산의 그곳을 열어주어야 하니 말입니다. 그리고 강 소협은 지금 저와 같이 가는 것이 좋겠습니

다. 같이 준비하며 천정평에 대해 설명을 듣는다면 갔다가 오
는 것이 빨라질 수도 있습니다.”

“알겠어요. 곤아, 넌 이분을 따라가 보도록 해라. 이분의
말대로 빨리 나와야 하니 말이다. 무아에게는 내가 말해주겠
다. 그 아이도 네가 인연을 얻으러 갔다는 것을 안다면 그리
섭섭해하지 않을 것이다.”

“알겠습니다, 누님.”

곤은 대답을 하며 자리에서 일어났다. 유창원이 자리에서
일어나려 했기 때문이다.

“모쪼록 원하는 것을 얻기 바랍니다. 그리고 강해지십시
오. 우리 또한 강해질 테니. 그리고 동창의 일은 걱정하지 마
십시오. 놈들의 꼬리를 반드시 잡고 말겠습니다.”

아쉬운 듯 주춤거리며 일어서는 곤을 향해 걱정하지 말라
는 듯 표인호가 입을 열었다.

“그래, 널 믿는다. 그리고 만약 여산에서 만나지 못한다면
북경으로 와라. 천정평의 일이 늦어지면 내가 전에 말해준 곳
에서 기다리고 있을 테니까. 백무를 못 보고 떠나는 게 아쉽
긴 하지만, 시간이 그리 많지 않을 테니 내 말을 꼭 전해주어
라.”

“알겠습니다.”

“중호 형님도 몸조심하십시오.”

“알았네.”

곤은 표가 형제에게 앞으로의 일을 부탁했다. 천정평의 일로 인해 얼마간 보지 못할 것 같다는 예감이 들었기 때문이다.

"누님, 다녀오겠습니다."

"그래, 잘 다녀오너라."

곤은 당민에게 인사를 한 후 유창원과 함께 방을 나섰다.

그들이 나간 후 일행은 아쉬운 마음으로 자리에 앉았다.

'곤의 능력이라면 반드시 무엇인가를 얻을 수 있을 것이다.'

당민은 인연을 얻은 후 곤이 어떤 모습으로 돌아올지 기대가 되었다. 확실한 것은 모르지만 분명 강해져서 돌아올 것이라는 예감이 들었다.

곤이 인연을 얻어 불완전한 자신의 무공을 완성한다면 앞으로 동창을 상대하는 데 그보다 좋은 일은 없을 것이라 생각했다.

이런 당민의 생각과는 달리 표가 형제는 곤의 일에 기뻐하면서도 한편으론 불안한 마음이 들었다. 자신들은 변변하게 익힌 무공조차 없다는 사실이 마음에 걸렸던 것이다. 동창이라는 거대한 적을 알게 된 지금, 제일 실력이 떨어지는 자신들이 무엇보다 걱정되었던 것이다.

"당장 동창을 어떻게 할 수 있는 것은 아니니 차분히 생각해 보자. 우선 동창이 어떤 음모를 꾸미고 있는지 알아본 후 준비해도 늦지 않을 것이다. 암연이 돌아오면 어느 정도 놈들의 정체를 알게 될 터이니 일단은 기다려 보자.”

표가 형제의 마음을 헤아린 듯 당민이 위로의 말을 건넸다. 곤이 인연을 얻으러 떠나자 두 사람의 눈가에 스친 불안감을 읽었던 것이다.

“알겠습니다, 누님.”

“네.”

당민의 말은 맞는 소리였다. 아직 아무것도 모르는 마당에 섣불리 나설 수는 없는 일이었다. 동창을 상대하자면 무엇보다 철저한 계획이 필요했다. 거대한 힘을 무너뜨리기 위해서는 보다 강해질 필요가 있었다. 또한 그러기 위해서는 조급함을 버려야 했다. 진정한 강함이란 조급함만으로 얻을 수 없다는 것을 잘 아는 까닭이었다.

곤이 떠나고 밤이 깊었지만 사람들은 각자의 방으로 돌아갈 생각을 하지 않았다. 나름대로 모두 걱정에 잠겨 있었던 것이다.

사람들이 생각에 잠겨 있을 즈음 밀광은 암연이 서천대서림으로 들어왔다는 것을 느낄 수 있었다. 삼노만이 가지고 있는 특유의 교감 때문이었다.

“둘째가 왔나 봅니다.”

“그런가 보군요.”

누군가 자신들이 머물고 있는 곳으로 다가온다는 것을 느낀 당민은 암연이 들어오기만을 기다렸다. 얼마 지나지 않아 그의 생각대로 암연이 방으로 들어왔다.

“다녀왔습니다.”

“그런데 무아는 같이 오지 않았나요?”

“좀 더 살펴보시겠다고 해서 제가 먼저 왔습니다.”

“그랬군요. 그런데 성과가 좀 있었나요?”

“예사로이 살펴볼 상대가 아니었습니다. 객잔에 있었던 놈의 기운이 무척이나 깊었습니다. 기척을 숨기고 숨어 있었는데도 단번에 제가 숨어 있는 것을 눈치 챈 것 같았습니다.”

“아니, 암 노가 은잠술을 펼쳤는 데도 알아봤다는 건가요?”

“십 장 이내로 접근하기가 무척 힘들었습니다. 제가 다른 곳으로 움직이려고 하면 그자는 여지없이 예기를 흘려보내 제가 숨어 있는 곳을 잡아냈습니다.”

“이런!”

암연의 말에 당민이 탄식을 터뜨렸다. 백무 혼자서 그들을 감시하기 위해 남아 있다면 위험에 처할 수도 있을 것이란 생각 때문이었다.

“암 노, 빨리 무아가 있는 곳으로 가요. 어서요!”

암연을 재촉한 당민은 방을 빠져나와 동창의 안가가 있는 곳으로 빠르게 향했다.

　암연이 서천대서림에 도착할 즈음, 천계연의 공격으로 인
해 내상을 입고 정신을 잃은 백무의 몸에서는 변화가 일어나
고 있었다. 급격하게 신체가 변하고 있었던 것이다.

　두근! 두근!

　심장에서 퍼 올린 피가 혈관을 따라 돌기 시작하자 부러진
뼈와 근혈들이 움직이며 움푹 들어간 가슴의 갈비뼈들이 솟
아오르기 시작했다.

　너덜거리는 옷깃 사이로 보이는 가슴 위에 푸르게 새겨진
앙증맞은 장인들도 서서히 사라져 갔다. 천계연이 이런 모습
을 보았다면, 자신의 손속이 잘못된 것인지 의아해할 것이 분
명할 정도로 빠른 회복 속도였다.

　으드득!

　연이어 뼈들이 부딪치는 듯한 소리와 함께 복부의 융기가
눈에 띄게 급박해졌다. 본격적인 신체 변화가 시작되려는지
백무의 신형이 무척이나 빨리 변하고 있었다.

　백무의 몸이 변화하는 것은 천계연의 수강에 격중된 탓이
었다. 자신의 내부로 파고든 천계연의 경력을 해소하기 위해
격렬한 변화를 겪고 있는 것이었다.

　천계연의 공격으로 인해 백무의 몸 안으로 파고든 경력의
성질은 특이했다. 혈맥뿐만 아니라 근육과 뼛속 깊숙이 파고

들어 모든 것을 부수는 패력(霸力)을 발휘하며 걸리는 것은 무엇이든지 짓이겨 버렸다.

근혈과 골수 속에 있던 잠원과 암흑투기는 밀고 들어오는 패력을 막을 수 없었다. 이대로 가다가는 자신들이 소멸하고 말 것이라는 위기감을 느낀 듯 영활히 움직이기 시작했다.

또한 각자의 힘만으로는 천계연의 경력을 감당할 수 없다는 것을 느낀 것인지 수강을 통해 침입한 경력을 해소하기 위해 힘을 합치고 있었다.

천계연의 패력은 이미 완성된 것이었다. 완벽하게 완성된 기운은 자신의 앞을 가로막는 모든 것을 부숴 버리고 있었다. 이에 아직은 불완전한 암흑투기와 잠원은 힘을 합칠 수밖에 없었다.

그렇지 않으면 둘 다 소멸되어 버릴 것이기에 백무를 숙주로 삼고 있는 두 기운은 반목하지 않고 상대의 기운을 인정한 것이다.

두 기운은 패력에 대항하며 자신들이 머물고 있는 백무의 육체를 회복시키기 시작했다. 자신들이 머물 수 있는 근간이 되는 백무의 육신이 붕괴된다면 패력에 맞서기도 전에 소멸하고 말 것이다.

둘은 서로 간의 역할을 바꾸어가며 천계연의 패력을 막아 갔다. 하나의 기운이 천계연의 패력을 전력으로 막으면 다른 하나는 빠르게 백무의 육신을 회복시켰다.

백무의 육신을 회복시킬수록 천계연의 패력을 막기가 수월해졌다. 잠원과 암흑투기가 역할을 바꾸는 순간이 점차 빨라졌다. 번갈아가며 백무의 육신을 회복시키는 것이 혼자서 하는 것보다 몇 배나 빠르다는 것을 느꼈기에 두 기운이 서로 간에 자리를 내어주는 것에 한 치의 망설임도 없었다.

서로를 그렇게 인정하고 협력하자 그동안 이질적이던 두 기운은 서서히 동화되어 갔다. 동화가 지속될수록 교차 시기는 점차 빨라져 갔다. 두 힘이 백무를 회복시키기 위해 교차하는 시기는 번개가 무색할 만큼 빠르기 그지없었다.

그렇게 두 기운이 백무의 육체를 회복시키기 시작하자 천계연의 패력은 점차 힘을 잃기 시작했다. 암흑투기와 잠원이 점차 하나가 되어감에 따라 패력의 기운을 소멸시키기 시작했던 것이다.

두 기운이 하나가 되어가는 이면에는 백무가 스스로 익힌 호흡법이 존재하고 있었다. 고통을 잊기 위해 전신으로 호흡하는 동안 두 가지 기운을 하나로 인도하며 모든 것을 담아가고 있었던 것이다.

반 시진 가까이 지속되던 백무의 호흡이 점차 가라앉기 시작했다. 그에 따라 급격하게 융기하던 복부의 움직임도 눈에 띄게 잦아들었다. 어느새 백무의 몸속에 침습한 천계연의 패력이 모두 소멸되고 내부의 상처가 모두 회복된 것이다. 모든 것이 잦아들고 얼마 지나지 않아 백무의 눈이 떠졌다.

"으음!"

자신을 공격했던 천계연의 모습이 보이지 않았다. 백무의 두 눈에는 짙은 의혹만이 감돌았다. 자신조차 느끼지 못하는 속도로 공격해 온 것은 분명 절정을 이룬 강기였다.

부딪치는 것은 무엇이든지 부수어 버린다는 강기. 그러한 강기에 의한 공격을 당해 의식을 잃었음에도 몸에는 아무런 이상이 없었다. 오히려 전보다 활력이 돋는 느낌이었다.

하지만 그것도 잠시, 이내 백무의 눈에는 짙은 실망감이 흐르기 시작했다. 이제는 어느 정도 자신있다 생각했건만 무참하게 패한 것에 가슴이 아려왔다.

"후후후! 지금은 손 한 번 제대로 쓰지 못하고 패했지만, 이제 시작이다. 반드시 그런 자들을 넘어설 날이 올 것이다."

헛웃음이 흘러나왔다. 깊은 곳에서 밀려오는 실망감을 털어버리려 애썼다. 자신은 아직 완성되지 않은 상태이기에 패배감에 젖어 있을 때가 아니라는 것을 스스로 인식시키려고 노력했다.

하지만 어느 정도 기가 죽지 않을 수는 없었다. 자신을 꺾은 천계연이 자신으로서는 감히 상상할 수 없을 정도의 고수라는 것을 안 까닭이었다.

"지금 이럴 때가 아니다. 일단 누님을 만나야 할 것 같다. 흑혈의 겁풍에 동창이 개입되어 있다면 그건 예삿일이 아니니까. 그건 그렇고, 어째서 그자가 그런 말은 한 것이지? 분명 동창과 깊이 관계되어 있는 것이 분명한데……."

무참히 자신을 패배시키기는 했지만 그리 악감정이 들지는 않았다. 자신이 보기에도 천계연이 동창의 인물이 아닌 것이 분명했기 때문이다.

그리고 자신에게 알리기 위해 일부러 동창에 대해 언급했던 것이 분명했다.

"그런 자와 친분을 맺고 있다면 동창 놈들을 상대한다는 것이 힘들어지겠군."

가문의 혈겁에 동창이 관련이 있고, 그런 동창과 친분이 있는 자의 무공은 넘볼 수 없을 정도로 고절했다. 동창을 상대하기 위해서는 만반의 준비가 필요하다는 생각이 백무의 뇌리에 가득 찼다.

"아직은 시작에 불과하니 앞으로 철저히 준비하면 될 것이다."

백무는 자리를 털고 일어났다. 천계연 같은 자가 동창에 있다고 해도 복수를 포기할 마음은 없었다.

"그나저나 이 꼴을 보면 누님께서 뭐라 하실지 걱정이로군."

너널거리는 자신의 옷차림을 훑어보며 당해도 너무 당했

다는 생각이 들었다. 다행히 적혈잠원대법으로 이룬 육신이 천계연의 공격을 막아낸 듯했지만, 낭패한 자신의 모습을 당민이 본다면 조심하지 않았다고 불같이 화를 낼 것이 뻔했다.

"응?!"

당민의 걱정을 어떻게 무마시킬까 고민하며 서천대서림으로 발길을 돌리려 할 때, 누군가가 자신을 향해 달려오고 있는 것이 보였다. 당민과 암연이었다.

"무아야, 괜찮은 것이냐?!"

경공을 발휘해 달려오다 백무를 발견하고 멈추어 선 당민이 다급히 그의 안위부터 물었다.

"괜찮습니다."

"도대체 무슨 일이 있었던 것이냐?"

"저기… 장원을 감시하다가 객잔에 있던 자에게 들켜 한판 붙었습니다. 후후, 결과는 보시는 대로 제가 패하고 말았습니다."

백무는 자세한 이야기는 하지 않았다. 몸이 멀쩡한 이상 괜히 당민을 걱정시키고 싶지 않았기 때문이다.

하지만 당민은 이미 어느 정도 알고 있었다. 적혈잠원대법으로 인해 백무의 육신에는 별다른 상처가 없는 것 같았지만, 옷에 남아 있는 장인의 흔적을 볼 수 있었던 것이다.

'으음! 흔적으로 보아 천소궁의 무공이 분명한데… 무참하게 패한 모양이로구나. 저 정도의 장력이라면 아무리 적혈잠 원대법을 시전받은 무아라 할지라도 죽음을 면치 못했을 텐 데… 사정을 봐준 모양이로군.'

몇 년 전, 약초를 구한다는 명분 아래 요동 일대를 떠돌며 천소궁에 대해 조사한 바 있었던 당민은 백무의 옷에 남은 흔 적이 천소궁의 무공으로 인한 것임을 쉽게 알아볼 수 있었다.

천계연의 공격으로 거의 죽음 직전까지 갔던 백무의 몸이 잠원과 암흑투기의 조화로 회복되었다는 것을 모르는 당민으 로선 손속에 사정을 두었다고밖에 생각할 수 없었다.

암연의 일을 돌이켜 보거나 백무의 상태를 보면 동창하고 는 별다른 관련이 없어 보여 당민은 어느 정도 안심할 수 있 었다.

'암 노도 그렇고, 무아까지… 그자는 놈들과 관계가 없는 것인가? 하지만 동창의 고위 인물과 화산까지 동행한 것을 보 면 아닌 것도 같고… 좀 더 알아볼 필요가 있겠군. 이번 일에 천소궁까지 끼어든다면……?'

이미 마교의 비조천람, 중원무림의 창천비각, 거기다 동창 까지 연루되어 있었다. 그런데 천소궁마저 끼어든다면 천하 를 지배하는 암중의 세력들이 모두 모이는 것이었다.

'휴우! 벅차구나. 삼노가 아무리 많은 준비를 했다고 해도 이번 일은 감당하기 힘들지도 모른다. 혈영기공을 완벽히 연 성했디면 모를끼, 무이에게 무조긴 말힐 수도 없고… 이제 어

찌해야 할지…….'

이번 화산에서의 일은 암중에 천하를 놓고 겨루는 거대한 전쟁이 될 것이 분명했다. 화산에서의 일이 단순히 마교에 스며든 창천비각의 그림자만 걷어내는 것이 아니라는 생각이 든 당민은 착잡한 마음만 들 뿐이었다.

'우선 동창의 일만 확인되면 무아에게 모든 것을 말해주어야겠다. 놈들이 백가장의 혈겁에 직접 관여되어 있다면 무아에게 더 이상 숨길 수도 없으니…….'

당민은 동창과 흑혈의 겁풍에 관련된 사실만 확인되면 백무에게 모든 사실을 말해줄 것이라 결심했다.

"누님!"

백무는 무엇을 그리 골몰하는지 한참을 말없이 생각에 잠겨 있는 당민을 불렀다. 이야기해 줄 것이 있어서였다.

"아! 미안하다. 생각할 것이 있어서… 그래, 무사한 것을 보니 그나마 다행이다. 그자는 내가 보기에도 승패를 장담할 수 없을 만큼 상당한 고수였다. 그러니 실망하지 말고 이번 일을 경험으로 삼아라."

지금은 이야기해 줘봤자 백무가 위험해질 뿐이었기에 당민은 애써 마음을 감추고 백무를 위로했다.

"알겠습니다. 그건 그렇고, 그자가 말한 것이지만 아마 동창이 흑혈의 겁풍에 개입된 것 같습니다."

"정말이냐? 그자가 너에게 그런 말을 했다는 것이냐?"

"그렇습니다. 무슨 이유에서인지는 모르지만 우리가 감시하던 인물들이 동창의 인물이라고 순순히 알려주더군요."

"그것참, 이상한 일이로구나."

"저도 그 점이 이상하기는 했지만 사실인 것 같았습니다. 그리고 그자는 동창과 별다른 연계가 없는 것 같습니다. 그렇지 않다면 저에게 그런 사실을 말해줄 이유가 없지 않겠습니까?"

"어째서 그자가 그런 말을 했는지 잘은 모르겠지만 경계하는 것이 좋을 것이다. 그리고 흑혈에 겹풍의 동창이 개입했다는 사실은 우리를 미행하던 놈의 입을 통해 우리도 이미 알아냈다. 동창이 그 일에 어떻게 개입한 것인지 알아보기 위해 나름대로 손을 써놓은 상태니 얼마 안 있으면 알아낼 수 있을 것이다."

"그러셨군요."

확신에 찬 당민의 표정을 보며 백무는 이미 그녀가 대비책을 세웠다는 것을 알 수 있었다.

"그 일에 대해서는 곧 있으면 알게 될 테니 이만 돌아가자. 지금 네 꼴이 말이 아니구나."

"알겠습니다, 누님."

패배했다는 사실로 인해 백무의 마음이 편치 않다는 것을 알 수 있었기에 당민은 백무를 재촉했다. 마음이 조금 안정되면 대결을 벌였던 자에 대해 좀 더 알아볼 생각이었다. 세 사람은 빠르게 서천대서림으로 향했다.

당민과 백무, 그리고 암연은 얼마 안 있어 서천대서림에 당도했다. 이미 말을 하고 나온 터라 밤이 늦었음에도 안으로 들어설 수 있었다. 당민의 방에는 밀광을 비롯한 다른 사람들이 걱정스러운 표정으로 그들을 기다리고 있었다.

"어떻게 된 일입니까?"

거지 꼴이나 다름없는 백무를 보고 놀란 밀광이 물었다.

"별일 아닙니다."

백무는 아무렇지 않은 듯 대답하며 밀광을 안심시켰다.

"어찌 된 것이냐?"

밀광은 백무의 대답에 만족하지 못한 듯 암연을 향해 물었다. 밀광의 눈에도 백무가 누군가에게 심하게 당한 것이 보였던 것이다.

"대형, 소천주께서 싸움을 벌이셨는데 패하신 것 같습니다."

"그 말이 정말이냐?"

"예."

비록 내공은 없지만 그에 상응하는 힘을 가지고 있는 백무였다. 아무리 절정의 고수라 해도 이처럼 옷이 너덜해질 만큼 당할 정도는 아니었다.

"그놈이 누구냐?"

"대형! 저조차 섣불리 접근할 수 없는 자였습니다. 기운에 뜻을 실어 보낼 정도의 경지였습니다. 제가 전력을 다한다고 해도 결코 승부를 장담할 수 없었을 것입니다."

"그게 무슨 말이에요? 자세히 좀 이야기해 봐요, 암 노."

당민은 암연의 말이 이해가 가지 않았다. 암연의 기척을 읽을 정도라면 고수라는 것은 이해가 갔다. 하지만 승부를 장담하지 못할 정도라면 자신이 생각했던 것과는 다르기에 암연에게 자세히 설명해 줄 것을 바랐다.

"천주, 아까도 말씀드렸지만 그놈은 암연공을 확실히 꿰뚫어 보았습니다. 더 이상 접근하지 말라는 듯한 기운을 흘리더군요. 마치 하늘을 닮은 것 같은 기운이었는데, 정말 만만치 않았습니다. 회피하려 암연공을 계속해서 운공했는 데도 집요하게 따라붙더군요. 그런 기운은 저로서도 처음 느껴보는 기운이었습니다."

"으음! 그랬군요."

'말을 하지는 않았지만 무아에게 뭔가 다른 일이 있었던 것이 분명하다. 어쩌면 그자가 무아를 상대할 때 손속에 사정을 둔 것이 아닐 수도 있다.'

기척을 알아냈을 뿐만 아니라 기에 뜻을 실어 보낼 정도라면 진정 만만치 않은 자일 것이다. 그런 자가 백무를 저토록 무사히 돌려보냈다는 것이 믿어지지 않는 당민이었다.

당민은 나시금 백무를 바라보았지만 아무것도 알아낼 수

없었다. 백무는 그저 담담한 표정으로 자신을 바라볼 뿐이었다.

"네가 그리 생각할 정도의 사람이었다니 놀라운 일이로구나."

백무에 대한 생각으로 당민의 머리가 복잡해질 때 즈음 밀광이 입을 열었다. 상당한 고수라는 것은 짐작하고 있었지만 암연마저 저어할 정도의 고수라고는 생각하지 않았던 밀광은 천계연에 대한 평가를 다시 하지 않을 수 없었다.

당민도 암연의 말을 들으며 객잔에서 보았던 천계연의 얼굴을 떠올렸다.

"으음, 천 공자란 사람, 쉬운 인물은 아니라 여겼는데……."

묘한 기운을 가진 자였다. 동창의 첩형이 직접 화산으로 모셔갈 정도라면 예사 인물은 아닐 것이라 생각하고 있었다. 하지만 암연마저 경계를 할 정도의 인물이었기에 적이 되면 곤란할 것 같다는 생각이 들기도 했다.

"일단 봉황도문에서 동창의 일을 알아봐 주기를 기다려야겠군요. 더불어 그자의 정체도 밝혀지겠지요."

"일단은 그 수밖에 없는 것 같다. 그런 자들을 상대로 무엇인가 알아낸다는 것은 불가능한 일이니."

동창을 상대한다는 것이 어렵다고 생각해 왔지만 자신과 비견될 만한 인물이 있을 줄은 몰랐다. 당민은 우선 동창의

예전 행적부터 뒤지는 것이 좋겠다는 생각이 들었다. 표인호
또한 같은 의견을 피력했다.

"천주, 제가 놈을 한 번 만나보면 안 될까요?"
백무를 무참히 패배시켜 버린 존재에 대한 호기심이 인 것
인지 밀광이 나섰다. 당민에게 환심을 살 수 있을 좋은 기회
라고 생각되었기 때문이다.
"행여 그런 생각은 하지도 마세요. 암 노가 그리 쉽게 들킨
것을 보면 밀 노가 나선다 해도 쉽사리 상대할 수 있는 자가
아니에요. 그자가 화산으로 가는 이유가 무엇인지 모르지만,
첩형이나 되는 자가 모신다는 것은 섣불리 상대할 자가 못 된
다는 뜻이니 지켜보도록 해요. 모레 즈음이면 봉황도문에서
그자의 정체를 알아와 줄 테니까요."
"쩝, 알겠습니다."
틀린 말이 아니기에 밀광은 입맛을 다실 수밖에 없었다.
"무아도 마음을 다스리기 어려울 테니 내일은 서천대서림
에 있는 서고나 둘러보도록 해라. 이곳에서 연무를 한다는 것
은 어려운 일이다. 마음을 삭이는 데는 서책도 좋은 방편이
니."
"알겠습니다, 누님. 그런데 곤은 어디 간 것입니까?"
방에 온 이후 내내 곤의 모습을 볼 수 없었기에 백무는 그
의 행방을 물었나.

"시간이 얼마 없어 유창원과 인연을 찾으러 천정평으로 떠났다. 당분간 보기 힘들지 않을까 싶다."

당민은 곤의 행방을 말해주었다.

'섭섭하지만 잘된 일이다. 곤의 무예가 완성되면 놈들을 상대하는 데 큰 도움이 될 것이다.'

곤을 배웅하지 못한 것이 조금 마음에 걸렸지만 자신들이 강해질 수 있다면 뭐든 해야 할 때였다. 어차피 곤도 자신에게 주어진 인연을 반드시 찾아가야 할 것이기에 곤의 무운을 빌면서 아쉬움을 삼켜야 했다. 백무는 곤이 큰 성취를 이루기를 진심으로 바랐다.

"그랬군요. 전 이만 방으로 가보겠습니다, 누님."

"그래, 좀 쉬어라. 오늘 하루 동안 놀라운 일만 있었으니 쉬면서 마음을 가라앉히는 것이 좋을 것 같다."

"네!"

백무가 자신의 방으로 가기 위해 자리에서 일어나자 표가 형제 역시 자리에서 일어나 백무를 따라 나섰다. 방을 나서는 백무의 뒷모습이 무척이나 힘이 없어 보였다.

"천주, 괜찮은 건가요?"

백무가 나가고 난 후 밀광은 예전과는 달리 진지하게 당민에게 물었다.

"충격이 클 겁니다. 강해지려고 노력하는 아이인데 예상치 못한 동창의 출현에다 강한 실력자에게 무참히 졌으니 말입니다. 아무리 내색하지 않으려고 해도 적혈잠원대법에 불안감을 가지고 있을 터인데……."

당민은 백무가 지금 어떤 생각을 하고 있는지 짐작이 갔다. 동생을 찾아야 하고, 복수를 해야 하는 백무로서는 마음이 급할 것이다.

하지만 불완전한 적혈잠원대법이 백무의 행보를 가로막고 있었다. 언제 터져 버릴지 모르는 불완전한 몸으로는 아무것도 못할 것이기에 그저 상황에 끌려가듯 여기까지 온 자신이 무척이나 싫을 터였다.

애써 침착함을 유지하려 하지만 천 공자라 불리는 이에게 패한 충격에서 아직 벗어나지 못한 것을 보면서 안타까운 마음을 감출 수 없었다.

게다가 곤도 강해지기 위해 자신의 인연을 찾아 떠났다는 말을 듣고 실망하는 기색이 역력한 것을 보면 스스로에게 답답한 마음이 드는 것이 분명했다.

"이번 여산행이 소천주에게 베풀어진 적혈잠원대법을 완성하려는 뜻인 것 같은데… 가능성은 있는 겁니까?"

"가능성은 충분히 있어요. 불가능하다고 여겨지는 시술을 견뎌낸 아이이니 말입니다. 무아라면 어떻게 해서든지 견뎌낼 것입니다. 문제는 그다음이에요. 적혈잠원대법을 완성해도 혈영마공을 익힐 수 있다는 보장이 없으니 말입니다. 하지만 난 무아가 반드시 이루어낼 것이라고 믿어요. 의지만큼은 무척이나 강한 아이니까요."

"그럼 동창의 일을 알아본 후 우선 소천주를 완성시키는 것이 급선무겠군요. 지금 상태로는 그저 일류 고수 정도나 상대할 정도니 마음이 착잡할 것입니다. 이대로 가다가는 의지마저 꺾일 수 있으니 말입니다."

"그래요. 하지만 일이 우리 뜻대로 흘러갈 것 같지는 않아요. 어째서 동창이 그런 혈겁을 벌였는지, 놈들과 어떤 연계를 가지고 있는지는 도저히 알 수 없으니 말이에요. 다만 봉황도문에서 지난날의 일에 대해 단서만이라도 찾아냈으면 하는 바람이에요. 그러면 놈들의 의도를 알아낼 방법이 생길지도 모르니 말이에요."

"그럼 일단 소식을 기다린 후에 곧바로 여산으로 가시겠군요."

"그래요. 곤이야 인연을 얻을 것 같으니 합류하기는 힘들겠고, 유 대협은 바로 온다고 했으니 합류한 후 곧바로 여산으로 떠날 생각이에요. 그러니 삼노도 단단히 준비를 해주세요."

"알겠습니다, 천주."

당민을 바라보는 삼노의 표정은 전과 달랐다. 그동안 사람들에게 보여지는 모습과는 전혀 달랐던 것이다. 그들의 몸에서는 전에 볼 수 없던 진중한 기운이 흐르고 있었다.

당민의 방을 나선 백무는 표가 형제가 자신의 뒤를 따라오는 것을 느꼈다.

'이런, 내 생각만 했구나.'

자신의 뒤를 따라 오는 표가 형제의 기운은 가라앉을 대로 가라앉아 있었다. 보잘것없는 무공을 소유한 그들로서는 무참히 패배한 채 기가 죽은 자신을 보며 심한 자괴감을 느꼈을 것이 분명했다.

"우리가 놈들을 상대할 수 있을까요?"

"실망스러우십니까? 후후, 놈들의 힘이 아주 거대하다는 것은 인정합니다. 하지만 우리는 분명 상대할 수 있습니다. 전보다는 가능성이 훨씬 많아졌으니 말입니다."

백무의 질문에 표중호가 조심스럽게 대답했다. 무슨 뜻인지 알 수 있을 것 같았다. 처음 사지가 부러졌을 때보다는 훨씬 나아진 상태였다.

가문의 혈겁이 일어나고 자신의 날개가 무참히 꺾였을 때는 다시 무공을 익힐 수 있으리라고 생각도 하지 못했다.

내공 한 줌 없지만 마물이라는 생강시를 상대하고서도 살아남은 자신이었다. 천계연에게 패했다고는 하지만 아직은 그리 실망할 일이 아니라는 것을 표가 형제의 얼굴을 보며 느낄 수 있었다.

"맞는 말씀이군요."

"그렇습니다. 아직 우리는 서른도 채 되지 않았습니다. 준비하고 노력하다 보면 아무리 동창이라도 혈채를 받아낼 수 있을 겁니다. 그리고 제가 보기에 백 소협은 한계를 넘어서는 고수가 될 것이 분명합니다. 그러니 한 번의 패배로 실망하기에는 아직 이르다고 생각합니다. 그자의 의도가 무엇인지 모르지만 좋은 경험을 했다고 생각하십시오. 백 소협을 꺾은 것도 그렇고, 어르신들이 저리 우려하는 자라면 상당한 고수일 것이 분명합니다. 그런 자와의 대전 경험은 얻고 싶어도 쉽게 얻을 수 없는 경험이니까요."

표가 형제는 자신처럼 실망하지 않고 긴 안목을 가지고 앞을 내다보고 있었다. 그러한 모습에 백무는 가슴에 일고 있는 조급증이 조금은 가시는 듯했다.

"그런데 두 분은 어째서 저에게 이토록 존대를 하는 겁니까? 처음 만났을 때부터 그러시는 것 같던데요?"

처음 만났을 때부터 지금까지 백무에게 말을 놓은 적이 없는 두 형제였다. 새삼 어째서 그리하는지 궁금했다. 동창을 상대하기 위해 의형제를 맺자는 것을 찬성하면서도 대형이 되어달라는 청을 거절하는 것을 보면 분명 뭔가 이유가 있음이 분명했다.

"아직은 때가 아닙니다. 백 소협이나 저희나 아직 그만한 힘을 가지지 못했으니까요. 백 소협께서 온전히 제모습을 찾는 날 말씀드리겠으니 의문은 그만 접으십시오. 결코 해가 되는 일은 없을 것입니다.”

“으음.”

처음 들어보는 말이었다. 표가 형제는 자신에 대해 무엇인가 알고 있는 것이 분명했다. 그렇지 않으면 이런 말을 할 리가 없었다. 언뜻 의심이 가기는 했지만 눈을 바라보면 결코 악의가 있어 보이진 않았다.

“저…….”

백무는 이유를 물으려 했지만 더 이상 물을 수가 없었다. 자신과의 대화를 마친 듯 고개를 숙여 보인 후 두 사람은 자신들의 방으로 향한 것이다.

“휴우! 답답한 것이 조금 가시기는 했지만…….”

표가 형제에게도 뭔가 말 못할 비밀이 있음이 분명했다. 방으로 들어간 표가 형제를 보며 다시금 마음이 답답해져 왔다. 스스로에 대한 조급증과는 다른 것이었다. 백무는 방으로 들어서지 않고 정원으로 내려왔다.

휘이익!

너덜거리는 옷자락 사이로 바람이 서늘하게 부딪쳐 오자 가슴의 답답함이 조금은 가시는 듯했다.

촤르르르!

휘날리는 바람을 따라 담장 너머에 있는 청죽들이 잔물결처럼 부딪치며 소리를 냈다.

핏!

백무는 심사를 달래고 싶은 마음에 담장 위로 올라갔다. 서천대서림의 자랑인 청죽림이라면 자신의 심사를 달래줄 수 있을 것 같았다. 담장 너머로 펼쳐진 풍경은 장관이었다. 만월 아래 푸른 대나무 숲이 바람을 따라 요동치고 있었다.

"좋구나!"

바람결을 따라 이리저리 몸을 뒤트는 푸른 물결은 백무의 가슴을 쓸어내렸다. 그동안 답답했던 가슴이 탁 트이는 것 같은 기분이었다.

백무는 한동안 담장에 걸터앉아 대나무 숲을 바라보았다. 바람에 일렁이는 청죽림을 바라보며 천계연과의 대결을 떠올렸다.

'분명 마지막에는 그자의 기운을 느꼈는데 어떻게 순간적으로 기감을 벗어난 것인지 알 수가 없으니…….'

자신의 동작과 천계연의 동작을 하나하나 그려보았다. 보여지는 동작이 아닌 기감으로 느꼈던 기운의 움직임을 마음속으로 그리기 시작했다.

'그자는 분명 사각(死角)만을 파고들었다. 시야가 아닌 내 기감의 맹점(盲點)만을 기막히게 파고들었다. 어떻게 그럴 수가 있는 것이지?'

보통 사람은 상상도 할 수 없는 기감을 가진 자신이었다. 곤조차 자신의 기감을 벗어날 수 없었건만 천계연의 움직임은 철저히 자신의 사각만을 파고들었다는 사실에 머리를 절레절레 흔들었다. 천계연의 움직임은 적혈잠원대법으로 인해 자신에게 생긴 기감의 사각을 파고들었다는 것을 알 수 있었던 것이다.

아직 완성되지 않은 적혈잠원대법이라고는 하나 절정 고수의 움직임도 포착할 수 있는 자신이었다. 내심 시험해 본 바로는 한규민이나 궁 노, 그리고 당민 등도 완전히 벗어나지 못했다. 그런데 천계연은 너무도 유유히 그것을 해낸 것이다.

'그런 일은 거의 불가능한 일이거늘……'

의문을 풀 수 없는 백무는 망연히 청죽림을 바라보았다. 풀리지 않는 실타래를 어찌해 볼 수 없다 생각하자 아파오는 머리를 식히기 위해서였다.

그렇게 한동안 청죽림을 바라보다 문득 자신의 눈이 무엇인가를 좇고 있다는 생각이 들자 정신을 차리고 집중하며 바라보았다.

'뭐지?'

방금 전까지 희미하게 느껴지던 것이 한순간 사라져 버렸다. 아무것도 아니었다는 생각에 다시 망연히 청죽림을 바라보았다. 그러자 다시 뭔가가 보이기 시작했다. 정신을 집중했을 때는 보이지 않았던 것이 보이기 시작한 것이다.

아무렇게나 일렁이는 바람의 움직임이었지만 자신이 바라보고 있는 청죽림의 움직임은 무엇인가 오묘한 규칙이 있는 것처럼 보였다.

집중하면 보이지 않기에 마음을 비웠다. 허허로운 마음으로 모든 것을 잊은 채 청죽림에 빠져들었다. 흑혈의 겁풍에 대한 생각도, 적혈잠원대법의 완성도, 그리고 천계연에게 패배한 것도 모두 잊어버리고 청죽림의 움직임에 자신을 내맡겼다.

의식도 못하는 사이에 무한히 변화하는 청죽림의 모습에 빠져 버린 백무는 누군가 자신을 지켜보고 있다는 사실도 깨닫지 못하고 있었다.

백무를 쳐다보는 시선의 주인은 봉황도문의 문주인 곽정운이 기거하고 있는 봉황각의 이층에 자리하고 있었다. 그 또한 오랜만에 바람의 변화에 순응하는 청죽림을 보다 담장 위에서 자신과 같이 청죽림을 바라보는 백무를 발견한 것이었다.

"으음, 놀라운 아이로군."

그는 무아지경이 되어 청죽림을 바라보는 백무를 보며 신음을 흘렸다. 백무의 몸에서 발산되고 있는 알 수 없는 기운 탓이었다.

"허허! 정말로 특이한 아이로군. 저런 기운을 가지고도 여태까지 살아올 수 있었다니……."

그의 눈에 보이는 기운은 모두 세 가지였다. 그런 기운을 동시에 가지고 있는 자체도 놀랍거니와, 아직까지 살아 있다는 사실에 백무를 지켜보던 눈은 흥미로운 빛을 발했다.

"오랜만에 정신을 차렸더니 기(氣)의 우리에 갇힌 호랑이라? 후후! 재미있는 인연이로고."

내상을 치료한 지 얼마 되지 않아 아직 거동을 하면 안 되는 처지임에도 초로인은 전각에서 내려와 천천히 백무가 있는 곳으로 향했다.

그는 백무가 앉아 있는 담장 위로 뛰어올랐다. 미세한 파공성도 일어나지 않은 탓인지 자신의 곁에 누군가가 나타난 사실도 모른 채 백무는 청죽림의 변화에서 시선을 떼지 못하고 있었다.

변화를 눈으로 따라가는 백무의 몸에서는 알 수 없는 기운이 일어나고 있었다.

'으음, 이 아이가 지금 풍운만상진(風雲萬象陣)의 변화를 읽고 있다는 것인가?'

담장 위로 올라온 초로인은 백무의 눈이 깊숙이 침잠되어 있는 것을 볼 수 있었다.

'허허! 자연의 조화가 기연을 이끌어냈구나. 적어도 두 시진은 걸릴 터이니 일단은 기다려 봐야겠군. 오랜만에 정신을 차렸거늘, 깨어나자마자 이런 인연이 이어지다니… 하늘이 내 바람을 저버리지 않은 것인가?'

초로인은 아무런 기척도 흘리지 않고 담장 위에 앉아 백무와 같이 청죽림을 바라보았다. 그의 눈도 백무와 같이 청죽림의 변화를 좇고 있었다.

　하지만 그는 백무와 같이 자연의 움직임을 좇고 있는 것이 아니었다. 천여 년간 존재해 온 청죽림 곳곳에 숨어 있는 진의 변화를 읽고 있었던 것이다.

　용이 하늘로 날아오르고 학이 긴 날개를 휘저으며 춤을 추었다. 뒤를 이어 맹호의 포효가 산천을 뒤흔들었다. 표범은 날쌘 몸놀림으로 달을 희롱하고, 기이한 뱀의 움직임은 똬리를 틀며 사방을 경계했다.

　청죽림을 바라보다 진의 변화에 빠진 백무의 시야에는 지금 다섯 마리의 동물이 뛰노는 광경이 생생히 전해져 왔다. 세상이 모두 자신들의 것인 것처럼 서로를 희롱하며 오수가 놀고 있었던 것이다.

　꿈틀!

　뭔가가 꿈틀거렸다. 전신 근육에서 차오르는 기운이 몸을 뚫고 튀어나오려 하고 있었다. 잠원이었다. 백무는 밖으로 나오려는 잠원의 기운을 그대로 놔두었다. 왠지 그래야 할 것 같았다.

　천계연에게 패배한 이후 몸 안에 있는 기운들이 뭔가 달라졌다는 것을 느꼈다. 뭐가 어떻게 달라졌는지 알 수는 없었지만 휘도는 잠원의 기운에서 이질감 같은 것은 느껴지지 않았기에 그대로 둔 것이다.

자신의 몸 안에서 튀어나오는 잠원의 기운들이 점차 형상을 맺기 시작했다. 그것들은 백무의 눈앞에서 뛰어노는 오수와 다르지 않았다.

마치 하나에서 그대로 떼어낸 듯한 분신 같은 모습이었다. 굳이 다른 것이 있다면 오수의 전신에 붉은 기운이 어려 있다는 것이었다.

같은 모습의 분신들이 튀어나와 뛰노는 다섯 마리 오수와 어울리기 시작했다. 서로가 자신과 닮은 것들을 쫓아 희롱하며 놀았다.

꿈틀!

다시금 몸 안에서 꿈틀대는 기운이 느껴졌다. 이번에는 골수 깊숙한 곳에서 느껴지는 암흑투기의 기운이었다. 백무는 이번에도 그냥 두었다. 조금 거칠기는 하지만 먼저 나왔던 잠원과 이질적이면서도 같은 맥락을 가지고 있다는 것을 느꼈기 때문이다.

튀어나온 암흑투기의 기운은 이번에도 역시 오수의 모습으로 형상화됐다. 붉은 기운을 띤 오수들이 자연의 품에 안긴 오수들과 같이 희롱하며 노는 것과는 다르게 이번에 튀어나온 놈들은 달랐다. 둘 사이를 헤집으며 방해하기를 즐기는 것 같았다.

백무는 같은 모습에 다른 색을 띤 오수들이 서로를 희롱하며, 때론 싸우며 노니는 모습을 우두커니 지켜보았다. 얼마 있지 않아 한 쌍의 오수가 노니는 것을 방해하던 검은색의 오수들이 묘한 조화를 이루며 하나가 되어 어우러지기 시작했다.

서로가 하나가 되어 놀기 시작한 오수들의 움직임이 점점 빨라졌다. 앞서거니 뒤서거니 하는 모습은 시야로는 좇을 수 없을 정도로 무척이나 빨랐다.

하지만 백무는 하나하나의 움직임을 모두 느낄 수 있었다. 자신에게서 나온 것들이기에 오수들이 무엇을 원하는지 생생히 느껴졌다. 오수들은 하나가 되고자 했다. 같으면서도 다른 자신들의 모습이 하나하나 겹쳐지기 시작하자 기뻐하는 것이 그대로 전해져 왔다.

그렇게 오수들이 하나로 어우러지던 어느 한순간, 백무의 눈에는 오직 하나의 오수만이 보였다. 한 마리로 화해 은은히 검붉은 기운을 흘리는 당당한 모습의 오수가 푸른 청죽림을 따라 노닐며 서로를 희롱하고 감싸는 것을 볼 수 있었다.

놀기가 끝난 것인지 얼마 안 있어 하나밖에 남지 않은 오수가 백무를 향해 일제히 뛰어왔다. 거대한 몸체들이 맹렬히 뛰어와 자신의 봄 안으로 늘어왔다. 때로는 강렬하게, 때로는 서늘하게 자신과 하나가 되어가고 있었다.

오수들이 사라지고 나자 청죽림이 보였다. 그리고 시선을 돌리는 순간, 서늘한 눈빛으로 자신을 지켜보고 있는 초로인을 볼 수 있었다. 그는 창백한 안색에 기품이 가득한 두 눈으로 자신을 응시하고 있었다.

"뉘신지요?"

백무는 은은히 풍기는 초로인의 기운에 스스럼없이 존대를 했다. 오랫동안 자신을 지켜본 듯 그의 어깨가 이슬에 젖어 있는 것을 볼 수 있었다. 아마도 넋을 놓고 청죽림을 바라보는 자신을 지켜보고 있었던 것이 분명했다.

"후후후! 그래, 무엇을 보았나?"

초로인은 미소를 지으며 백무가 무엇을 보았는지 물었다.

"모두가 하나가 되는 것을 보았습니다."

자신이 무엇을 얻은 것인지는 모르지만 한 가지만은 확실했다. 무엇인가 깨달음을 얻은 것같이 몸 안에 감도는 기운들이 하나가 되기 시작했다는 것을 느낄 수 있었던 것이다.

"허허허! 풍운만상진이 베풀어진 이래 자네가 가장 큰 것을 보았군 그래. 나조차도 하나가 되는 것을 보지 못했건만……."

"죄송합니다."

허탈해하는 것 같은 초로인을 향해 백무는 다급히 사죄를 청했다. 자신이 청죽림을 보다가 느껴졌던 것이 초로인과 깊은 관계가 있음이 분명했기 때문이다.

"아닐세! 이것도 인연인 것을……. 그래, 나랑 조반이나 같이 들 텐가?"

“예?”

“이제 날이 밝아오니 아침을 먹어야 할 게 아닌가? 자네가 이곳에 앉아 있은 시간이 벌써 두 시진이 넘었네.”

“벌써 그리 됐습니까?”

“하하하! 이 사람, 시간이 가는 줄도 모르게 심취해 있었구먼. 어서 가세!”

“알겠습니다.”

“참, 내 이름은 곽무한(郭懋翰)이라고 하네. 자네 이름은 무엇인가?”

“백무라 합니다.”

백무는 자신을 향해 연신 미소를 지어 보이는 곽무한이 마음에 들었다. 자신이 인연을 얻은 것을 진심으로 기뻐하고 있다는 것이 느껴졌기 때문이다.

“후후! 백무라… 좋네, 좋아. 자, 가세. 밤새 자네를 지켜보았더니 시장기가 도는구먼.”

곽무한은 무엇이 그리 좋은지 연신 미소를 지었다.

“알겠습니다, 어르신.”

곽무한은 백무를 이끌고 자신이 머물던 전각으로 향했다.

‘이분은 곽 문주와 연관이 있는 분인가?’

백무는 곽무한이 향하는 곳이 지난번 당민과 함께 곽정운을 보았던 봉황각임을 확인하자 곽무한이 곽정운과 관련있는 자임을 짐작할 수 있었다.

봉황각 안으로 들어선 백무는 곽무한을 따라 이층으로 올라갔다. 곽무한이 머물고 있는 듯한 이층은 중원에서는 볼 수 없는 양식의 방이었다. 언젠가 아버지에게 들었던 조선의 방과 비슷한 모양을 하고 있었다.

"자, 어서 자리에 앉게. 조반이 나오려면 시간이 좀 있어야 할 걸세."

"예, 어르신."

"고리타분한 문사 나부랭이들만 보다가 자네를 보니 마음이 뚫리는 것 같은 기분이네. 문사가 아님에도 이곳에 머무는 것을 보니 예사 사람은 아닌 것 같은데… 어인 일로 이곳에 머무는 것인가?"

"저어…….."

"하하하, 걱정하지 말게. 아들놈에게 물어보면 알게 되겠지만, 분명 봉황도문을 찾아온 사람들일 테니. 그런데 무슨 일이신가?"

"그럼 어르신께서는…….."

"당대 봉황도문을 이끌고 있는 아이가 바로 내 아들놈일세."

"그러셨군요. 그럼 말씀을 드리지요. 전 요동에서…….."

백무는 자신이 겪어온 일을 모두 이야기하기 시작했다. 가문의 혈겁과 함께 절치부심 복수를 위해 수련해 온 것도 빠짐없이 말해주었다. 그렇게 꽤 긴 시간이 흘렀다.

이야기를 듣는 동안 곽무한의 표정은 시시각각 변했다. 백무가 겪어온 일들은 예사롭지 않았다. 그리고 이제는 자신들과도 연관이 있다는 생각에 주의 깊게 듣던 곽무한이 입을 열었다.

"허허허! 그런 일들을 겪었을 줄이야. 어쩐지 우리에 갇힌 호랑이 같더니만. 그래, 이제는 어떤가? 그동안 막혀 있던 답답한 심사가 좀 풀렸는가?"

"그런 것 같습니다. 제가 청죽림을 바라보다 얻은 것이 무엇인지는 모르겠지만 지금의 마음은 편안하기 그지없습니다. 이제는 내공을 얻어야 한다는 부담감도 없고 말입니다."

"자네가 얻은 것은 풍운만상진결이라고 하는 것이네. 본문을 세우신 초대 조사께서 깨달음을 얻으신 후에 이곳에 청죽을 심어 전하신 것이지. 아마도 자네에게 많은 도움이 될 것일세. 자네가 본 것이 모두 하나가 됐다고 느꼈다면, 자네의 몸 안에 있다는 그 이질적인 기운들이 이미 하나가 되어 있을 것일세. 축하하네. 하하하!"

"별말씀을… 하지만 어르신, 풍운만상진결이라고 하는 것은 봉황도문의 것인데 세가 얻어도 되는 것입니까?"

다른 문파의 비전을 마음대로 취할 수는 없는 일이었다. 무가에서는 있을 수 없는 일이었기 때문이다.

"후후후, 걱정 말게. 조사께서는 인연자를 따로 정하시지 않으셨다네. 보고 얻는 자마다 깨달음이 다르니 어찌 인연자를 정할 수 있을 것인가? 그러니 너무 괘념치 말게. 조사의 유진이 자네와 인연으로 이어진 것뿐일세."

"고맙습니다, 어르신."

우연한 일이었지만 봉황도문의 비전을 자신이 얻었음에도 인연으로 치부하며 미소 짓는 곽무한의 말에 백무는 안심이 되었다. 자신이 얻은 인연에 대해 탓하지 않는 것이 분명했던 것이다.

"사부님."

밖에서 목소리가 들려왔다. 백무는 밖에 있는 자가 자신들을 맞이했던 등유성임을 알 수 있었다.

"들어오너라!"

곽무한의 허락에 방 안으로 들어서던 등유성은 자신의 스승과 마주하고 있는 백무를 볼 수 있었다.

'스승님께서 외인을 들이시다니……'

그동안 깊은 내상을 입어 거동이 불편했던 곽무한이었다. 아직도 편안히 쉬면서 내상을 치유해야 하건만 외인을 만나고 있다니, 놀라운 일이었다.

거기다 연신 미소를 지어 보이는 곽무한을 보며 등유성은 의아함을 감출 수 없었다. 오랫동안 모셔왔지만 내상을 입어 침거하기 전에도 이러한 모습은 보여준 적이 없는 곽무한이었다.

"유성아, 오늘 아침 조반은 겸상을 해야겠구나."

“겸상이요?”

“그래, 귀한 손님이시니 정갈히 내와야 할 것이다. 시장하니 빨리 내오도록 하거라. 그리고 이분과 같이 오신 일행 분들에게도 신경을 좀 쓰도록 하거라.”

“알겠습니다, 사부님.”

귀한 손님이라는 말에 다시 한 번 놀랐지만 등유성은 그런 신색을 감추며 방을 나섰다. 등유성은 독상으로 들어오고 있는 조반을 물리고 겸상을 차리기 위해 빠르게 주방으로 향했다. 겸상이 늦는다면 스승의 성격상 치도곤을 당할 것이 분명했기 때문이다. 또한 당민 일행에게도 신경을 써야 할 판이었다.

“그래, 이제는 자네를 가두었던 우리에서 풀려났으니 놈들을 잡으러 갈 테지?”

“아직은 아닙니다. 놈들을 상대하려면 많은 준비를 해야 할 것 같습니다. 동창이 연루되어 있다면 그리 만만하지 않을 테니 말입니다.”

“잘 생각했네. 동창이 관여하고 있다면 섣불리 덤빌 일이 이니지. 신중에 신중을 기해도 과하지 않을 것이네. 그럼 동생은 어찌할 텐가? 우선 생사라도 알아봐야 하지 않겠는가?”

“저도 그 점이 마음에 걸립니다. 당장이라도 요동으로 달려가고 싶지만…….”

"내 한번 알아봐 주겠네. 아들놈이라면 자네 동생의 소식을 알아봐 줄 수 있을 걸세."

"하지만 어르신, 봉황도문과의 인연은 이제 끊어진 것으로 알고 있습니다만……."

"후후, 누가 그러던가? 자네가 풍운만상진결을 얻기 전이었다면 모를까 지금은 아니네. 자네가 풍운만상진결을 얻은 이상 자네는 외인이 아니니 말이야."

"고맙습니다, 어르신."

"아닐세. 후후, 이제 조반을 들일 모양이니 밥이나 드세나. 밤을 꼬박 새워 시장할 것이니."

곽무한의 말대로 조반상이 들여졌다. 백무는 오랜만에 기분 좋은 마음으로 아침 식사를 할 수 있었다. 곽무한 또한 무엇이 그리 좋은지 연신 미소를 지으며 식사를 했다.

두 사람이 조반을 들고 있을 무렵, 당민은 불안한 마음으로 방 안을 서성이고 있었다. 간밤에 백무가 방에 들어오지 않았다는 말을 표가 형제로부터 들은 탓이었다.

"휴우! 어딜 간 것인지……."

"천주, 너무 걱정하지 마십시오. 별일 없을 겁니다."

서성거리며 백무에 대한 생각에 골몰하는 당민을 향해 밀광이 입을 열었다.

"그건 놀라서 하는 소리예요. 정분이 아니고서는 밤중에 이곳에서 밖으로 나가는 것은 불가능해요. 그게 나라고 해도 말이에요. 그런데 표가 형제를 통해 알아본 바로는 정문을 통해 밖으로 나간 이가 없다고 했요. 도대체 무아는 어디로 간 것인지……."

당민은 마음이 답답해져 왔다. 진세의 변화를 놓칠 자신이 아니었기에 청죽림을 통해 밖으로 나갔다면 금방 알게 되었을 것이다.

서천대서림에 아는 곳이라고는 하나 없는 백무였다. 어디선가 불완전한 적혈잠원대법으로 인해 자신의 처지를 한탄하고 있을지도 모른다는 생각이 들었기에 가슴이 초조했던 것이다.

"식사를 들이겠습니다."

"됐습니다. 아침을 먹을 정신이 아니군요."

밖에서 아침을 들이겠다는 말이 들려왔지만 당민은 영 먹을 기분이 아니었다. 하지만 당민의 거절과는 달리 당유성은 방문을 열고 아침상을 들였다.

"죄송합니다. 사부님의 엄명이 있었던 터라. 그리고 동생분께서는 사부님과 겸상을 하고 게시니 걱정하지 마십시오."

"그게 무슨 소립니까?"

등유성의 사부라면 당민도 잘 알고 있었다. 전대 봉황문주이자 자신의 스승과는 나이를 떠나 막역한 사이였던 사람이다. 곽정운이 봉황도문을 이어받은 후로는 일선에서 떠나 유람 중인 걸로 알고 있었다. 그런데 이곳에 머물고 있는 데다가 백무와 아침 식사를 같이하고 있다는 말에 의아할 뿐이었다.

"백무라는 청년이 지금 사부님과 겸상으로 조반을 들고 있다는 것밖에는 저도 잘 모르겠습니다. 그럼 전 이만."

등유성은 황급히 밖으로 나갔다. 자신의 스승인 곽무한이 무엇인가를 시킬지 몰랐기 때문이다.

'그 어른이 이곳에 계시다니… 그럼 봉황도문의 우환은 그 어른 때문이었던 모양이로군.'

곽무한과는 두어 번 정도 안면이 있는 당민이었다. 봉황도문의 우환이 곽무한 때문이라는 것을 확인할 수 있었다. 전대 문주의 우환이었기에 봉황도문에서 어려운 부탁을 들어주었던 것이다.

'그런데 무아와 아침까지 같이 먹고 있다니… 그 어른은 스승님과도 한 번도 같이 식사를 하신 적이 없을 정도로 까다로운 양반인데……'

자신의 스승은 언제나 곽무한에 대해 까탈스럽다는 평가를 내렸기에 백무와 식사를 하고 있다는 등유성의 말에 의아해하지 않을 수 없었다.

"이제 행방을 찾았으니 식사를 하시지요, 천주. 소천주께서 돌아오시면 어찌 된 일인지 알 수 있을 테니 너무 걱정하지 마시고 말입니다."

빌광은 생각에 잠겨 있는 당민을 일깨웠나. 식사를 하고 있는 중이라니 지금 당장은 알아볼 수 없는 일이다. 백무의 행방이 밝혀지자 밀광은 당민에게 식사할 것을 권유했다.

"그래요."

밀광의 권유에 당민은 탁자 앞에 앉자 삼노와 표가 형제 또한 자리에 앉았다. 그렇게 해서 식사가 시작되었지만 여전히 당민은 봉황도문의 전대 문주인 곽무한과 식사를 하고 있을 백무에 대한 걱정 때문에 생각을 멈출 수가 없었다.

'그 어른하고 어떤 인연이 있었기에……'

백무의 생각으로 깨작거리며 식사를 하는 당민 때문인지 모두들 어영부영 식사를 할 수밖에 없었다. 먹는 것이라면 자다가도 일어날 삼노조차도 당민의 눈치를 보기에 급급했다.

분위기가 가라앉은 당민의 처소와는 달리 겸상을 끝낸 백무와 곽무한은 화기애애한 분위기로 대화를 나누고 있었다.

"그럼 자네는 여산으로 가려 하는 것인가? 이제는 그리 필요할 것 같지도 않은데……."

"기뻐야겠지요. 누님께서 원하시는 일이니 말입니다."

"하기야 자네로서는 그 아이에게 받은 것이 많으니……."

"누님께 받은 은혜는 목숨을 내놓고서라도 반드시 갚아야 할 것입니다, 어르신."

"자네의 처지로서는 그렇겠지. 그런데 자네는 그 아이의 가문에 얽힌 일을 알고 있는가?"

"사천당가의 일은 풍문으로 들어 알고는 있습니다만, 누님께서 자세하게 이야기해 주신 적은 없습니다."

"으음, 그 아인 자네에게 가문의 재건이라는 꿈만을 건 모양이로군."

"예?"

무언가를 알고 있는 듯한 곽무한의 말에 백무는 눈빛을 빛냈다. 그동안 궁금해 왔던 것을 알 수 있지 않을까 하는 기대가 생겼기 때문이다.

"자네가 모르는 모양이니 이야기해 주도록 하겠네. 사천당가가 이십여 년 전 멸문했다는 것은 널리 퍼진 이야기이네만 자세한 사정을 알고 있는 이는 드물지. 그 아이는 자네가 부담감을 가질까 봐 알려주지 않은 모양이네만 자네가 모른다면 말이 안 되지, 암!"

"세인들이 알지 못하는 무슨 사정이 있는 것입니까?"

자신의 예상대로 사천당가의 멸문에는 남들이 모르는 사정이 있음이 분명했다.

"그렇네. 사천당가는 정덕제(正德帝) 연간에 사천에서 일어난 민란 때문에 멸문한 것이나 마찬가지네. 가렴주구를 일삼는 관에 대항해 일어난 민란에서 죄 없는 백성들을 보호하려다가 당가는 그만 멸문의 길을 걷게 되었지. 지금도 그렇기는 하지만 오십여 년 선 성녁제 시설에는 환관들의 횡보가 아수

극심했네. 지주들이 토지를 겸병하기도 하고, 수탈이 끊이지 않자 각지에서 반란이 많이 일어났지. 당시 환관들이 대부분 북방 출신이라 사천 지방의 수탈도 극심했네. 사천당가는 그에 맞서 농민들의 편에 섰지. 그러던 차에 민란이 잦아들고 잘 넘어가나 싶었네만, 환관들에게 밉보이게 된 것이 화근이었네. 정말 지독한 놈들이었네. 이십여 년이 넘도록 사천당가를 핍박했으니 말이야. 놈들 때문에 사천당가에서 운영하던 상단이 된서리를 맞고, 급기야는 관이 개입된 농간으로 인해 당가는 자신들의 상권을 다른 상단들에게 빼앗기게 되었네. 그렇게 당문의 성세가 줄어갈 무렵, 정체를 알 수 없는 집단으로부터 급습을 받게 되었지. 아마 그날이 그 아이의 조부되는 천수편(千手鞭)의 회갑연이 열리는 날이었을 것이네. 아직까지 그들이 누구인지 정확히 밝혀지지는 않았지만, 환관들의 입김이 작용했을 것이라는 것은 불문가지이네."

"그런 일이 있었군요."

"후후, 자네야 복수를 할 대상이라도 있으니 괜찮네만, 그 아이는 아니었네. 당시 그 일에 연루된 것으로 보이는 환관들이 훗날 가정제에 의해 징치를 받아 모두 참수형을 받았으니 말이야. 그 아이로서는 복수할 대상을 잃어버린 것이지. 그래서 난 그 아이가 자네에게 당문의 재건이라는 꿈을 걸었다고 생각하는 것이네. 그렇지 않다면 당문의 지보를 자네에게 주었을 리 없을 테니까."

"당문의 지보라니요?"

"자네, 혹여 화령적옥을 가지고 있지 않은가?"

"누님이 주셨기에 가지고 있습니다만……."

"후후, 원래 그것은 당가의 가주와 그 안사람만이 하나씩 가지고 있는 것이라네. 부부 간의 증표이기도 하지만 독을 다루는 문파라 예기치 않은 독상을 예방하기 위해서지. 화령적옥은 만년한옥보다 피독의 효과가 크니까."

"으음, 그렇군요."

백무는 화령적옥의 사연을 듣고는 당민이 자신을 어느 정도까지 생각하는지 알 수 있었다. 그런 사연이 있는 당문의 지보를 서슴없이 줄 정도라면, 곽무한의 말대로 백무에게 당문의 부활이라는 꿈을 걸고 있는 것이 분명했다.

"나도 그것을 가지고 있네."

"어르신도 가지고 계신다는 말입니까?"

"내 독상을 치료하기 위해 필요한 것이기에 동창의 일을 알아봐 주는 조건으로 그 아이가 아들놈에게 주었다는구먼. 자, 여기 있네."

곽무한은 품에서 화령적옥으로 만들어진 패를 꺼내 백무에게 내밀었다.

"어째서 이걸 제게……."

"독상은 어느 정도 치유되었네. 자네의 도움도 있었고. 후후! 이제는 나 혼자서도 충분히 내상을 치유할 수 있으니 내

게는 이제 필요없는 것이라네. 그러니 그 아이에게 돌려주게
나. 이건 그 아이에게는 특별한 물건이니 말이야."

"알겠습니다, 어르신."

백무는 화령적옥으로 만들어진 패를 소중히 받아 들었다.
화령적옥의 온기를 느끼며 백무는 자신을 위해 가문의 소중
한 것을 줄 정도로 마음을 주는 당민에게 고마움을 느꼈다.

"동창의 일은 아들놈이 잘 알아봐 줄 것이네. 그러니 자네
는 간밤에 청죽림에서 얻은 것을 자네의 것으로 확실하게 만
들게나. 자네가 그것을 확실히 얻게 되면 앞으로의 행보에 많
을 도움이 될 것이니."

"알겠습니다, 어르신."

"그럼 그만 가보게나. 간밤에 자네가 사라졌으니 그 아이
가 걱정깨나 할 것이야."

"그렇겠군요. 그럼 편히 쉬십시오, 어르신."

백무는 곽무한의 방을 나서 당민에게로 향했다. 걸어가는
동안 자신의 품에서 따뜻이 온기를 뿜고 있는 화령적옥의 기
운을 느끼며 자신을 생각하는 당민의 마음을 다시 한 번 생각
했다.

第六章　몰려드는 암중의 세력들!

九劈雷雲

당민의 애틋한 마음을 생각하며 백무가 당민에게로 향할 무렵, 섬서성의 한곳에서는 누군가가 심각한 고심에 빠져 있었다.

"골치가 아프군. 이걸 어떻게 해석해야 한단 말인가?"

남루한 누더기 차림의 중년인은 자신의 머리를 검지로 두드리며 풀리지 않는 의분을 고뇌하고 있었다. 중년인이 방 안을 서성이며 자신의 머리를 회전시키다 자리에 멈춰섰다.

"내 머리도 이제 녹이 슨 것 같군. 천하의 자호개가 이리 고민을 하다니……."

자호개는 개방의 인물이다. 그것도 개방 내에서 상당한 지위를 차지하고 있는 자였다. 개방(丐幫) 또는 궁가방(窮家幫)이라 불리는 천하제일방에는 기인들이 많았다.

수많은 방도 중에는 재주가 특출난 자들 또한 부지기수였다. 사천성 분타주로 있는 자호개(子壺丐) 또한 그런 자들 중 하나였다. 자호개는 개방의 중추로써 이미 장로 급의 대접을 받고 있는 자였다.

사천성의 타주로 있는 자호개이지만 그가 지금 머물고 있는 곳은 화산의 봉문이 풀리는 것과 맞추어 임시로 총타가 된 섬서성의 분타였다.

오십 년 만에 봉문을 풀고 비무대회를 개최하는 화산의 일 때문에 임시 총타로 차출되어 온 것이다. 정보를 분석하고 향후에 벌어질 일을 파악하는 것에는 개방 내에서도 그를 따를 자가 없기에 파견 식으로 섬서성에 나와 있는 것이었다.

자호개는 요즘 무척 바쁜 나날을 보내고 있었다. 상당한 수의 무림인들이 화산으로 몰려들고 있기에 그들의 동향을 파악하느라 분주했던 것이다.

그러던 그가 오늘은 다른 고민에 빠져 있었다. 그것은 운남으로부터 날아온 한 장의 지편 때문이었다.

"으음, 놈들이 약속을 어기고 움직인다는 말인가? 아직은 암천신마가 건재하건만……."

지편에 쓰인 것은 몇 자 되지 않는 소식이었다. 개방 특유의 암호로 기록되어 있는 문장들은 정말 몇 줄 되지 않았다.

비조가 하늘로 날아올랐다.

단 한 줄의 문장이었다. 사정을 모르는 자가 보면 정말 아무것도 아닐 수도 있었다.

하지만 자호개에게는 아무것도 아닌 것이 아니었다. 서신이 말하는 것은 당금 무림에서 가장 무서운 두 개의 집단 중하나가 움직였다는 것이기 때문이다.

무림맹의 정보를 관장하는 창천비각처럼 마교에서 정보를 관장하는 비밀 조직이 활동을 개시했다는 보고였다. 그것은 파란을 예고하는 것이기에 그로서는 고민에 빠지지 않을 수 없었다.

정보를 위해 무림에서 발로 뛰는 방파들은 많았다. 개방이 그러했고, 하오문이 그랬다. 그리고 각 대문파에도 별도의 정보 조직들이 존재했다.

그러나 창천비각과 마교에서 운영하고 있는 것은 차원이 다른 조직들이었다. 그들이 소속된 무림맹과 마교에서조차도 그 실체를 정확히 알 수 없을 만큼 수많은 비밀에 싸인 조직들이었던 것이다.

"창천비각에서도 감지했을까? 후후, 물론 했겠지. 정파에서도 본 방과 함께 정보에 대해서라면 타의 추종을 불허하는 자들이니까."

자호개는 서신을 다시 한 번 확인했다. 마교의 비밀 조직이 움직였다면 예삿일이 아니었다. 정파 전체의 회합으로 변해 버린 화산의 비무대회였다. 그에 발맞추어 움직이고 있다는 것은 무엇인가 사건이 일어날 것임을 뜻했다.

본능적으로 중대한 사안임을 감지한 그는 서둘러 전서구로 보낼 지편을 쓰기 시작했다. 개방을 한 손안에 쥐고 있는 용두방주에게 마교의 비밀 조직이 움직였다는 사실을 알리기 위해서였다.

자호개가 용두방주에게 보내는 서신을 쓰고 있을 무렵, 화산에도 전서구 한 마리가 날아들고 있었다. 차가운 대기를 뚫고 날아온 전서구는 화산의 도관 중 한 곳으로 급히 날아들었다.

"금령비합(禁令秘盒)이 날아들다니……."

전서구를 손에 안아든 중년인은 서둘러 다리춤에 매달려 있는 비합을 풀었다. 동그란 환 모양으로 생긴 비합을 손 안에 감싼 그는 내력을 주입했다.

그의 손에 있는 비합은 특별하게 만들어진 것이었으므로 중년인과 같이 특별한 방법으로 내력을 주입해야만 안전하게 열 수 있었다. 억지로 열 경우 연자를 향해 독을 발산하게 되어 있는 것이다.

　이렇듯 비밀을 지키기 위해 특별한 방법으로 만들어진 금령비합은 그가 속한 조직에서 특급으로 분류된 소식을 전할 때만 쓰는 것이다. 중년인도 조직에서 생활하는 동안 딱 한 번 받아보았을 뿐이다.

　딸깍!

　금령비합이 열리고 안에 들어 있던 소식을 확인한 중년인의 인상이 시시각각 심각하게 굳어졌다. 특급으로 분류되어 전할 정도로 지편에 쓰인 내용은 심상치 않은 것이었다.

　"드디어 시작되는 건가? 하지만 누군가를 쫓고 있는 것 같은데, 사천당문의 후인일 가능성이 구 할이라니… 으음, 도통 알 수 없는 일이로군."

　파스슷!

　중년인이 지편을 비비자 흰 연기가 피어오르며 지편이 타올랐다. 중년인의 머리가 빠르게 회전하기 시작했다. 단편적인 정보로부터 사실을 유추해 내려는 것이다.

　"한동안 잠잠하다가 움직이자마자 촉각에 걸려들 정도라면 예삿일은 아니다. 그들이 쫓는 자들이 도대체 누구이기에 이렇게 쉽게 정체가 드러날 정도로 움직인다는 말인가? 행적으로 봐서는 쫓기는 자들은 분명 마교에서도 중요한 사람들일 것인데… 운남 쪽에서부터 나타난 것을 보면 마교 내부의 일일 수도 있을 것이고… 으음, 일단 비상을 걸어야겠군. 그들의 행적이 섬서성 쪽이라고 하니 분명 화산에서의 비무대회와도 연관이 있을 것이다.”

어느 정도 생각을 정리한 중년인은 품에서 작은 손수건 하나를 꺼냈다. 무명천을 푸른색으로 물들인 손수건이었다. 얼마 후, 그 푸른 손수건은 화산파의 장로들이 머물고 있는 창문에 걸려 있었다.

와르르르!

‘으음! 특급이라!’

화산에서 불목하니로 오랜 세월 살아온 노겸(盧謙)은 장로들의 거처에 매달린 푸른색의 무명 손수건을 보고는 가지고 가던 장작을 쏟아야만 했다.

푸른색의 손수건은 그가 이십여 년 만에 보는 것이었기 때문이다. 그는 창문 근처로 다가가 손수건을 낚아챘다. 워낙 자연스럽고 은밀한 움직임이라 그의 모습을 본 사람은 아무도 없었다.

자신에게 전해지는 특급 연락을 받은 노겸은 쏟아진 장작을 주워 들고는 빠르게 처소로 향했다. 화산의 모든 이들이 먹을거리를 준비하는 부엌 한구석에 달린 쪽방이 그의 거처였다.

방 안으로 들어서기 전에 주변을 확인한 그는 장작을 한쪽 구석에 내려놓고는 빠르게 방 안으로 들어섰다.

푸른 손수건이 붉게 물들어가고 있었나. 노겸의 손가락에

서 나온 피가 손수건을 붉게 물들인 것이었다. 손수건이 피에
물들어가자 손수건 안에서 흰색의 글자들이 나타나기 시작했
다. 암호로 적혀 있는 듯 알아보기 어려운 글자들이었다.

'으음, 비조천람이 움직인다면 예삿일은 아니겠군. 섬서와
사천 쪽의 모든 요원을 동원시킬 만한 일이다.'

암호의 내용을 확인한 노겸은 빠르게 방에서 나와 아궁이
에 불을 지피기 시작했다. 붉은 불길이 아궁이에 맴돌자 노겸
은 손수건을 아궁이에 던져 넣었다.

피시시식!

모든 것을 사르는 불길을 따라 손수건에 불이 붙으며 짙푸
른 연기가 피어올랐다. 푸른 연기는 장작을 타고 솟아오르는
불길을 따라 굴뚝으로 빠져나갔다.

평소와는 다른 연기가 굴뚝을 따라 올라 화산의 하늘에 머
물렀다. 그것은 화산 인근에 있는 창천비각의 사람들을 모종
의 장소로 불러 모으는 신호였다.

화산에 머물고 있는 자들의 식사가 끝나고 어느 정도 부엌
일을 마친 노겸은 화산을 나섰다. 화음현에 볼일이 있다고 미
리 말을 해두었기에 화산을 나서는 일은 어렵지 않았다.

벌써 사십여 년을 화산에서 일해온 노겸에게 의심을 품을
만한 인물은 없었다. 구부정한 허리에 다 늙은 중늙은이를 관
심있게 지켜볼 만한 사람이 어디 있겠는가.

화산의 산문을 나선 노겸은 화산으로 올라오는 길이 아닌

옆으로 나 있는 소로를 따라 내려가기 시작했다. 화산의 산문이 보이지 않자 그의 허리는 점점 펴져 갔다. 그리고는 처음 천천히 걸어오던 것과는 달리 빠르게 치달리기 시작했다. 화산에 머무는 이들이 지금의 노겸을 보았다면 누구도 믿지 못할 모습이었다.

화산을 다 내려오자 날이 어둑해졌다. 노겸은 경공을 시전하여 빠르게 화음현으로 달렸다. 그가 펼치는 경공은 화산의 일대제자 이상만이 익힐 수 있는 청운신법(青雲身法)이었다.

화음현의 외곽에는 조그마한 장원이 하나 존재한다. 청류장(淸流莊)이라 이름 붙여진 이 장원은 화음현 제일의 장인이라는 곡성윤(穀宬潤)의 것이었다.

청류장은 화산파에서 소요되는 검을 대는 일을 하는 곳으로, 검을 만드는 것에 있어서는 섬서성에서 제법 명성을 지니고 있는 자였다.

화산을 내려온 노겸은 어둠이 내린 장원의 담을 소리없이 넘었다. 오늘 그가 소집한 창천비각의 인물들이 모여 있는 곳이 곡성윤의 장원이었기 때문이다.

노겸이 들어서고 두 시진이 흐른 뒤에 마차 한 대가 청류장을 빠져나왔다. 두 마리의 말이 끄는 마차는 장원을 빠져나온 뒤 빠르게 달리기 시작했다. 마차가 가는 방향은 섬서성 제일의 대도인 서안이었다.

마차 안에는 네 사람이 타고 있었는데, 창천비각의 섬서분 타주로 섬서성에서 벌어지는 일들을 총괄하는 노겸의 휘하에 있는 자들이었다.

"무슨 일이기에 특급 지령이 떨어진 것입니까, 타주?"

"아직은 확실하지 않지만 그자들의 움직임이 포착되었다 는 정보다."

"그자들이라면⋯⋯?"

"비조가 서안에 떴다는 첩보가 입수되었다."

"으음."

노겸의 말에 나머지 세 사람의 안색이 어두워졌다. 노겸이 말하는 자들이 누구인지 잘 아는 까닭이었다.

"아직은 확인되지 않은 사항이다만, 마교 내의 일과 관련 이 있다는 순찰향주의 의견이 있었다고 한다. 그러니 이번 서 안행은 신중을 기해야 할 것이다."

노겸은 수하들의 안색이 변하는 것을 느꼈지만 자신도 처 음 소식을 접했을 때 그러했기에 다시금 말을 이었다.

"저희가 할 일은 무엇입니까?"

"그늘의 움식임을 살펴보면 이상한 점이 한둘이 아니지만 일단 그자들이 쫓는 사람들의 신병을 확보하는 것이 우선이 다."

"그들이 누군가를 쫓고 있다는 말씀입니까?"

"그렇다. 파악된 바로는 그들이 쫓는 자가 살아남은 당가의 마지막 후인인 것 같다."

"그렇다면……?"

"그래, 자칫 마교와의 전면전이 될지도 모르는 사안이다. 그동안 철저히 꼬리를 감추었던 놈들이 이토록 드러나게 행동을 하는 것을 보면 전면전을 불사하겠다는 것이 분명하다."

"그렇다면 그들이 쫓고 있는 사천당가의 마지막 후인이 가지고 있는 비밀이 중요하다는 말이겠군요."

정파의 영역에서 마교인들이 정파의 인물을 쫓는다는 것은 노겸의 말대로 정사대전으로 번질 만한 사안이었다. 그것도 의문을 간직하고 멸문을 당한 사천당가의 마지막 후인으로 보여지는 인물들이었기에 절로 안색이 굳어지지 않을 수 없었다. 벌어지는 상황으로 봐서는 섬서 분타의 힘만으로는 감당하기 힘들지도 모른다는 생각이 든 것이다.

"이번 사안을 주관하는 것은 순찰향주이시다. 우리는 그분을 보좌하는 것이니 그리 염려할 것은 없다."

"순찰향주께서 직접 나서시는 겁니까?"

순찰향주는 비밀에 가려진 존재였다. 어디서 무엇을 하는지 특급 비밀로 간주되는 존재가 직접 나선다는 말에 나머지 인물들은 놀라움을 금할 수 없었다.

"이미 개방에도 소식이 갔을 것이다."

"그럼 배후에서 공작만 하는 것입니까?"

개방을 움직인다면 배후에서 개방의 촉수를 피하는 자들을 감시하는 것이 이번 임무일 것이 분명했다.

"그렇다. 이번 사안은 확실해지기 전까진 절대 나서지 말라는 전언이었다. 개방이 움직이는 것을 지켜보고 있다가 마교에서 노리는 것이 무엇인지 확실해지면 그때 우리가 나선다."

"그럼 무력 수준은 어디까지 생각해야 하는 겁니까?"

"놈들을 맞상대하기 위해서 본 각에서 삼영이 나올 것이다. 우리는 공작만 한다."

"예에?"

놀라지 않을 수 없었다. 특급이 달리 특급이 아니었다. 창천비각의 무력 중 삼영(三影)이라면 십천(十天)이라 일컬어지는 무림의 하늘 중에서도 사기(四奇)에 육박하는 무력을 보유하고 있는 자들이었기 때문이다.

"그리 놀랄 필요 없다. 마교에서 움직이는 놈들이 기주급이라고 하니 삼영 정도는 되어야 상대가 되지 않겠나? 그렇다고 삼영이 다 나오는 것은 아니다. 두 사람은 이미 임무에 투입 중이라 이번에 우리와 같이 움직일 사람은 이영(二影)뿐이다."

"알겠습니다. 이영이 나선다면 우리들은 배후 공작만으로도 충분하겠군요. 그런데 마교의 기주 급이라면 누구를 말씀하시는 건지……?"

"아직은 모른다. 하지만 녕강에서 자륜마검기의 기주인 자륜비호가 목격되었다는 보고가 있던 만큼 그와 동급인 자들이 움직일 것이라는 것이 상부의 생각이다."

"그럼 준비를 단단히 해야겠군요. 비조들 중 그 정도의 인물들이 움직이고 있다면 타주님의 말씀대로 예삿일은 아닌 것 같으니 말입니다."

"그래, 이번 일은 누가 먼저 사천당가의 마지막 인물을 확보하느냐가 관건이다. 그러니 모두들 각오를 다지고 개방의 움직임을 관찰하도록 해라. 아마도 개방에서는 자호개가 움직일 것 같으니 우리의 움직임이 노출되지 않도록 단단히 주의해야 할 것이다."

개방과 창천비각은 동일한 노선을 걷는 조직이었다. 서로에 대해 알고 있으면서도 서로 모르는 척 눈을 감아주는 것이 지금까지의 관행이었다.

개방에 노출되지 않도록 주의하라는 노겸의 당부는 극비 중의 극비로 다루라는 뜻이었다. 자신들이 노출될 경우 죽음으로 비밀을 지키라는 우회적인 당부였던 것이다.

"알겠습니다, 타주."

마차가 질주하는 동안 그 안에서는 여러 가지 의논이 오갔다. 마교에서 거물급 인물이 투입되었다면 일이 예상보다 커질 것이기에 만전을 기하려는 것이다.

창천비삭 내에서도 삼영 중 이영이 투입되기에 본격적인

무력 충돌이 있을 수 있었다. 향후에 벌어질 상황에 따라 예비 전력을 투입하는 일 등 아직까지 서로를 비조라 부르는 마교의 비밀 조직을 상대하기 위한 세심한 계획을 세워야 할 것이기 때문이다.

노겸을 비롯한 창천비각의 인물들이 서안으로 길을 재촉하고 있을 무렵, 청류장이 바라다보이는 조그마한 가옥으로 한 마리의 전서웅이 날아들었다.

파드드득!

날갯짓을 하며 창가로 날아든 전서웅의 다리에는 조그마한 통 하나가 매달려 있었다. 투박하고 굵은 손을 가진 장한 하나가 웅조의 발에 매달린 통에서 전서를 꺼내어 펼쳐 들었다.

"으음!"

서신의 내용을 다 확인한 장한은 다급히 안채로 향했다. 자신도 소식을 기다리고 있었지만 그보다 더 마음을 졸이는 사람이 있었기 때문이다.

"접니다."

안채로 들어온 장한은 방문 앞에 서서는 자신이 왔음을 고했다.

"들어오너라!"

승낙이 떨어지자 옷매무새를 고친 장한은 조심스럽게 안

으로 들어섰다. 방 안에는 수염이 허옇게 나 있는 문사 차림의 초로인이 책을 마주하고 글을 읽고 있었다. 초로인은 이십여 년 전부터 청류장 인근에서 학당을 열고 있는 조면운(曹勉澐)이라는 학사였다.

"떠난 자들은 어디까지 갔느냐?"

지금까지 책을 읽으며 초조한 마음을 달래던 그는 장한이 들어오자 궁금한 듯 다급히 물었다.

"네 시진 후면 여산 인근에 당도할 것으로 보입니다."

"여산이라? 비조들은?"

"이미 서안으로 향하는 자들을 철저히 감시 중입니다."

무척이나 단조로운 대화였지만 그 속에 담긴 뜻은 전혀 그렇지 않았다. 이들은 화음현을 떠나 서안으로 가고 있는 창천비각의 인물들을 감시하고 있었던 것이다.

"끌어낼 자들이 나올 것으로 보이나?"

"적어도 삼영 중 하나는 나올 것으로 보입니다."

"근거는?"

"자성마전의 자륜비호가 독선고를 추적한다는 정보를 이미 흘렸다는 전언입니다. 우리 측에서 그 정도의 인물이 움직인다고 추측할 터이니, 삼영 중 하나가 움직일 것이라는 것이 총사의 판단이라고 합니다."

"으음, 총사의 판단이라면 틀림없겠지."

조면운은 종사의 판단이라면 확실하다는 생각이 들었다.

이번 계획의 초안은 자신이 잡았지만 그것을 계획하고 완성하는 것은 바로 그였기 때문이다. 예상되는 모든 변수를 감안하는 총사의 능력이라면 정확한 판단을 했을 것이 틀림없었다.

"놈들이 우리 측에서 정보를 흘렸다는 것을 눈치 챌 염려는 어떻다고 하는가?"

"우리의 추적을 눈치 채지는 못했을 겁니다. 자성마전에서도 이번 계획을 모르고 나섰기에 놈들도 의심하지는 않을 것입니다. 다만 미끼의 능력이 예상을 벗어나는지라 어르신의 생각을 묻는다는 총사의 전언입니다."

"으음!"

예상치 못한 일이었다. 심각한 표정으로 잠시 생각에 잠긴 초로인은 잠시 후 입을 열었다.

"으음, 그것에 대해서는 따로 알아봐야겠군. 아직 미끼의 상태를 확인하지 못했으니 말이야. 내 한번 여산에 들러 확인해 볼 것이라 전하게."

자신의 제안으로 인해 던져진 미끼에 대해서 따로 알아봐야겠다는 생각이 들었다.

"알겠습니다."

"좋아! 그건 그렇고, 화산에서 놈의 행적은 찾았나?"

"아직 조사 중입니다만, 거의 꼬리를 잡은 것 같습니다."

"꼬리를 잡았다?"

꼬리를 잡았다는 말에 초로인은 흥미로운 눈빛을 보였다. 그동안 흔적조차 찾을 수 없어 애를 태우던 차였기에 기쁘지 않을 수 없었다.

"노겸이란 자는 화산파에서 불목하니로 있는 자입니다. 그의 행적을 살핀 결과 별 이상은 없었습니다만, 한 가지 특이한 것이 있었습니다."

"무슨 일인가?"

"아침과 저녁 식사를 준비하기 전 언제나 장작을 나른다는 것입니다."

"그거야 당연한 일이 아닌가?"

"그렇기는 합니다만 이동 경로가 수상합니다. 다른 길이 있는 데도 불구하고 언제나 장로들의 처소 뒤편을 지나쳐 장작을 나른다는 것입니다."

"장로들의 처소 뒤편을 지나 장작을 날랐다?"

"예! 그가 화산에 들어온 이후로 한 번도 시각을 어긴 적이 없었음이 확인되었습니다. 그리고 어제 화산파에서 솟아오른 연기는 섬서성을 관할하는 창천비각의 인물들을 불러 모으는 신호가 틀림없었던 만큼 그가 장로들 중 누군가에게 명을 받았음이 분명합니다."

"으음, 그럼 어제 화산파의 장로들이 무엇을 했는지 행적을 파악해야겠군. 장로 급 이상의 인물들은 다들 화산 비무대회를 준비하느라 바빴을 테니 처소에는 별반 남지 않았을 것이다. 그렇다면 어제 그 시각에 처소에 있던 자 중에 우리가 찾는 자가 있었을 것이 분명하다."

"그렇습니다. 조만간 놈의 정체가 밝혀질 것입니다. 창천비각의 인물들을 부리는 것을 보면 그가 석년의 일을 주도했던 자가 틀림없을 겁니다."

"좋다. 서안에서의 일은 그분에게 맡기고, 우리는 그자를 찾아내는 데 전력을 기울여야 할 것이다. 넌 이 길로 화산으로 올라가 그자를 찾는 데 전력을 기울여라. 그자를 찾는 것도 중요하지만 놈들의 이목이 있는 만큼 주의를 기울여야 할 것이다."

"알겠습니다."

대답을 마친 그는 방을 물러나왔다. 그리고 방에서 나오자마자 모옥을 벗어나 화산으로 향했다.

어렸을 적 화산에 입문해 일대제자가 된 수하가 돌아가자 초로인은 앞으로의 일을 생각했다. 수년 동안 계획됐던 일이 시작되었기에 그는 긴장된 마음을 숨길 수 없었다.

이번 일을 계획하기 위해 미교에서는 큰 것을 걸었다. 잡아야 할 물고기가 크기에 그만큼 큰 미끼를 걸어야 했던 것이다.

"이번 일은 모험이다. 놈들의 정체를 파악하거나, 석년의 일을 파헤치거나… 반드시 둘 중 하나는 잡아야 한다. 그러려

면 놈들에게 언제까지 우리의 목적을 숨기느냐가 관건이겠
군."

그의 말대로 이번 일은 오랫동안 치밀하게 계획한 일이었
다. 황산무연의 비밀을 파헤치는 일인 동시에 정파의 치부가
될 수 있는, 숨겨져 있던 비밀을 파헤치는 일이었다.

탁!

"으음, 독서삼매경에 빠지기는 그른 것 같군."

초로인은 읽고 있던 책을 덮었다. 도저히 신경을 집중할 수
가 없었다. 걸린 것이 너무 크기에 실패할 경우 받을 타격 또
한 너무나도 컸기 때문이다. 거기다 그에게는 새로운 걱정거
리가 하나 더해졌다. 그것은 그도 예상치 못한 돌발 변수였
다.

"아무리 만년설련실을 이용해 안전장치를 했다고는 하지
만 그 아이의 경과를 봐서는 예상이 벗어날 수도 있다. 만약
독선고가 이 사실을 알게 된다면… 으음, 결코 그리 되서는
안 된다, 결코!"

상상하기도 싫었다. 창천비각에 의해 이번 일이 실패한다
면 자신 휘하의 꼬리만 자르면 끝날 일이었다. 죽음을 일상으
로 여기는 수하들이기에 비밀을 감추기 위해서라면 웃으면서
죽어갈 것이다.

하지만 그의 계획에 의해 던져진 미끼를 소중히 여기는 독
선고가 사실의 선보를 알게 된나면, 그것은 그야말로 피를 무

르는 일이 될 것이 자명했다.

독선고의 능력이라면 한두 명의 피로는 부족할 것이다. 그야말로 거대한 피의 폭풍이 그가 속한 조직에 불어닥칠 것이 분명했다.

그리고 만에 하나의 경우라도 독선고가 계획하고 있는 일이 진정으로 완성된다면, 그것은 마교에 있어서는 너무도 불행한 일이 될 것이 분명했다.

"독선고가 이 사실을 눈치 채면 내 목숨을 내놓는 것으로 끝날 수도 있지만, 미끼가 그것을 완성해 낸다면 그것은 주군의 권좌를 흔들 수도 있는 일이다. 이미 누대에 걸쳐 시도해 봤지만 실패한 것이었는데. 그저 어느 정도 살아만 있어줘도 끝나는 일인 것을……. 만약 그런 일이 일어난다면 비조들이 모두 쓰러지는 한이 있더라도 없애는 수밖에……."

초로인은 자신이 던진 미끼가 예상을 벗어나 성장하고 있다는 사실을 믿을 수가 없었다. 그가 확인한 바로는 불가능한 일이었다.

독선고가 불가능한 일을 진행하고 있다는 사실을 안 후 계획을 수정한 그였다. 자신이 직접 선택한 미끼였기에 불안한 마음을 더욱 감출 수가 없었던 것이다.

"이미 화살은 쏘아졌으니 되돌릴 수 없겠지. 앞으로의 일이 잘되기를 바라야만 하겠군."

초로인은 씁쓸한 표정을 지으며 서안이 있는 방향을 바라보았다. 이번 풍운의 중심이 서안이 될 것이기에 앞으로의 향배를 가늠해 보며 그는 생각에 잠겨들었다. 동이 터 이미 태양이 하늘을 향해 떠오르고 있었건만 그의 시름은 더욱 깊어져만 갔다.

암중의 세력들이 서안으로 몰려들고 있는 즈음 백무는 곽무한의 방을 나서 당민의 처소로 향하고 있었다. 서천대서림의 풍운만상진결을 얻은 것 때문인지 무거운 짐을 덜어낸 듯한 가벼운 마음이었다.

모든 것이 달라 보였다. 몸 안을 감돌던 이질적인 기운도 느껴지지 않았다. 풍운만상진결이 무엇을 했는지 모르지만 모든 기운이 하나로 조화를 이루고 있었던 것이다.

"후후후, 어쩌면 누님께서 어렵게 준비한 만년설련실이 필요없을지도 모르겠구나."

지금의 상태는 무척이나 안정적이었다. 모든 것이 소통하고 있었지만 불안한 기운은 전혀 느껴지지 않았다. 근혈에서 뿜어 나오는 잠원과 골수 속의 암흑투기가 서로 소통하며 서로의 힘을 키우고 있었다. 반목이 아닌 상생을 통해 조화를 이루고 있었던 것이다.

이런 상태라면 혈영기공을 익혀도 별 문제가 되지 않을 것 같았다. 당민에게 보여 자신의 상태를 정확히 파악해야겠지만 자신의 몸이 전과는 완전히 달라졌다는 것을 확실히 느낄 수 있었다. 당민이 그토록 바라는 적혈신을 이루었다는 것을 스스로 느끼고 있었던 것이다.

"아직은 좋아할 때가 아니다. 이제 겨우 하나가 이루어진 것이다."

백무는 들뜬 마음을 애써 가라앉혔다. 대적(大敵)을 상대해야 하는 자신은 이제 겨우 하나를 이루었을 뿐이라고 마음을 다잡았다.

"누님께서 내게 알려주시기로 한 혈영기공이 이런 몸을 기반으로 해야 하는 무학인 것을 보면 필히 가공지경의 무학일 것이다. 하긴, 오백여 년을 연구해 온 것이라면 그럴 만도 하겠지."

새삼 혈영기공이 어떤 무학인지에 대한 궁금증이 일었다. 얼마 전까지는 자신이 아직은 익힐 것이 아니라는 생각에 애써 참았지만 이제는 혈영기공에 대해 생각할 때였다.

"누님이 걱정하실지도 모르지만, 상황이 된다면 혈영기공을 익히고 싶구나."

혈영기공에 대한 조바심으로 자신의 걸음이 점점 빨라지는 것을 인식하지 못한 재 백무는 당민의 처소로 향했다. 그의 조바심과는 달리 백무의 움직임에서는 일체의 기척이 흐르지 않고 있었다.

"누님, 접니다."

당민의 방문 앞에 선 백무는 마음을 가다듬고 자신이 왔음을 알렸다.

"으음, 어서 들어오너라."

삼노와 백무에 대해 이야기를 나누다 갑자기 백무의 목소리가 들리자 당민은 신음성을 토한 후 그를 방 안으로 들게 했다.

'왜들 그러지? 저리들 심각한 표정이라니……'

표가 형제와 사천은 이상한 눈으로 방 안에 있는 다른 사람들을 쳐다보았다. 당민은 신음을 흘리고, 밀광과 암연은 이상하다는 듯 고개를 갸웃거리고 있었기 때문이다. 조금 있자 백무가 방 안으로 들어왔다. 표가 형제와 사천은 방 안으로 들어서는 백무를 보았다.

'으음! 이상하기는 하군. 전과는 어쩐지 달라진 듯한 모습인데……'

세 사람은 백무의 모습을 보면서 이상한 생각이 들었다. 자신들이 본 것이 확실한 것인지는 모르겠지만 백무가 전과 달라진 것 같은 느낌이 들었던 것이다.

표가 형제를 비롯한 세 사람이 느낀 것은 백무가 조금 이상하다는 것뿐이었다. 그러나 다른 이들은 달랐다. 다른 것을 느낀 것인지 당민을 비롯한 밀광과 암연은 백무를 보며 무척이나 놀라워하고 있었다.

처음 놀람이 시작된 것은 방 앞에 백무가 왔을 때부터였다. 백무가 방으로 들어가겠다고 말하기 전까지 당민과 밀광, 그리고 암연은 백무의 기척을 느끼지 못했다.

그동안 백무가 은연중에 발산해 왔던 특유의 잠원은 물론, 저절로 살기를 일으키게 만드는 암흑투기의 기운조차 전혀 느낄 수가 없었던 것이다.

아무렇지도 않은 모습으로 백무가 방 안으로 들어오자 세 사람은 자신들의 기감을 최대한 열어 그를 살폈다. 자신들이 잘못 느낀 것이 아닌가 하는 생각 때문이었다.

하지만 자신들이 느낀 것은 틀리지 않았다. 백무에게서 느껴지는 기운은 아무것도 없었다. 마치 허허로운 창공을 바라보는 듯한 느낌만이 강하게 들었던 것이다.

백무는 사람들의 눈빛이 이상하다는 것을 알았지만 아무 말 없이 탁자 앞에 앉았다. 그들이 자신의 변화를 알아차린 것이 분명했다.

'역시! 누님과 두 분은 눈치를 채셨구나. 어르신의 말로는 내 안에 깃든 기운을 알아차릴 사람은 극히 드물다고 했는네… 역시 세 분의 경지는 나로시는 아직까지 측량할 수가 없는 것이구나.'

백무는 당민 등이 자신의 기운을 알아봤다고 생각했으나 그것은 착각이었다. 오랫동안 보아온 탓으로 백무의 변화를 알아차린 것뿐이지, 내면에 잠들어 있는 기운을 완전히 파악한 것은 아니었던 것이다.

말없이 자리에 앉는 모습을 보며 당민은 백무의 기세가 전과는 완연히 달라졌다는 것을 느낄 수 있었다. 뭔가 불안한 듯한 예전의 모습은 찾아볼 수 없었다.

'으음! 무아가 달라진 것이 그분 때문인가? 하지만 그분은 아직 내상에서 회복되지 않았을 텐데……'

봉황도문의 전대 문주와 아침 식사를 같이했다는 사실에 당민은 지난밤 백무에게 뭔가 알 수 없는 큰 변화가 있었다는 것을 추측할 수 있었다.

하지만 자신이 짐작한 바로는 봉황도문의 전대 문주의 내상은 심각해 보이는 것이었다. 아무리 천하의 기보라는 만화단과 화령적옥을 사용했다 하더라도 내상에서 회복되려면 아직 시간이 필요했다. 백무에게 직접적인 도움을 줄 수 있는 형편이 아닌 것이다. 그럼에도 백무에게 이토록 큰 변화가 있었다면 뭔가 다른 일이 있었을 것이기에 지난밤의 사정을 묻지 않을 수 없었다.

"간밤에 무슨 일이 있었던 모양이로구나."

"예, 누님. 아직 확실한 것은 모르지만 제게 변화가 있는 것만은 틀림없는 것 같습니다. 해서 누님께 어찌 된 일인지 물어보려고 왔습니다."

"무슨 일인지 모르지만 네게 좋은 쪽으로 변화가 있었던 것 같으니 다행이다. 그럼 모두 내보내야겠구나."

당민도 백무의 변화가 궁금했다. 아무래도 자신의 예상을 벗어나는 변화가 있었음이 분명하다. 비록 좋은 쪽으로 변화하고는 있었지만 적혈잠원대법을 시술한 이후 매번 자신의 예상을 벗어나는 백무로 인해 그녀의 마음엔 조바심이 일고 있었다.

"우리는 이만 나가보겠습니다. 자, 모두들 나가자."

밀광이 방에서 나가기를 재촉했다. 암연과 사천은 무척이나 궁금했지만 두 사람의 대화가 적혈잠원대법과 관련이 있다고 생각했기에 궁금증을 참고 자리에서 일어났다.

표가 형제 또한 불안했던 어젯밤과는 달리 평온한 가운데 심상치 않은 기운을 풍기는 백무의 모습에 중요한 일이 있었음을 짐작한 것인지 말없이 밖으로 나서는 삼노의 뒤를 따랐다.

"형님, 무슨 일입니까?"

방을 벗어나 밖으로 나오자 궁금함을 참고 있던 사천은 밀광을 향해 무슨 일이 일어난 것인지 물었다. 표가 형제 또한 사천이 질문하자 밀광의 입에서 자신들의 속을 시원하게 해줄 대답이 떨어지기를 기다렸다.

"아무래도 소천주의 신체에 중대한 변화가 있었던 것 같다."

"아니, 그게 무슨 말씀입니까?"

사천은 중대한 변화라는 말에 가슴이 철렁해짐을 느꼈다.

백무가 밀독천의 염원을 이루어줄 사람이기도 했지만, 홍아의 주인이 된 이후 그를 손자처럼 생각하고 있었기 때문이다.

"후후후, 소천주의 변화가 그리 나쁜 것은 아닌 것 같으니 걱정하지 마라, 막내야!"

"나쁜 일이 아니라면 도대체……."

기분 좋은 웃음을 흘리며 걱정하지 말라는 밀광의 말에 어느 정도 안심이 되기는 했지만 방 안에서 보았던 당민을 비롯한 세 사람의 표정이 이상했기에 더욱 궁금하지 않을 수 없었다.

"막내야, 그리 궁금하냐?"

"예, 둘째 형님."

사천의 궁금증을 해소해 주려는 듯 암연이 입을 열었다.

"소천주가 방으로 와서 말을 하기 전까지 난 아무것도 느낄 수가 없었다."

"그게 무슨 말이에요? 제발 알아들을 수 있게 말 좀 해주세요, 둘째 형님!"

아무것도 느낄 수 없었다는 말이 의아한 사천은 답답하지 않을 수 없었다.

"후후, 믿기지 않지만 내 능력으로도 소천주의 기척을 알아차리지 못했다는 말이다."

"그게 정말입니까?"

"그래."

사천은 암연에 대해 누구보다 잘 알고 있었기에 의아해하지 않을 수 없었다. 밀독천에서 가장 익히기 어렵다는 독공을 익히고 있는 이가 바로 암연이었다.

가지고 있는 무력도 무척이나 높지만 익히고 있는 독공의 특성상 백무의 기척을 느끼지 못했다는 것은 말이 되지 않았다.

"그게 무슨 말씀입니까? 충독들도 소천주의 기척을 느끼지 못했다는 겁니까?"

"그래, 아무것도 느끼지 못했다. 더욱 놀라운 것은 소천주께서 말씀을 하시고 방 안으로 들어온 후에도 충독들이 아무런 반응을 보이지 않았다는 것이다."

"세상에, 어떻게 그럴 수가!"

보통의 곤충들과 마찬가지로 암연의 몸 구석구석에 숨어 있는 충독들은 인간과는 다른 기감을 가지고 있었다. 그 기감을 통해 본능적으로 주인을 제외한 다른 존재의 기척을 느끼는 것이다.

일반 곤충들에 비해 수십 배의 능력을 가지고 있는 충독들이 반응을 안 했다는 것은 사천에게는 놀라움의 연속이었다.

'그러고 보니 내 품 안에 있는 아이들도 꼼짝을 하지 않았네. 분명 소천주의 품 안에 홍아가 있을 터인 데도 말이야. 이게 어찌 된 일인지······.'

생각해 보니 이상한 일이었다. 홍아의 냄새를 맡았을 것이 분명함에도 녹린천아사들이 아무런 반응을 보이지 않았다는 것을 기억해 낸 것이다. 암연이 알아채지 못할 정도로 백무가 변했다는 것은 이해할 수 있다고 치더라도 품 안에 있는 홍아는 아니었던 것이다.

"일단 천주께서 어찌 된 일인지 알아보실 것이니 주변을 철저히 호위해야 할 것이다. 막내는 아이들을 모두 풀고, 둘째는 이곳을 중심으로 사방 십 장 안에 충독들을 풀어라."

밀광은 사천과 암연에게 두 사람이 펼칠 수 있는 최대의 방어진을 펼치게 했다. 화경의 고수라고 해도 감히 침범할 수 없는 밀독천 최대의 절진인 충사암혼진(蟲蛇暗魂陣)을 펼치게 한 것이다. 당민이 적혈신을 살펴보려면 최대한 심력을 기울여야 할 것이기에 그리한 것이었다. 행여나 방 안에 있는 두 사람에게 위해가 되는 일이 벌어진다면 그야말로 큰일이었기 때문이다.

"그리고 너희 두 사람은 이곳 객원으로 서림의 문사들이 들어오지 못하도록 문을 막고 있어라. 자칫 문사들이 멋모르고 들어온다면 비명횡사할 수도 있으니 말이다."

"알겠습니다, 어르신."

표중호는 밀광의 말에 동생과 함께 당민의 처소로 들어오는 객원의 문 앞을 막아섰다.

"빗어라!"

삼노 등이 밖으로 나간 후 얼마 안 있어 주변이 철저히 봉쇄됐다는 것을 느낀 당민은 백무에게 옷을 벗도록 했다.

"누… 님!"

이번에도 여지없이 옷을 벗도록 한 당민의 말 때문에 백무의 인상이 찌푸려졌다. 당민에게 친혈육보다 더한 정을 느끼는 백무이지만 다 큰 남자가 여자 앞에서 옷을 완전히 벗는다는 것은 쑥스러운 일이 아닐 수 없었다.

"어서!"

당민의 표정은 전과는 다르게 단호했다.

"아, 알겠습니다."

주섬주섬 옷을 벗는 백무를 보며 당민은 인상을 풀지 않고 있었다. 급격하게 변해가는 백무의 상태가 그간 그녀가 연구해 온 것을 크게 벗어나고 있었기에 이번 기회에 최대한 알아볼 생각이었다.

"누워라!"

옷을 다 벗자 침상에 눕도록 한 후 당민은 진지한 모습으로 백무의 상태를 살피기 시작했다. 섬세한 그녀의 손길이 백무의 전신을 따라 시시히 움직이기 시작했디.

'으음, 이 아이의 근혈 속에 있는 힘들은 이제 모두 하나다. 골수 속에 잠재해 있던 암흑투기도, 혈수련의 약력도, 거기다 홍아가 이 아이에게 불어넣은 기운까지도 말이다. 도대체 간밤에 무슨 일이 있었던 것이지?

아무리 생각해 봐도 모를 일이었다. 이 상태로 유지만 된다면 자신이 애써 구해온 만년설련실은 필요가 없을 정도였다. 백무의 몸속에 있던 기운들이 어느새 하나가 되어 서서히 안정을 되찾아가고 있었기 때문이다.

'이 아이가 익히고 있는 것 때문인가? 아니다, 그럴 리는 없을 것이다. 소림오권이나 한 대인의 무공으로는 이런 일이 일어날 리 만무하다.'

이유를 알 수 없는 당민은 백무의 몸을 살피면서 연신 고개를 갸웃거렸다.

"어젯밤에 무슨 일이 있었던 것이냐? 사실대로 말해보아라."

전신을 자세히 살피고도 아무런 단서를 찾지 못한 당민은 백무에게 간밤에 일어난 일에 대해 물었다.

"사실 어젯밤에 마음이 울적해 담장 위에 올라 청죽림을 바라봤습니다. 그런데……."

백무는 자신이 겪었던 일들을 상세하게 말해주었다. 당민이 자신의 상태를 정확히 진단하기 위해서는 모든 것을 알려줄 필요가 있었다.

"으음, 그런 일이 있었다니… 청죽림에 펼쳐져 있는 것이 어떤 작용을 했기에 그런 현상이 일어났다는 말이냐?"

"어르신께서는 풍운만상진으로 인해 제가 심득을 얻어 그렇다고 하셨습니다만, 저도 잘 모르겠습니다. 그리고 그분도 그게 어떤 것인지는 잘 모르시는 것 같았습니다. 사람마다 얻는 심득이 다 다르다고 했으니까요."

"그 어르신이 그렇게 말씀하셨다면 그런 거겠지. 그나저나 봉황도문을 만든 분이 누구기에 그런 진을 펼쳤는지 모르겠구나. 그런 능력이라면 상당히 유명한 분이셨을 것이 분명한데 말이다."

"어르신께서도 그 말씀은 해주시지 않더군요."

"알았다. 이제 됐다. 그만 옷을 입도록 해라."

"예, 누님."

백무는 빠르게 옷을 입기 시작했다. 아무리 적혈잠원대법의 이상 유무를 살피는 것이라지만 여간 얼굴이 붉어지는 것이 아니었다.

백무가 옷을 입는 사이 당민은 탁자로 가 의자에 앉은 후 백무의 상태에 대해 고민했다. 옷을 다 입은 백무는 생각에 잠겨 있는 당민의 앞에 조용히 앉았다.

"무아야."

"예, 누님."

"좋은 일인지 나쁜 일인지는 모르겠으나, 지금 네 상태는 만년설련실을 복용하지 않아도 될 만큼 혈영기공을 익히기 위한 최적의 상태다."

"그렇군요."

어느 정도 예상한 일이기에 백무는 그저 고개를 끄덕였다.

“내심 걱정했는데 참으로 다행스러운 일이다. 만년실련실을 복용하는 것도 적지 않은 위험을 가지고 있었는데, 이리 완전한 몸이 되어가고 있으니… 해서 오늘은 너에게 혈영기공을 가르치기로 했다.”

“누님?!”

적혈잠원대법이 혈영기공의 마기를 억누르기 위해 만들어진 것이라고 해도 위험한 것은 분명했다. 아직 한 번도 검증되지 않은 탓이었다. 원하기는 했지만 이리 쉽게 승낙할 줄은 몰랐기에 백무는 당민을 바라보았다.

“후후, 걱정하지 마라. 우선 구결만 외우라는 소리다.”

“구결만요?”

“그래, 네 몸 상태가 예상보다 좋으니 구결을 외운다고 해도 그리 문제가 되지 않을 것 같다. 그리고 적혈잠원대법이 어떻게 만들어진지도 알아야 하고. 자, 받아라.”

당민은 품에서 조그만 책자 하나를 꺼내 들었다. 손바닥보다 약간 큰 책자로, 두께는 두툼한 편에 속하는 것이었다.

“이건 뭡니까?”

“그동안 적혈잠원대법을 연구한 것을 정리한 것이다. 맨 뒤에 적혈잠원대법을 시술받은 자가 혈영기공을 어떻게 운용해야 하는지 법문이 기재되어 있으니 보고 외우도록 해라.”

“알겠습니다, 누님.”

백무는 책자를 받아 들고 안의 내용을 살폈다. 세필을 이용해 적은 것인지 글자 한 자가 콩 반 알 정도의 크기로 매우 작았다.

"이곳은 삼노가 지킬 것이니 다른 생각은 하지 말고 언제라도 기억해 낼 수 있도록 내용을 철저히 외우도록 해라. 난 어르신을 만나뵈러 가야겠다."

"알겠습니다, 누님."

당민이 백무를 방에 두고 밖으로 나오자 삼노가 삼엄하게 주변을 경계하고 있는 것이 보였다.

"무아가 나오기 전까지 그 누구도 방에 들어서는 안 돼요. 그러니 삼노는 이곳 객원 주변에 개미 새끼 하나 드나들지 못하도록 철저히 경계하세요. 난 봉황도문 사람들을 만나고 오겠습니다."

"알겠습니다, 천주."

당민은 밀광에게 당부를 한 후 자신들이 머물고 있는 곳을 떠나 곽무한이 기거하고 있다는 봉황각으로 향했다. 표가 형제 또한 내원의 문을 지키다가 당민이 나오자 가볍게 인사를 해보였다.

"수고들 해주세요."

"알겠습니다. 걱정하지 마십시오."

처소를 뒤로하고 봉황각으로 향하는 당민의 모습이 사라지자 표가 형제는 안쪽을 바라보았다.

“형님, 아무래도 본격적인 수련이 시작된 것 같은데요?”

“그런 것 같구나.”

“언제쯤 끝이 날까요? 백 소협께서 익히시는 무공들은 지금까지 완성한 이가 없다고 하는데 말입니다.”

표인호의 얼굴에는 걱정스러운 빛이 가득했다. 그동안 들어온 것으로 봐서는 백무가 익히는 무공이 불가해한 것이 분명했기 때문이다.

“글쎄다. 기다려 봐야겠지. 잘은 모르겠지만 아까 방 안에서 어르신들이나 독선고께서 보인 반응을 보면 분명 백 소협께 무엇인가 일이 생긴 것 같다만 그리 나쁜 일은 아닌 듯하니 기다려 보자구나.”

표중호는 누군가 동생의 말을 들은 것이 아닌가 주위를 살핀 후 조심스럽게 자신의 생각을 말했다. 객원을 나서는 당민의 얼굴에서 우려의 빛을 읽을 수 없었기에 그리 나쁜 상황이 아니라는 것을 짐작할 수 있었다. 자신의 동생 또한 그런 사실을 알고 있을 것이 분명했다.

“알겠습니다, 형님.”

“앞으로 백 소협의 일에 대해서 언급하는 것을 삼가도록 해라. 자칫 너와 나의 심려가 수포로 돌아갈 수도 있으니 말이다.”

뭔가 비밀을 알고 있는 것 같은 말투였다. 표중호의 음색에는 동생을 질책하는 빛이 역력했다.

"명심하겠습니다."

표인호는 무슨 뜻인지 알아들었다는 듯 고개를 끄덕였다.

"그리고 백 소협의 일은 우리가 어찌해 볼 수 없는 것이니 지켜보는 수밖에 없는 것 같다. 이미 언질을 해두었으니 백 소협의 무공이 완성된 후에 이야기해도 늦지 않을 것이다. 사실을 이야기했다가 자칫 잘못하면 일을 그르칠 수도 있을 것이니 말이다."

"으음!"

무엇인가 알고 있는 듯한 표가 형제의 대화는 조심스럽게 끝을 맺었다. 아직은 때가 아니라는 듯 자신을 바라보는 형의 눈빛에서 앞으로 백무의 행보를 기다려 보는 수밖에 없다는 것을 인식한 표인호는 형과 마찬가지로 굳은 눈빛을 한 채 객원의 문 앞을 지키는 일에 몰두했다.

표가 형제가 무엇인가를 감추고 있다는 것을 모르는 당민은 봉황각으로 향하며 생각을 거듭했다.

분명 암천신마는 자신에게 창천비각의 그림자를 제거하기 위해서며, 놈들이 원하는 것은 결코 마교의 멸망뿐만이 아니라고 했다. 어쩌면 무림을 접수하려는 야망을 가지고 있을 지도 모른다고 했다.

"동창까지 그렇다면 무림뿐만이 아니다. 놈들은 황위까지 노리고 있는 것이 분명하다."

당금 명의 황실은 그야말로 유명무실했다. 황조가 멸망할 때 보이는 전형적인 모습을 보이고 있었다. 환관들의 득세가 하늘을 찌르고, 백성들은 환관들의 횡포에 피폐할 대로 피폐해 있었다.

승상인 장수보가 국운을 되살리려고 노력은 하고 있다지만 한계가 있었다. 지금 명은 뿌리 깊게 썩어 있었다. 이런 때 강력한 무력과 함께 민심을 휘어잡을 수 있는 세력이 나타난다면 황조를 뒤엎는 것은 여반장이나 다름없었던 것이다.

"놈들의 음모가 무엇인지 모르지만, 당가가 멸문한 것은 놈들과 관련이 있는 것이 분명하다. 교주가 허언을 할 리 없지 않은가. 하지만 그런 것들은 이제 상관없다. 무아만 무사하다면 어떻게든 내 청을 거절할 리 없을 테니까."

명 황실이 어떻게 되든 자신과는 상관없었다. 당민은 자신의 가문을 멸문지경으로 몰아넣은 것이 문약한 황실 때문이라 생각하고 있었기 때문이다.

하지만 백무와 관련이 있다면 이야기는 달라진다. 백무 하나를 위해 자신과 당가의 모든 것을 바쳤기 때문이다. 백무를 위해서라면 가문의 복수 또한 포기할 수 있는 당민이었다.

*　　　*　　　*

"가지고는 왔나?"

다분히 따분함이 묻어나는 말투였다. 세상 모든 이의 정점에 서 있는 만력제의 음성에는 권태로움이 배여 있었다.

"폐하! 신을 죽여주소서."

만력제의 물음에 오체복지한 채 엎드려 있던 윤충의 몸이 가늘게 떨렸다.

"동이 놈들이 가지고 있던 사상 최강의 무예라는 것을 가지고 오지 않았다는 말인가?"

"두 가지는 가지고 왔사오나, 그 두 가지를 아우를 수 있는 것은 신도 얻을 수가 없었습니다, 폐하."

"흥, 실망이로군. 언제나 고(孤)에게 충성을 한다던 그대가 바치기 싫어 감추려 하다니 말이야."

"폐, 폐하, 그것이 아니옵니다. 진정 구하지 못했습니다. 신에게 조금만 더 시간을……."

"긴말할 필요 없다. 석 달의 시간을 더 주마. 만약 그 안에 고에게 그것을 가져오지 않는다면, 네 수급을 대신 보내도록 하라."

가늘게 떨고 있는 윤충에게 싸늘한 음성을 보낸 만력제는 더 이상 볼 것이 없다는 듯 뒤돌아 나갔다.

'서문도, 이 자식! 첩형이라는 놈이 판단을 그 정도밖에 못하다니. 황제는 쾌락에 빠져 지난 일을 잊고 있을 것이라더니…….'

윤충은 불같이 노했으나 속으로 화를 삼켜야 했다. 대전 내에 자신을 감시하는 수족들이 있을 것이기에.

'황제에게 그것을 들키지 말았어야 했거늘……'

마교의 삼천예에 비견될 고대 동이의 무예에 대한 정보가 황제의 귀에 들어간 것은 서문도가 화산으로 떠나고 얼마 있지 않아서였다. 그로 인해 동창을 감시하기 위한 황제의 비밀 세력이 있다는 것을 알게 되었다는 것은 다행스러운 일이었지만, 덕분에 흑혈의 겁풍이라는 전대미문의 혈사를 벌이고 얻은 두 장의 무공 구결을 고스란히 황제에게 바친 윤충이었다.

덕분에 자신이 얻은 무공 구결을 통해 천소궁의 힘을 얻기 위한 일은 수포로 돌아간 상태였다. 장수보가 가지고 있는 추밀사를 없애기 위한 계획이 물거품이 되어버린 것이다.

'그나저나 그것은 황제에게는 필요도 없는 것이거늘, 이토록 집요하게 원하는 이유가 있을 것이다. 새로 손을 잡은 자들이라면 어째서 황제가 이토록 집요하게 원하는지 알아낼 수 있겠지.'

윤충은 화를 삭이며 대전을 빠져나왔다. 황제가 그것을 원하는 이유를 알아내야 하기도 했지만, 만약을 위해 서문도에게 연락을 하기 위해서였다.

윤충은 얼마 전 서문도에게서 마지막 물건의 행방을 알고 있는 자들을 발견했다는 연락은 받았다. 윤충은 황제의 노화가 자신에게 내리기 전에 물건을 찾아야 했다. 일단 화산에서의 일을 빨리 마무리하고, 서둘러 마지막 물건을 찾도록 서문도에게 연락을 해야 했다.

스스스!

윤충이 나가자 대전 안에 누군가 나타났다. 추밀사의 수장인 주수명이었다.

"네놈이 그놈들과 손을 잡은 이상 우리의 수중에서 벗어날 수 없음이다. 천소궁에 주어야 할 물건을 폐하께서 원하시니 목이 바짝바짝 타겠지."

윤충이 이토록 급해진 것은 주수명의 작품이었다. 그동안 자신이 잡은 천소궁의 인물을 통해 윤충이 노리는 것을 알아내고 자연스럽게 황제에게 그 사실을 알린 것이다. 황제라면 분명히 탐욕을 부릴 것이 분명했기 때문이다.

그로 인해 여진을 뒤에서 움직이고 있는 천소궁과 동창의 관계가 틀어져 버렸다. 그들에게 원하는 것을 줄 수 없는 이상 그럴 수밖에 없었다.

어느 정도 추밀사에 대한 위협이 사라진 것으로 생각했으나 윤충은 움직임을 멈추지 않았다. 명의 국운을 아래로 끌어내리려는 자들과 손을 잡은 것이다.

하지만 그것은 오히려 원하는 바였다. 어차피 한꺼번에 처리하기 위해 자신 또한 준비 중이었던 것이다.

"어차피 누군가는 무림의 패권을 쥐어야 한다. 창천비각이 동창의 편에 선 이상, 대적할 수 있는 상대는 그들뿐이니 나 또한 그들과 손을 잡을 수밖에… 하지만 형님의 명운이 어디까지 이어질지… 형님의 명운이 이십 년만 더 되었어도 천기를 돌려볼 만하건만……."

쓸쓸하기 그지없는 목소리다. 동창과 무림을 암암리에 장악하려는 창천비각이 손을 잡았기에 주수명 또한 그들과 상대할 수 있는 자들과 손을 잡았다. 그것은 장수보의 생명이 얼마 남지 않았기 때문이다. 장수보의 명운이 길다면 절대로 무림인과 손을 잡지 않을 그였다.

장수보의 등장으로 명의 국운은 어느 정도 회복이 되어가고 있었다. 부패로 얼룩졌던 관에 기강이 서기 시작한 것이다. 그런데 사람의 일이란 알 수 없는 것인지, 곧 장수보는 병을 얻었다. 말하지 않았지만 주수명은 그것이 예사로운 병이 아니라는 것을 알고 있었다. 하늘이 내린 병이기에 방도가 없었던 것이다.

주수명은 장수보의 마지막을 편안하게 해주기 위해 동창의 일에 직접 개입하기로 했다. 동창의 부패를 일소한다면 생명이 얼마 남지 않은 장수보에게 큰 위안이 될 수 있을 것이었기 때문이다.

"그나저나 그 아이는 어째서 아직까지 나오지 않는 것인지……."

주수명은 수린의 출관을 기다리고 있었다. 그녀가 나오면

적지 않은 도움이 될 것이었기에.

추밀사를 통해 들어오는 정보에 의하면 지금 중원무림 전체에는 심상치 않은 전운이 감돌고 있었다. 암중의 세력들이 분주히 움직이며 섬서성을 향해 몰려들고 있었고, 동창의 이인자라고 할 수 있는 자 또한 화산파로 향하는 중이었다.

자신이나 천위현은 지금 황실을 떠날 수 없는 입장이라 섬서성에서 움직이는 자들은 하나같이 감당하기 곤란했다. 추밀사의 지금 전력으로는 그들을 모두 감당한다는 것은 벅찬 일이었다. 수린이 철혈무전의 진전을 얻고 나왔다면 상당한 도움이 될 것이기에 더욱 아쉬울 수밖에 없었다.

"윤충의 발목을 잡았으니 어느 정도 시간은 번 셈이다. 어떻게든지 이번에 화산에서 벌어지는 일은 막아야 한다."

화산에서의 일은 무척이나 중요했다. 창천비각에서 동창과 손을 잡고 꾸미는 음모 끝에 무림 재패라는 것이 있기에 무조건 막아야 했던 것이다.

"후후! 그놈이 꽤나 툴툴대겠군."

이번에도 천위현과 동행할 생각인 주수명은 희미한 웃음을 흘렸다. 많은 일에도 불구하고 북경을 떠나지 않는 이유가 수린 때문이라는 것을 잘 알고 있기에 화산으로 가자면 뒤로 뺄 것이 분명했기 때문이다.

주수명은 대전을 빠져나왔다. 화산으로 가려면 지금 자금로에서 동창의 인물을 감시하고 있는 천위현을 데리고 가야 했기 때문이다.

　자금성을 빠져나온 주수명은 자금로로 향했다. 천위현은 동창의 이인자 중 하나인 첩형을 감시하고 있었다. 그는 선계명(宣溪命)이란 자로, 동창에서 군부를 감시하는 책임을 맡고 있었다.

　자금로 동쪽 외곽 지역에 위치한 거대한 장원은 군권을 장악하고 있는 오군을 감시, 감독하는 신추영(神樞營)의 수장인 선계명의 거처였다.

　선계명의 장원이 마주하고 있는 곳에는 자금로에서도 고관대작들이 출입하기로 유명한 청명루라는 다루가 위치하고 있었다. 주수명은 청명루가 보이자 조심스럽게 뒤편으로 돌아 안으로 들어갔다.

　청명루의 삼층에는 천위현이 선계명의 장원을 바라보며 차를 마시고 있었다.

　"뭐, 나온 게 있나?"

　주수명은 천위현 앞에 앉으며 그동안 감시한 성과가 있었는지 물었다.

　"아직은 없습니다."

　"다행이로군."

　"그런데 어�쩐 일이십니까?"

　"길 데가 있다."

"또 어디요?"

갈 곳이 있다는 말에 천위현의 인상이 찌푸려졌다. 요즘 같이 어수선한 시기에 어딜 간다는 것은 하루 이틀에 끝날 일이 아니었던 탓이다. 그리고 갈 곳이라는 곳은 듣지 않아도 뻔했다. 하지만 그러면서도 물어보는 천위현이었다.

"후후! 아마 가야 할 거다. 그 아이에게 좋은 소식을 전해 줄 수 있을지도 모르니까."

"예?"

천위현은 주수명의 말에 놀라 얼굴을 바짝 들이밀었다.

"잘하면 흑혈의 겁풍을 일으킨 놈들이 누구인지 밝혀낼 수 있을지도 모르니 말이다."

"정말입니까?"

"사실이다. 이 정보는 그들이 준 것이다."

"그렇다면……."

"그래, 거의 확실하지. 네가 만약 이 정보를 그 아이에게 준다면 무척 좋아하겠지? 후후후."

주수명의 말에 천위현의 얼굴이 붉게 물들어갔다. 어쩐지 주수명이 자신을 놀리는 것 같은 기분이 들었던 것이다. 수린을 가르치고 철혈무전에 집어넣은 후 천위현은 문득 자신이 수린을 좋아한다는 것을 깨달았다. 처음에는 수린이 보여준 놀라운 자질에 대한 관심이라고 생각했다.

하지만 자신과 비슷한 처지의 수린에 대한 생각이 점점 간

절해져 갔다. 그것은 관심이 아니라 연모였다. 수린은 나이 어린 소녀였지만 많은 나이 차이임에도 연모의 감정이 생긴 것이다. 다른 일도 많건만 굳이 북경에서의 일만 고집하는 것도 수린이 출관하면 제일 먼저 맞이하기 위해서였다.

누군가를 연모하는 것에 서툰 천위현은 주수명에게 자신의 마음을 들켜 버리고 말았다. 황궁에 들릴 일이 생기면 언제나 철혈무전으로 들어가는 곳을 멍하니 바라보다 주수명에게 자신의 속마음을 들킨 것이다.

그 이후 무던히도 주수명의 놀림을 받았다. 하지만 천위현은 그런 주수명의 놀림을 묵묵히 받아들였다. 수린과 연인 사이로 맺어지는 것은 바라지도 않았다. 그저 곁에서 지켜줄 수만 있다면 그것으로 만족할 수 있는 천위현이었다.

"가지요."

천위현이 자리에서 일어났다. 가문을 멸겁으로 이끈 자들을 찾아 복수하는 것이 수린의 소망이라는 것을 잘 알기에 천위현은 두말없이 자리에서 일어났다. 섬서성에서 벌어지는 일이 심상치 않아 그동안 마음이 언짢던 차라 오히려 마침 잘된 일이었다. 수린을 위하고 추밀사를 위할 수 있는 일이기에 주저없이 일어선 것이다.

'후후, 이놈이 정말 그 아이를 좋아하기는 하는 모양이로군. 하지만 나이 차이가 무척 많이 나는데……'

천위현이 이토록 수저없이 나설 술을 몰랐던 수수명은 그의 마음이 진심이라는 것을 다시 한 번 확인할 수 있었다.

'후후후! 이놈아, 잘해보거라. 섬서성에 가면 그것보다 더 놀라운 소식을 얻을 수도 있을지도 모른다. 그 아이의 마음을 얻을 수 있는 소식 말이다.'

주수명은 희미한 미소를 지으며 자리에서 일어났다. 위험하기는 하겠지만 미인의 마음을 얻기 위해서는 그 정도 위험은 감수할 수 있어야 한다는 것이 그의 생각이었다.

『구벽뇌운』 5권에 계속…

초등학생이 반드시 읽어야 할 좋은 책 49권

각 학년별로 초등학생이 반드시 읽어야할 좋은 책을
선정하여 통합논술의 기본이 되는 '올바른 독서법'을
일깨워 줍니다.

교과서와
함께하는
초등학교 통합논술

초등1학년 | 값 12,000원 / 초등2학년 | 값 9,500원 / 초등3학년 | 값 11,000원 / 초등4학년 | 값 9,500원 / 초등5학년 | 값 9,500원 / 초등6학년 | 값 11,000원

♣ 혼자 할 수 있어요.

엄마가 책 읽는 방법을 가르쳐 주어도 좋아요.
독서지도하는 선생님이 가르쳐 주어도 좋답니다.
"초등 교과서와 함께하는 **통합논술 시리즈**"는
아이 스스로 독서할 수 있도록 꾸며진 책이에요.
엄마와 선생님은 요령만 가르쳐 주시면 된답니다.

♣ 교과서의 중요한 내용이 총정리되어 있어요.

각 학년별로 중요한 교과 내용이 함께 수록되어 있어요.
초등학생은 교과서 내용을 충실하게 공부해야합니다.
아울러 그와 병행한 독서가 대단히 중요하지요.
"초등 교과서와 함께하는 **통합논술 시리즈**"는
두가지 방법 모두 알려준답니다.

♣ 이 책은 훌륭하신 선생님들이 함께 쓰신 책이랍니다.

동화작가 선생님들이 쓰셨어요. 소설가 선생님도 쓰셨답니다.
국어 논술독서지도 선생님들도 함께 쓰셨지요.
"초등 교과서와 함께하는 **통합논술 시리즈**"는
엄마의 마음으로 모든 선생님들이 함께 꾸민 책이랍니다.

입소문을 통해 아는 분은 다 알고 계십니다!
올 한해 공인중개사 최고의 화제작!

1~2권 합본 | 이용훈 지음
3~4권 합본 | 이용훈 지음
5~6권 합본 | 이용훈 지음
용어해설 | 이용훈 지음

수험생 기본 필독서
만화 공인중개사

제목 : 만화공인중개사 쓰신 분에게 감사드립니다.

학원을 두 달 다녔어요. 근데 과연 그 숫자 외우기 그런 게 몇 문제나 나올까 생각을 했어요.
아니라는 생각이 드네요. 학원강의를 뒤로하고 서점을 갔어요. 내 머리에 가장 이해될 수 있는
책이 없나 하구요. 거기서 만화를 발견했어요. 무조건 세 번 봤어요. 3개월 걸렸어요. 문제집을 보라고
했는데 그거 시행을 못했어요. 근데 합격을 했네요.
어떻게 감사의 말을 해야 될지……:
도서관에서 만화책 들고 다니니까 사람들이 비웃더라구요. 만화책으로 공인중개사를 공부한다고
미친 사람처럼 보더라구요. 근데 그거 다 감수하고 했던 내가 자랑스럽습니다.
어떻게 감사의 말을 해야 할지… 정말 감사합니다.
부디 행복하세요. 제 나이 41살에 좋은 스승을 만난 것 같습니다.
엎드려 감사드립니다.

–본사 홈페이지에 독자분이 올린 메일 中 에서 발췌–